Carsten Henn
Der Geschichtenbäcker

Mehr über unsere Autorinnen, Autoren und Bücher:
www.piper.de

Wenn Ihnen dieser Roman gefallen hat,
schreiben Sie uns unter Nennung des Titels
»Der Geschichtenbäcker« an *empfehlungen@piper.de*,
und wir empfehlen Ihnen gerne vergleichbare Bücher.

Von Carsten Sebastian Henn liegen im Piper Verlag vor:
Professor-Bietigheim-Krimis:
Bd. 1: Die letzte Reifung
Bd. 2: Der letzte Aufguss
Bd. 3: Die letzte Praline
Bd. 4: Der letzte Whisky
Bd. 5: Der letzte Champagner
Bd. 6: Der letzte Caffè

Niccoló & Giacomo-Krimis:
Bd. 1: Tod & Trüffel
Bd. 2: Blut & Barolo

weitere Bücher:
Birne sucht Helene
Gran Reserva. Ein Wein-Krimi
Das Apfelblütenfest
Eine Prise Sterne
Der Buchspazierer

ISBN 978-3-492-07134-5
2. Auflage 2022
© Piper Verlag GmbH, München 2022
Redaktion: Bettina Traub
Satz: Fotosatz Amann, Memmingen
Gesetzt aus der Bauer Bodoni Std
Druck und Bindung: GGP Media GmbH, Pößneck
Printed in Germany

Carsten Henn

DER GESCHICHTEN BÄCKER

Roman

PIPER

Für alle, die neu beginnen

»Wenn du ein gutes Brot backen kannst,
hast du verstanden, welche Zutaten du für
ein glückliches Leben brauchst.«

Giacomo Botura, Bäcker

Kapitel 1

Kruste

Wie lange kann man weitertanzen, wenn die Musik zu Ende ist?
Das fragte sich genau ein Mensch im Konzerthaus der Stadt. Der Saal war eine Schmuckschachtel, voller Gold und Schnörkel, voller Stuck und Bordüren. Alles schien zu sagen, dass Zeit hier keine Rolle spielte, es egal war, welches Jahr man gerade zählte, welchen Monat, welchen Tag.

Aber Zeit verging, und das war Teil des Problems.

Sofie Eichner saß in Reihe 5, Sitz 34. Obwohl es ein gepolsterter Sitz war, schien es ihr, als fiele sie ins Bodenlose. In Filmen sah man manchmal Menschen rücklings – und immer in Zeitlupe – in ein weiches Daunenbett sinken. So fühlte es sich gerade auch bei ihr an: rücklings, Zeitlupe, nur das Daunenbett fehlte.

Die Musik hatte für sie eigentlich schon vor über drei Monaten aufgehört zu spielen, als eine Verletzung die Nadel vom Vinyl gerissen hatte und der Intendant die Gelegenheit nutzte, sich ihrer schnell zu entledigen. Schließlich hatte er schon lange eine Nachfolgerin ins Auge gefasst und diese im letzten Jahr, so oft es ging, für Gastrollen ins Konzerthaus geholt. Einen aufsteigenden Stern. Noch dazu genau sein Typ Frau. Irina Nijinsky. Schon ihr Name klang wie Tanz: zwei entschlossene Schritte mit durchgedrücktem Rücken, dann ein sanftes Ausgleiten. Gefolgt von sprachlosem Staunen. Die neue Primaballerina des Konzerthauses schien nur aus Luft zu bestehen, so wehte sie über die Bühne.

Vielleicht war Irina in ihrem früheren Leben ein Blatt gewesen, dachte Sofie. Ein unschuldiges Ahornblatt, das sich im Herbst erst gelb und dann rot verfärbte, das keinerlei Schuld auf sich geladen und als Belohnung dieses Leben hier erhalten hatte. Den Hauptgewinn im Karma-Lotto.

Nach Sofies Verletzung hatte Irina sich kein bisschen dafür starkgemacht, dass sie noch eine Chance erhielt.

Ganz im Gegenteil.

Irina hatte ihre eigene mit aller Kraft genutzt.

Deshalb stand sie jetzt oben auf der Bühne, wohingegen Sofie mit ihrem Mann Florian auf den besten Plätzen – den Ehrenplätzen! – saß und hören musste, wie die wunderschöne Musik für jemand anderen spielte. Von hier konnte Sofie das Bühnengeschehen perfekt auf Augenhöhe bewundern, und die Klänge des im Graben spielenden Orchesters trafen sie mit Wucht und Transparenz. Es war unerträglich.

Und wie um sie zu verspotten, gaben sie auch noch *La Belle au bois dormant*, besser bekannt als *Dornröschen*, zur berühmten Ballettmusik von Tschaikowski. Es war Sofies Stück. Kein anderes hatte sie so oft getanzt, keine ihrer Rollen war so gelobt worden. Sie habe dieses Ballett zu ihrem gemacht, hieß es in der Presse.

Irina setzte jetzt zu einem *Grand jeté* an, dem Spagatsprung, bei dem man mit einem Fuß abhob und sanft auf dem anderen landete. Das *Grand jeté* war Sofies besondere Spezialität gewesen. Niemand hatte die Beine eleganter, schwungvoller, exakter als sie gehoben, niemand sich länger in der Luft gehalten. Immer noch schmückte ein zwei mal drei Meter großes Foto von ihr bei diesem Sprung das Foyer.

Das Publikum hielt den Atem an.

Sofie spürte, dass sie nicht mehr atmen konnte, die Luft sich in ihr zusammenpresste. Ihre Lungen verhärtet, wie aus Stein.

Sie stand auf.

Im selben Moment hafteten alle Blicke an ihr, als wäre sie ein Fliegenfänger. Sofie wandte sich schnell nach links und ging in Trippelschritten seitlich an den Sitzenden vorbei, den kleinen Spalt zwischen Knien und der Rückseite der Stuhlreihe nutzend. Frau Malewski, Herr Stromer samt Frau Adelheid, Frau Schneiderling und Herr Barberi saßen dort. Die Macht im Förderverein. Sie hatten diese Plätze seit jeher inne und würden sie unter Androhung des Todes nicht hergeben, sondern irgendwann huldvoll vererben.

Zwei von ihnen drehten die Knie pikiert zur Seite (Adelheid Stromer und Frau Schneiderling), zwei rückten extra nach vorne, um Sofie den Durchgang zu erschweren und damit gegen ihre Störung zu protestieren (Herr Stromer und Frau Malewski). Herr Barberi rührte sich überhaupt nicht, als käme Sofie nicht vorbei, er weigerte sich, gestört zu werden, blickte einfach durch sie hindurch, innerlich hoffend, dass ihn der Rest des Publikums für seine stoische Haltung bewunderte.

Sofie lächelte entschuldigend, obwohl ihr gar nicht danach zumute war. Aber wer professionell tanzte, konnte lächeln, selbst wenn der Körper schrie. Lächeln bedeutete, bestimmte Muskeln anzuspannen. Es war kein Gefühl.

Immer wieder flüsterte sie: »Entschuldigung«, bis es zu einem Mantra wurde, das sie nicht mehr zu den anderen Besuchern, sondern zu sich selbst sagte. Entschuldigung, Sofie, dass ich dich enttäuscht habe. Und alle da oben auf der Bühne. Sie wusste, wie schrecklich es für Tänzerinnen und Tänzer war, wenn jemand im Publikum aufstand. Es riss einen aus der Konzentration, und unwillkürlich tauchte die Frage auf, was man falsch gemacht hatte. Wenn es wie heute bei einer Premiere geschah, gesellte sich die Angst dazu, ob die Choreografie misslungen war und gleich weitere Personen den Saal verlassen würden.

Sofie wurde hektischer, spürte die unzähligen Blicke wie Nadelstiche auf der Haut. Dazu Kopfschütteln, Naserümpfen, Schnalzen. Immer noch konnte sie nicht durchatmen, war da dieses Brennen in den Lungen.

Sofie sah nicht mehr in die Gesichter, lächelte nicht mehr, senkte den Kopf, ihr in der Kindheit strohblondes, jetzt nussbraunes Haar wie ein Vorhang vor dem Gesicht, schaute nur auf Füße und Knie. Die schwere zweiflügelige Tür, die hinaus ins Foyer führte, erschien ihr viel zu weit entfernt. Fast fiel sie. Fast wollte sie fallen.

So schnell es ging zum Ausgang. Aber ohne zu rennen. So schnell es ging in ihrem eng und knöchellang geschnittenen, gold glitzernden Abendkleid.

Ein Blitz. Dann noch mal. Sie schossen Fotos von ihr. Es wurden mehr. Wo die Schranke des Anstands niedergerissen war, trampelte der Mob anstandslos darüber. Weitere Blitze, näher jetzt.

Dann ein Rumpeln. Das Publikum sog die Luft ruckartig ein.

Sofie blickte sich um und sah Irina auf der Bühne liegen, sie musste gefallen sein. Irina fiel nie.

Sofie presste die Lippen so fest aufeinander, dass sie gefühllos wurden.

Dann war sie durch die Tür. Hinaus aus der Dunkelheit des Saals in die strahlende Helligkeit des nahezu menschenleeren Foyers. Sie musste die Lider senken. Trotzdem schnell weiter über den glatten weißen Fliesenboden, zum Münsterplatz, der vom Nieselregen glänzte und dessen Pflastersteine rutschig waren, wie mit Seife eingeschmiert.

Erst als sie auf diesem unsicheren Grund stand, konnte Sofie endlich wieder atmen.

Sie blickte hinter sich.

Florian war ihr nicht gefolgt.

Sofie musste nur kurz überlegen, was sie nun tun sollte. Gehen. Nach Hause. Es war erleichternd, Meter um Meter zwischen sich und das Konzerthaus zu bringen. Die Stadt tat ihr gut. Menschen, die nicht tanzten, sondern an diesem kühlen Aprilabend durch den Regen huschten, oft leicht gebückt, als würden sie dann weniger Tropfen treffen. Dabei boten sie ihnen auf diese Weise sogar mehr Fläche.

Der kühle Regen wusch die Wärme des Konzerthauses von Sofies bloßen Schultern. Der feine Stoff des luxuriösen Kleides sog sich voll, der perfekte Faltenwurf erschlaffte.

Sie blickte auf die glänzenden Pflastersteine, um nicht zu stolpern. Jeder war anders, trotzdem fügten sie sich zu einem schlüssigen Ganzen. Und keiner fragte, ob er sich an der richtigen Stelle in dieser Welt befand.

Sie war so sehr in die Steine versunken, dass sie am westlichen Ende des Münsterplatzes mit einem alten Mann zusammenstieß.

»Das tut mir leid! Entschuldigen Sie bitte meine Unachtsamkeit. Ist alles in Ordnung mit Ihnen?«, fragte sie den auf den Pflastersteinen liegenden Herrn und reichte ihm schnell die Hand.

»Den Büchern ist nichts passiert«, antwortete er und wirkte ausgesprochen erleichtert, nachdem er seinen Rucksack sorgfältig befühlt hatte. Der Mann trug eine olivgrüne Latzhose, in derselben Farbe eine Jacke, die ihm viel zu groß war, und einen Schlapphut.

»Ich meinte eigentlich, wie es Ihnen geht«, sagte Sofie.

»In meinem Alter ist nicht das Fallen das Problem, sondern das Aufstehen«, erwiderte er mit einem schalkhaften Glitzern in seinen Augen.

Sofie half ihm auf die Beine und strich den Straßendreck von seiner Kleidung.

»Es tut mir wirklich leid, ich war ganz in Gedanken.«

»Das habe ich gesehen. Sie waren so vertieft, als würden Sie in einem Buch lesen.«

Sofie schüttelte den Kopf. »Ich habe über die Pflastersteine nachgedacht.« Sie stockte. »Nein, eigentlich ging es um mein Leben.«

»Manchmal ist es gut, über das Leben so nachzudenken, als wäre es ein Buch. Und sich zu fragen, wie es weitergeschrieben werden sollte. Um dann zu begreifen, dass man selbst die Person ist, die den Federkiel in der Hand hält.« Er blickte auf seine Uhr. »Ich muss los, mein erster Kunde wartet. Und er mag es gar nicht zu warten.« Penibel rückte er seinen Rucksack zurecht und den Hut gerade.

»Noch mal Entschuldigung«, sagte Sofie. »Sonst bin ich nicht so.«

»Alles gut. Ich gehe jetzt etwas schneller, und die Welt ist dann wieder genau da, wo sie sein sollte.« Er sah sie an und schenkte ihr ein Lächeln. »Sie scheinen eine sehr nette Frau zu sein. Deswegen wünsche ich Ihnen von Herzen viel Glück. Für Ihr Leben.« Mit einem höflichen Nicken drehte er sich um und ging strammen Schrittes Richtung Münster.

Als Sofie sich umschaute, Orientierung suchend, blieb ihr Blick an einem kleinen, dunkellockigen Mädchen in einem der Fenster hängen. Es sah dem alten Mann nach, der gerade um die Ecke bog. Vor diesem Kind lag noch alles.

Vor dem tanzenden Kind in ihr lag dagegen nichts mehr, das wichtig war.

Die Straßenbahnlinie 18 führte aus der Stadt hinaus, an immer weniger Häusern und immer mehr Feldern vorbei, auf denen Getreide, Kartoffeln und Blumen angebaut wurden. Der launische April stellte den

Regen ab und ließ die Sonne in Eidottergelb untergehen. Im warmen Licht sah alles friedlich und idyllisch aus – und damit ganz anders als in Sofie. Als die Bahngleise eine Kurve vollzogen, tauchte in der Ferne noch einmal die Stadt wie ein Scherenschnitt auf, der sich vom Abendhimmel abhob. In der Mitte davon, wie die dunkle Perle in einer Muschel, lag das Konzerthaus.

Sofie blickte schnell weg und zupfte an ihrem völlig durchnässten Kleid, das kalt an der Haut klebte. Dann presste sie die kleine Handtasche an sich, als wäre diese ein Schutzschild.

Als die Straßenbahn an ihrer Station hielt und sie allein in das Neonlicht der einzigen Laterne hinaustrat, wurde es ihr endgültig bewusst: Sie würde nie wieder tanzen.

In den Glasscheiben der fortfahrenden Bahn sah sie ihr Spiegelbild. Die Augen einen Hauch zu weit auseinander, die Wangenknochen nicht exponiert genug. Sie war keine klassische Schönheit. Nie gewesen. Als Kind war ihr Körper unregelmäßig und wenig elegant gewachsen. Mal wirkte der Hals zu kurz, mal die Arme zu lang, dann schien der Po zu breit und die Nase zu spitz. Aber als Sofie erwachsen war und der Körper fertig nach all dem Recken und Strecken, hatte sie Gliedmaßen, die prädestiniert waren fürs Tanzen. Und im Tanz hatte Sofie sich erstmals schön gefühlt, im Tanz war sie ganz sie selbst und am richtigen Platz gewesen.

Als die Bahn in der dunklen Ferne verschwunden war, lag das Dorf still vor ihr. Es war einer dieser Orte, bei denen niemand wirklich sagen konnte, warum sie sich an dieser Stelle befanden. Es gab keinen Fluss, keinen Hügelkamm, kein fruchtbares Tal. Der Fleck Land sah aus wie alles ringsum. Man hätte das Dorf zehn, ja sogar zwanzig Kilometer in die eine oder andere Himmelsrichtung verschieben können, ohne dass es einen Unterschied gemacht hätte.

In der Umgebung war es als der »Stiefmütterchen-Ort« bekannt, denn von den Gärtnereien hier wurden seit jeher die Blumen für die Friedhöfe der Stadt herangezogen. Es gab drei große Betriebe, die alle auch einen Laden für Schnittblumen unterhielten und sich überhaupt nicht grün waren.

Stolz waren sie im Dorf auf die Gründung in der Römerzeit, von der noch ein winziger Mauerrest geblieben war, der vergittert mit einem Schutzdach an der einzigen Kreuzung mit Ampel stand. Ein pensionierter Oberstudiendirektor versuchte seit Jahren zu belegen, dass die Steinreste zur Villa eines reichen römischen Kaufmanns gehörten – obwohl alles dafürsprach, dass sie Teil eines Kuhstalls gewesen waren.

Sofie kam am Kirchturm vorbei, dem höchsten Bauwerk des Dorfes, wo manchmal Schleiereulen nisteten. Deren hübsches herzförmiges Gesicht mit den kleinen schwarzen Augen malten die Kinder im Kindergarten gern (eine Grundschule gab es nicht, die nächste befand sich im Nachbarort).

Die wenigen Geschäfte, die außer den Blumenläden existierten, lagen alle an der Hauptstraße.

Sofie kam an dunklen Fensterfronten vorbei. Da waren die *Bäckerei Johannes Pape & Sohn* und daneben der kleine Hofladen der Familie Nittels. In der viele Jahre leer stehenden Metzgerei hatte vor Kurzem ein Steakhaus namens *Glut & Asche* eröffnet. Der Besitzer stand häufig vor der Tür, rauchte und blickte die Straße entlang, als würden dadurch eher Gäste kommen. Die Zweigstelle der Bank und der Friseursalon waren geschlossen worden, in Ersterer standen jetzt nur noch ein Geldautomat und ein Kontoauszugsdrucker, und wer eine neue Frisur wünschte, musste in das Nachbardorf zum Salon *Schnittpunkt*. Dann war da nur noch Bauer Mattes, ein rotwangiger schwerer Mann, der aussah wie ein riesiges Baby und genauso gerne brüllte. Er hielt am Rand des Dorfes Hühner, Gänse und auch zwei Bienenvölker. Etwas außerhalb lag ein Supermarkt mit großen Neonbuchstaben über der Glasfront und kostenfreien Parkplätzen.

Das einzige Wirtshaus war der *Ochsen* (mit Bundeskegelbahn), direkt an der Bushaltestelle. Als Sofie daran vorbeiging, öffnete sich die Eingangstür, um einen Angetrunkenen auf die Straße zu spucken. Mit ihm drang scheppernde Musik heraus.

Sie spürte, dass ihre Beine den Rhythmus aufnahmen und ihre Schritte sich dem plumpen Takt anpassten. Fest presste sie die Hände an die Ohren, bis es schmerzte. Dann ging sie schnell daran vorbei, passierte den Friedhof mitsamt kleiner Kapelle und ließ die Hände erst wieder sinken, als sie um die Ecke in die Beller Straße bog, wo sich, von einer Straßenlaterne beschienen, das Haus befand, in dessen zweiter Etage sie wohnte.

Nachdem Sofie die Wohnungstür aufgeschlossen hatte, ging sie, ohne die Schuhe auszuziehen, ins Wohnzimmer, kniete sich vor die Kommode und zog die unterste Schublade heraus. Dort befand sich eine Schachtel mit rosa Schleife. Vorsichtig öffnete sie den Deckel und konnte beim Anblick ihrer ersten Spitzenschuhe nicht fassen, dass ihre Füße einmal klein genug gewesen waren, um dort hineinzupassen. Die Sohlen waren fast durchgetanzt, und an der Spitze des linken Schuhs war noch der verblichene Blutstropfen zu erkennen, von dem Tag als sie es mit dem Spitzentanz übertrieben hatte. Sie nahm die Schuhe heraus und drückte sie an ihre Brust, ganz fest. Warum konnten Dinge, die schön und richtig im Leben waren, nicht für immer bleiben? Warum musste die Welt sich immer weiterdrehen, wenn sie doch schon am richtigen Platz war? Sie hatte ihren Kleinmädchentraum gelebt. Wo aber fanden sich die Träume für große Mädchen? Sofie sank in sich zusammen und ließ die Tränen fließen, so lange sie wollten.

Und das wollten sie sehr, sehr lange.

***

Nachdem Sofie den Saal verlassen hatte, harrte Florian aus. Er saß auf Sitz 35 in Reihe 5 und schaute starr auf die Bühne, als nähme ihn das Geschehen dort völlig gefangen. Nicht nach links und rechts blicken, nicht entschuldigen. Alles war normal. *Houston, wir haben kein Problem.*

Er überstand auch die Pause, die unfassbar lange Pause, in der er mehrmals erfolglos versuchte, Sofie telefonisch zu erreichen, und dieselbe Frage immer neuen Menschen beantworten musste. Viele kannten ihn, da er seit Jahren im Konzerthaus der Stadt inszenierte.

Es war ein heftiger Migräneanfall. Das war seine Version. Er hatte zuerst daran gedacht, etwas von einem Kreislaufzusammenbruch zu erzählen, aber dann wäre Sofie nicht so schnell gegangen. Übelkeit? Dann hätte sie später zurückkehren können. Ihm war Migräne eingefallen, als ihn der Erste in der Pause fragte, und dann musste er dabei bleiben, obwohl Sofie nie zuvor einen Migräneanfall erlitten hatte.

Sie hatte ihm ja nichts gesagt, sondern war einfach aufgestanden und gegangen. Typisch für Sofie, die immer meinte, dass er wissen müsse, was sie beschäftigte. Dabei fühlte er sich wie ein Angler, der auch nach vielen Jahren nicht wusste, was im Meer passierte. Nur dass er manchmal Glück hatte und ein paar silberglänzende Fische fing. Aber in letzter Zeit hatte er kaum noch Glück, eigentlich gar keines mehr.

Die zweite Hälfte fühlte sich noch schlimmer an. Wegen Sofies Platz neben ihm, der nicht einfach nur leer war, sondern verlassen.

Nach dem letzten Vorhang machte sich Florian pflichtschuldig hinter die Bühne auf, um der Kompanie zu gratulieren und eine weinende Irina in die Arme zu nehmen. Sie schmiegte sich an ihn, ja presste sich fast an ihn, und er strich ihr über das feine Haar.

»Sofie wäre so gerne geblieben«, tröstete er sie. »Sie hatte sich so darauf gefreut, mit euch anzustoßen.«

Schwachsinn.

Florian hatte mit so etwas gerechnet. Sofie war seit

dem Ende ihrer aktiven Zeit wie ein Gummiband gewesen, dessen eines Ende noch am Ballett befestigt war, während das andere immer stärker in ein neues Leben zog. Es hatte schon lange geknarzt, und es war nur eine Frage der Zeit gewesen, bis es riss.

Sofies angebliche Migräne zwang ihn nun, die Festivitäten schnell zu verlassen. Gerne hätte er bis in den Morgen mitgefeiert, denn die Choreografie war innovativ gewesen, die Kompanie – bis auf den Zwischenfall – in großartiger Form, selbst das Orchester hatte einen guten Abend erwischt, was nicht immer der Fall war. Vor allem weil die Bratschen gerne tranken. Das war seine Welt, er war weiterhin ein Teil von ihr. Seine Musik spielte noch.

Da die nächste Straßenbahn erst in einer halben Stunde kommen würde, rief er sich ein Taxi. Der Fahrer redete die ganze Strecke über den Skandal bei der Ballett-Premiere, die beleidigte alte Primaballerina, die heulend den Saal verlassen hatte und auf dem Weg nach draußen etlichen Leuten brutal gegen die Knie gestoßen war. Schlechte Nachrichten reisten schnell. Und anscheinend nahmen sie dabei neues Gepäck auf. Florian riss sich zusammen und sagte erst etwas zu dem ganzen Unsinn, nachdem er bezahlt hatte. Dann aber umso lauter: »Wenn Sie nur ein einziges Mal gesehen hätten, wie wundervoll meine Frau tanzt, würden Sie Ihr beschissenes Maul halten! Sie hatte Migräne! Erzählen Sie das verdammt noch mal Ihren Kollegen und Fahrgästen!« Heftig schlug er die Tür zu.

Dann blickte er zum Haus, in dem sich Sofie hoffentlich befand. Drei Etagen, erst vor wenigen Jahren errichtet. Mit seinen cremeweißen Außenwänden und dem Zinkdach wirkte der kantige Bau zwischen all den untersetzten Häusern so fremd wie ein Ufo, das hier versehentlich gelandet war. Im Erdgeschoss lebte Dr. Stephan Mettler, ein HNO-Arzt aus der Stadt, mit seiner Frau Sabine. Das Paar, beide Mitte fünfzig, hatte sich hier seinen Traum von einem Garten erfüllt, der eine einzige Hommage an Italien war, das sie wegen Sabines Angst vor Reisen niemals hatten besuchen können. In der ersten Etage lebte Marie Denka, die den Kindergarten *Die sieben Zwerge* leitete. Sie hatte immer ein Lächeln auf den Lippen, selbst wenn sie den Müll runtertrug. Florian fragte sich, was ihr Geheimnis war. Sie musste es Sofie verraten. Am besten jetzt sofort.

Er kannte Marie seit der gemeinsamen Schulzeit, danach hatten sie sich allerdings aus den Augen verloren. Aber als Florian und Sofie vor einem halben Jahr eine neue Wohnung suchten und sich im Freundeskreis umhörten, erfuhr Marie über drei Ecken davon und half ihnen, eine neue Bleibe zu bekommen.

In der Wohnung darüber waren die Rollläden hochgezogen, aber alles lag im Dunkeln. War Sofie gar nicht nach Hause gegangen? War ihr womöglich etwas passiert?

Was war er nur für ein absoluter Vollidiot! Wie hatte er im Konzerthaus bleiben können?

Schnell schloss Florian die Haustür auf und rannte die Stufen nach oben. Atemlos entriegelte er die Wohnungstür, schaltete fast zeitgleich mit dem Eintreten das Licht an und rief ebenfalls im selben Augenblick Sofies Namen.

Dann sah er ihre hochhackigen Schuhe vor der Garderobe.

Aber das war noch nicht alles.

Sämtliche Wände waren leer.

Dort, wo Bilder gehangen hatten, befanden sich nun dünne Linien rechteckiger Schmutzränder, die ihn wie kantige leere Augen anstarrten. Die gerahmten Fotos von Sofie, wie sie sich drehte, wie sie sprang, wie sie ihren Körper zur Musik formte, waren fort. Auch die Aufnahmen von Florians Choreografien, die magischen Szenen, wenn die Körper der Tänzerinnen und Tänzer ein Bild formten, das kein Maler kraftvoller mit dem Pinsel gestalten konnte. Eingefrorene Momente, oftmals in Schwarz-Weiß. Einige Zeichnungen hatte es ebenfalls gegeben, von Florian selbst auf Papier gebannt, da er stets in Bildern dachte, sobald er eine Choreografie entwarf. Man hörte förmlich die Musik, wenn man sie betrachtete. Wer entlang dieser Bilder durch die Wohnung flanierte, straffte den Körper unwillkürlich, setzte die Schritte bedachter, als balancierte er über einen schmalen Steg. Der Gang durch die Räume wurde zu einer Art Tanz.

Jetzt war nirgendwo mehr Tanz.

Florian fand die Bilder im Wohnzimmer, zu Türmen gestapelt, mit Laken zugedeckt. Unter solchen war auch Florians geliebte Plattensammlung verborgen, die er in zwei Jahrzehnten zusammengetragen hatte, sein musikalisches Tagebuch. Ebenfalls das kleine Küchenradio mit der langen ausziehbaren Antenne, der erste Gegenstand, den sie sich damals für die gemeinsame Wohnung gekauft hatten.

Auf dem schwarzen Ledersofa fand er Sofie, zusammengekrümmt wie ein Embryo, noch im glitzernden Abendkleid, nur der Reißverschluss am Rücken war heruntergezogen, der Stoff weit über die Arme gerutscht.

Er holte ein Plumeau aus dem Schlafzimmer, legte es sachte über sie und streichelte ihr beruhigend über die Schulter. Es war eine schwere Zeit für sie. Das Schicksal hatte ihr ein neues Leben zugeteilt, obwohl sie gar nicht danach gefragt hatte. Und es gab keine Möglichkeit, das alte wiederzubekommen. Das Schicksal kannte keine Retouren.

Auf dem Sofa war leider nicht genug Platz, um sich an Sofie zu schmiegen. Dabei brauchte er ihre Nähe nun genauso wie sie seine. Das hoffte er zumindest.

Sofie drehte sich um und wandte ihm den Rücken zu.

Er setzte sich in den Sessel ihr gegenüber.

***

Rund dreihundert Meter entfernt schlief Giacomo Botura und drehte sich auf seiner durchgelegenen Matratze um. Obwohl er der Bäcker des Dorfes war, träumte er nicht von Brötchen und Mehl, von Krumen und Teig. Er träumte vom Land seiner Jugend, von Kalabrien. Wie bei jeder Art von Traum schien es ihm unwirklich, und die Erinnerungen an die Bergzüge und Küstenstreifen wirkten, als wären sie aus Luft gewoben. Häufig träumte er dann von Kalabrien, wenn Familie Nittels vor ihrem kleinen Hofladen duftende Orangen neben der Eingangstür aufbaute, um Kunden hereinzulocken. Die Orangen erinnerten ihn an die Bergamottefrüchte, die er immer zusammen mit seiner Tante Rosarina geerntet hatte.

In dieser Nacht träumte Giacomo, wie er den staubigen steilen Weg vom Dorf zum Obstgarten nahm, der hoch oben über dem Meer thronte. Er musste Wasserflaschen schleppen und einen Korb mit Essen für die Mittagspause. Als er endlich den Schatten der alten Bäume erreichte, glänzte seine Haut vom Schweiß. Er träumte davon, wie er die sauren, leicht bitteren Früchte pflückte, während ein kühler Wind durch den Hain blies und ihm Geschichten vom nahen Ozean erzählte. In seinen Träumen war in Kalabrien immer Sommer, aber nie war es zu heiß, gab es penetrante Stechmücken oder bekam man einen Sonnenbrand. Es hänselte ihn auch niemand, weil er beim Pflücken trödelte. Alle lächelten bei der Arbeit, obwohl sie hart war.

Aus diesen Träumen wachte er gut erholt auf.

So auch heute, wo er nach dem Aufwachen noch für einen kurzen wundervollen Moment den Duft der Bergamotte in der Nase hatte. Als er für die Morgenwäsche in sein kleines Bad ging und die orangefarbene Bergamotteseife bedächtig durch die Finger gleiten ließ, ihre runde Form genießend, kam sie ihm vor wie seine Träume von Kalabrien. Immer frisch, makellos, eine perfekte Illusion.

Am Schluss der Morgentoilette widmete Giacomo sich seinen Haaren. Er strich sie mit einem Kamm so nach hinten, dass sie in Wellen über den Kopf liefen, absolut parallel. Solch eine Frisur hatte er bei seinem Vater immer bewundert. Es hatte leider nicht viel anderes an ihm zu bewundern gegeben. Sie hatten niemals Frieden schließen können.

Beim Gang zur Wohnungstür machte er nur wenig Licht, das Halbdunkel schien ihm für die alten Möbel angemessen, die stets so träge wirkten, als würden sie nur langsam erwachen. Sie waren bereits hier gewesen, als er einzog, und Giacomo war niemand, der gute Möbel wegwarf, weil sie ihm nicht gefielen, oder ein sorgsam gemaltes Bild abhängte, nur weil ein Hirsch darauf vor einem viel zu blauen Alpensee röhrte. Er hatte Respekt vor der Handwerkskunst. Mit der Zeit waren ein paar gerahmte Fotos aus der alten Heimat dazugekommen. Eines seines liebsten Fußballvereins, das in der Zeitung gewesen war, als dieser nach über vierzig Jahren wieder einmal die Meisterschaft gewonnen hatte, und eines, über das er jeden Morgen zärtlich strich und dabei ebenso zärtliche Worte sprach. In die Schrankwand waren ein paar Bücher eingezogen, vom oftmaligen Lesen mit stolzer Patina versehen. Ansonsten war nur ausgewechselt worden, was nicht mehr funktionierte. Der gerissene Lampenschirm in der kleinen Küche, die vergilbten Vorhänge im Wohnzimmer, das gesprungene Waschbecken im Bad. Alles hatte er günstig ersetzt. Giacomo hatte diese Wohnung geflickt, wie man eine alte, löchrige Hose flickt. Mit allem, was man schnell greifen kann. Genauso liebte er es, kein Geld zu verschwenden. Er verdiente ohnehin nicht viel und schickte jeden Monat den Großteil davon nach Kalabrien.

Die Bäckerei lag nur eine Etage tiefer im Erdgeschoss. Aber Giacomo musste außen ums Haus herumgehen, um sie zu betreten, gute zehn Meter. Er mochte diesen kurzen Weg, der Arbeit und Zuhause trennte, obwohl er manchmal durch Regen, Schnee und Sturm laufen musste. Oder: gerade weil er manchmal durch solch ein Wetter musste. Bräuchte er nur durch ein Treppenhaus zu gehen, würde er nicht spüren, was für ein Tag war. Und das musste er wissen, damit sein Brot gut wurde. Denn der Teig wusste immer, welches Wetter gerade herrschte, und verhielt sich entsprechend.

Die zehn Meter bis zur Backstube waren als Kiesweg angelegt mit ein paar Gewächsen wie Süßholz, Silber-Fingerkraut und Peperoncini (sogar dreierlei Sorten) aus seiner Heimat, natürlich war auch ein Olivenbäumchen darunter und ein junges Clementinenbäumchen, für das er extra ein winziges Gewächshäuschen gebaut hatte. Die meisten Pflanzen hatte seine Nonna ihm aus Kalabrien geschickt, damit er diese nicht vergaß (was natürlich niemals passiert wäre). Sie waren wie ein Kuss seiner Nonna auf seine Stirn, ein Streicheln über seine Wange. Als er jetzt an ihnen vorbeiging, war Giacomo ein klein wenig neidisch auf sie. Die Erde, in der ihre Wurzeln steckten, war für sie Heimat. Er dagegen fühlte sich immer noch ein wenig zerrissen zwischen alter und neuer Heimat. Dreiundfünfzig Jahre lebte Giacomo jetzt, mehr als die Hälfte davon hatte er in diesem Land hier verbracht. Es war ihm längst zur Heimat geworden. Keine zweite Heimat, sondern eine weitere.

Lampen gab es auf dem kurzen Weg nicht. Das Licht von Mond und Sternen musste reichen.

Umso massiver erschien ihm die Helligkeit, als er wie immer um vier Uhr früh durch den Nebeneingang in die kleine Backstube trat, den Lichtschalter betätigte, die drei Neonröhren an der Decke flackernd lebendig wurden und er seine Familie sah: die zwei Rührmaschinen, die Mehlsäcke, die große Arbeitsplatte in der Mitte, die Gärkörbe, die Bäckerleinen, den Bräunwisch und natürlich den Holzbackofen mit Schamottsteinen. So etwas konnte heute kaum noch jemand bauen, und es fanden sich ebenso wenig Bäcker, die damit arbeiten wollten. Der alte Ofen machte viel Arbeit und blieb immer ein wenig unberechenbar.

»Na, du alter Drachen«, begrüßte Giacomo ihn und strich über die zwei schmalen Glasfenster, durch die er später seinen Backwaren beim Aufgehen zuschauen konnte. »Bereit für ein schönes Feuer?«

Giacomo wünschte auch den drei kleinen Schwarz-Weiß-Fotos einen Guten Morgen, die gerahmt an der Wand hingen und von denen er mit einem Tuch das Mehl wischte. Dann rieb er sich seine Hände warm, denn Teig mochte keine Kälte. Er wollte liebkost und umsorgt werden.

Giacomo verspürte einen Stich ins Herz, als er an die Arbeitsplatte trat und sie mit Mehl bestreute. Die Kosten für den Betrieb und die Zutaten waren in den letzten Jahren so viel teurer geworden, aber die Kunden wollten nicht mehr bezahlen. Selbst eine kleine Erhöhung des Brötchenpreises hatte zu vielen Beschwerden geführt. Giacomo würde das Bäckerhandwerk nur weiter ausführen können, wenn er mehr produzierte, um auch den Kindergarten oder den

Fußballverein beliefern zu können. Die Nachfrage war da. Die kleine Bäckerei musste ein bisschen weniger klein sein, wollte sie stark genug werden, um in dieser Welt zu überleben. Dafür brauchte er eine zusätzliche Kraft in der Backstube. Aber bisher hatten sich nur wenige auf seine Stellenausschreibung gemeldet, und keiner war länger als einen Tag geblieben. Wenn er in sechs Wochen niemanden gefunden hätte, wären auch die letzten Reserven aufgebraucht. Anscheinend wollte heutzutage keiner mehr Bäcker werden. Obwohl es doch der schönste Beruf der Welt war! Welch größeres Glück konnte es geben, als frisch gebackenes, duftendes, goldbraunes Brot aus dem alten Drachen zu ziehen und sich ein noch heißes Stück abzubrechen, um es sofort in den Mund zu stecken?

Giacomo machte sich an die Arbeit. Solange es noch ging, würde er jeden Tag hier genießen. Und dem alten Drachen nichts davon sagen, dass sein Feuer bald für immer erlöschen könnte.

***

Nach einer kurzen Nacht stand Sofie vor dem Badezimmerspiegel und betrachtete die Frau darin, als wäre sie eine Fremde.

Das teure glitzernde Abendkleid lag zu ihren Füßen wie die Hinterlassenschaft einer Schlange, die sich gehäutet hatte. Auch ihre Unterwäsche fand sich dort. Sie war völlig unbekleidet.

Dies war nicht mehr ihr Körper.

Ihrer war wie eine gespannte Sehne gewesen, jederzeit zum Schuss bereit. Dieser Körper hier wollte seit Wochen nur auf der Couch liegen. Fernsehen schauen, egal was.

Nach dem Aufstehen hatte sie Florian gesucht, aber er war nicht in der Wohnung gewesen. Nun trat er von hinten an sie heran. Seine Hände fuhren an ihren Hüften entlang und legten sich auf ihren Bauch, wie sie es schon Hunderte Male getan hatten. Eine Wange schmiegte sich an ihr Ohr, und er gab ihr einen zärtlichen Kuss auf den Hals, kaum mehr als ein Wimpernschlag, der sie oft hatte angenehm erschaudern lassen.

Sie liebte dieses Ritual. Eigentlich. Und sie wusste, dass Florian sie auf diese Weise berührte, weil sie es so mochte. Natürlich auch, weil er Lust hatte, ganz selbstlos war es nicht. Aber das war immer in Ordnung gewesen. Sie genoss, dass er Lust auf sie hatte.

Aber egal, wo Florian sie jetzt berührte, es war die falsche Stelle. Ihr ganzer Körper war eine falsche Stelle, an der sich Falsches befand. Sie versuchte, die neuen Polster zu vergessen, aber jede seiner Berührungen wies sie darauf hin.

»Guten Morgen, Sonnenschein«, flüsterte er und gab ihr noch einen Kuss auf den Hals, jetzt schon mit unverhohlenem Verlangen.

Dies war nicht ihr Körper.

Und wenn Florian diesen hier begehrte, dann stimmte etwas nicht mit ihm. Dann liebte er sie nicht, sondern diese andere, diese Fremde.

»Lass das«, sagte sie barsch.

»Entspann dich. Lass uns den blöden Abend einfach vergessen.«

Sie sah seine tiefbraunen Augen im Spiegel, die ihr

früher immer das Gefühl gegeben hatten, sicher und geborgen zu sein. Sofie drehte sich um und schob ihn fort.

»Ich weiß gar nicht, ob du mich noch liebst.«

»Natürlich tue ich das!«

»Warum merke ich es dann nicht?«

»Was mache ich denn gerade?«

»Vorspiel, Florian. Und Sex ist was anderes als Liebe.«

Sofie griff nach einem Bademantel, denn in ihrer Nacktheit kam sie sich verletzlich vor. Und außerdem wollte sie nicht nackt gesehen werden. Nicht von Florian, der als Choreograf jeden Tag mit Körpern zu tun hatte, die so perfekt aussahen wie der, den sie verloren hatte. Und auch nicht von jemand anderem. Besonders nicht von sich selbst.

»Sex gehört zur Liebe dazu. Und ich zeig dir ständig auch auf andere Art, dass ich dich liebe. Aber du schaust nicht richtig hin.« Er ging aus dem Badezimmer und kehrte mit einer Einkaufstasche zurück. »Ich bin extra früh aufgestanden, um Frühstück zu machen, weil ich wollte, dass du heute von Teeduft geweckt wirst. Aber als ich dich nackt vor dem Spiegel sah, hab ich meine Pläne spontan geändert...« Er zog einen Bund Blumen aus der Tasche. »Hier, die Pfingstrosen habe ich für dich gekauft, weil du die so magst.« Er legte sie auf dem Waschbecken ab und griff wieder in die Tasche. »Den sauteuren Orangensaft mit Fruchtfleisch und die Seife hier auch. Weil ich selbst im Supermarkt an dich denke und mir überlege, wie ich dein Leben ein kleines bisschen besser machen kann.«

»Mit einem Stück Aloe-vera-Seife?« Sofie zog den Bademantel enger um ihren Körper.

»Ja, auch mit einem Stück Aloe-vera-Seife. Es sagt: Florian liebt dich. Auf… seifige Art.« Er lächelte sie an.

Aber Sofie lächelte nicht zurück. »Das reicht nicht. Seife reicht nicht für die Liebe. Man muss sagen, dass man den anderen liebt. Und es meinen.«

Tief im Inneren wusste Sofie, dass sie selbst das Problem war, weil sie sich nicht mehr liebte. Und egal, was Florian anstellte, das konnte er nicht ausgleichen.

»Sofie, ich lie…«

»Jetzt zählt es nicht mehr! Wenn man darum bitten muss, ist es, als würde man sich selbst an einem Automaten einen Strauß Blumen ziehen, statt ihn geschenkt zu bekommen.«

Florian ließ die Einkaufstasche auf den Boden fallen. »Sagst du mir jetzt endlich, was genau los ist? Und was gestern los war? Ich habe allen erzählt, du hättest Migräne.«

»Ich will nicht darüber reden.« Sie versuchte, an ihm vorbeizugehen, aber Florian hielt sie an der Schulter zurück.

»Wir müssen aber darüber reden. Es geht nicht von allein weg. Wir hätten seit Wochen reden müssen. Ich hab gedacht, ich lasse dir etwas Zeit. Aber der gestrige Abend hat ja wohl gezeigt, dass das der völlig falsche Ansatz war.«

Sofie blickte zur Einkaufstasche, deren Inhalt sich über die Badezimmerfliesen verteilt hatte. »Ich mag überhaupt keine gelbe Paprika.«

»Die habe ich für mich gekauft.«

»So viel zu deinem selbstlosen Supermarktbesuch.«

Sofie wusste, dass sie ungerecht war. Aber die Welt war ungerecht zu ihr, und sie wollte auch zu jemandem ungerecht sein. Es tat ihr leid, dass es Florian war, aber nicht genug, um sich zu entschuldigen. Sie löste seine Hand von ihrer Schulter und verließ das Badezimmer.

Florian kam hinter ihr her. »Dann sag ich dir jetzt, was nicht mit dir stimmt. Und daran kannst du mich nicht hindern!«

Als Sofie »Das werden wir ja sehen!« sagen wollte, denn sie brauchte einen Streit, und am besten einen, bei dem sie jemanden anbrüllen konnte, klingelte es an der Tür.

Die beiden sahen sich an.

»Erwartest du wen?«, fragte Sofie.

»Nein, du?«

Sie trat zur Gegensprechanlage. »Hallo?«

»Mach schnell auf, Anouk muss ganz dringend auf die Toilette.«

Sofie drückte den Türöffner, und wenige Sekunden später kamen ihre Schwester Franziska und deren fünf Jahre alte Tochter Anouk die Treppe herauf. Franziskas zweiter Vorname war Sofie, und Sofies zweiter Vorname war Franziska, womit ihre Eltern hatten betonen wollen, dass ihre Töchter sich glichen, aber doch eigenständig waren. Sie hatten nicht einkalkuliert, zu welchen Hänseleien das in der Schule führen würde. Aber diese hatten die Schwestern tatsächlich zusammengeschweißt.

»Ich muss gar nicht!«, sagte Anouk bockig und blieb mit verschränkten Armen auf einer Treppenstufe stehen.

»Natürlich! Ich sehe doch, wie du gehst! Ab jetzt! Sonst gibt es heute Abend kein Fernsehen.«

»Du bist so gemein! Du bist die gemeinste Mama auf der ganzen Welt!«

»Ich weiß. Es ist ein mieser Job, aber einer muss ihn übernehmen.«

Wortlos stapfte Anouk an Sofie vorbei zur Toilette.

Franziska schloss ihre Schwester in die Arme. »Ich musste dich besuchen. Wegen der Sache gestern Abend im Konzerthaus. Die ganze Stadt spricht davon.« Sie erblickte Florian und nahm auch ihn in den Arm. »Und du bist einfach sitzen geblieben? Alles okay bei euch?« Sie knuffte ihn in die Seite.

»Ich geh was am Laptop arbeiten«, sagte Florian zu Sofie. »Wir reden später.«

Franziska runzelte die Stirn. »Bin ich da gerade in irgendwas reingerasselt?«

Sofie winkte ab und atmete durch. »Tee? Ich brauch jetzt auf jeden Fall einen.«

Als sie mit ihrer Schwester in der Küche stand und eine Kanne aufsetzte, kam Anouk hereingelaufen, ein stolzes Grinsen auf dem Gesicht.

»So groß war die Wurst!« Sie zeigte es mit den Händen. Falls sie nicht übertrieb, hatte sie gerade etwas von den Ausmaßen eines Ponys im Klo versenkt. Dann drehte Anouk sich um die eigene Achse wie ein Model. »Merkste was?«

Sofie blickte fragend zu Franziska, die sich über die müden Augen fuhr. »Die junge Dame ist jetzt nicht mehr Prinzessin Lillifee, sondern jemand anderes.«

»Wer bist du denn?«

»Du musst raten!« Anouk zeigte auf die kleine Plastikkrone in ihrem blonden Haar, mit vielen falschen Edelsteinen darin.

»Eine Königin?«

»Nee, keine Königin. Die sind doch alle voll alt.«

Hinter Sofie begann das Wasser geräuschvoll zu blubbern.

»Schneewittchen?«

»Das gibt es doch gar nicht in echt!« Anouk wurde leicht trotzig. Schließlich war es so offensichtlich, wen sie darstellte! Sie zeigte Sofie ihre Barbiepuppe, der sie eine weiße Socke um die Hüfte gewickelt hatte.

»Eine Fee?«

»Seit wann haben Feen denn ein Kind?«

»Nun erklär es schon«, forderte Franziska ihre Tochter auf. »Dein Tantchen kommt allein nicht drauf.«

»Ich bin Maria«, sagte Anouk triumphierend. »Das sieht man doch!«

»Maria?«

»Ja.«

»Welche Maria?«

»Na, *die* Maria.«

»Aus einem Buch?«

Anouk schüttelte die Barbie vor Sofies Gesicht. »Die Mama vom Jesuskind. *Die* Maria!«

»Solange sie mit der unbefleckten Empfängnis noch etwas wartet, soll es mir recht sein«, sagte Franziska und goss sich und Sofie heißes Wasser in die Tassen mit den Teebeuteln. »Sie will jetzt nur noch Maria genannt werden. Mach es einfach. Ich hab mir schon die Zähne an ihr ausgebissen. Sie ist so unfassbar stur.«

»Von wem sie das nur hat ...«

»Liegt in der Familie. Betrifft leider alle Mitglieder.«

Franziska kannte den Grund für Anouks Wahl nicht, denn diese wollte nicht über die Schmach im Kindergarten reden, die zugrunde lag. Die Erzieherin der *Sieben Zwerge*, Frau Denka, hatte für die Ostertage ein kleines Theaterstück erarbeitet, in dem die Kreuzigungsgeschichte auf eine für Kinder in Anouks Alter goutierbare Weise dargestellt wurde (was wahrlich nicht leicht gewesen war). Und die *andere* Anouk – wie konnte es überhaupt sein, dass es im Kindergarten, im Dorf, auf der ganzen Welt noch eine Anouk gab! – hatte die Maria spielen dürfen und das tolle Kostüm mit dem wallenden Gewand bekommen! Während Anouk ein blödes, textloses Schaf darstellen musste. Das war so ungerecht! Deshalb hatte Anouk entschieden, dass sie jetzt und trotzdem und überhaupt die Maria wäre. Die viel bessere. Und nicht nur für so ein doofes, furziges Stück, sondern für immer. Ha!

»Wenn ich groß bin, will ich eine richtige Maria werden!«, erklärte sie jetzt Sofie voller Inbrunst. »Mit echtem Jesuskind. Das hier ist eigentlich nur eine Barbie. Darfst du aber keinem verraten!«

Sofie hob die Hand zum Schwur. »Versprochen!«

»Komm, wir setzen uns rüber, da redet es sich besser als im Stehen.« Franziska hakte sich bei Sofie unter und zog sie mit ins Wohnzimmer an den Esstisch. »Also, was war gestern los?«

»Ich hatte Migräne«, sagte Sofie, als sie sich auf die Rattanstühle setzten.

»Ach hör doch auf, du hattest noch nie Migräne!«

Anouk kroch unter den Tisch. »Das ist jetzt eine Maria-Höhle«, erklärte sie. »Darf ich mit den Kissen von den Sesseln die Wände bauen, Tante Sofie?«

»Natürlich. Ich werde einen Teufel tun und der Gottesmutter etwas abschlagen.«

Franziska unterdrückte ein Lachen. »Jetzt erzähl schon die Wahrheit. Und ich will etwas Glaubwürdiges hören.«

Sofie klopfte mit den Fingernägeln gegen die Teetasse. »Ich habe es nicht ertragen, okay? Im Publikum zu sitzen, statt auf der Bühne zu tanzen. So einfach ist das.«

»Hättest du nicht bis zur Pau...«

»Hab ich versucht, wirklich versucht. Aber es ging nicht. Ich muss was frühstücken, du auch? Apfel, Banane?«

Franziska schüttelte den Kopf. »Musste gerade schon den Rest von Anouks Schoko-Marshmallow-Müsli essen.«

»Ich heiße nicht Anouk, ich heiße Maria!«, rief Sofies kleine Nichte wütend, die gerade mit drei Kissen unter den Armen von ihrer Sofaplünderung zurückkehrte.

Während Sofie nun in der Küche werkelte, griff Franziska nach der Post, die in der Mitte des Tisches lag, und blätterte sie durch. Bei einem Umschlag kam sie ins Stocken. »Vom Arbeitsamt?«, rief sie Richtung Sofie. »Warum schreiben die dir denn?«

»Will ich gar nicht so genau wissen. Die schicken mir immer irgendwelche Jobangebote. Aber ich bin noch nicht so weit.«

Franziska zuckte mit den Schultern und riss den Brief auf. Kleine Schwestern machten schließlich immer Dinge, die ihnen ältere Geschwister verboten. Als Sofie mit einem Teller zurückkam, auf dem ein geviertelter Apfel und eine geschälte Banane lagen, hatte Franziska das Wichtigste bereits gelesen.

»Gib her!«, verlangte Sofie und nahm ihr das Schreiben ab. »Auch in Familien gibt es so etwas wie eine Privatsphäre.«

»Sei froh, dass ich mir das angeschaut habe. Dir steht Ärger ins Haus.«

Als hätte ich davon nicht schon genug, dachte Sofie und setzte sich. »Wieso?«

»Das Amt schreibt, dass dir seit Beendigung deiner vorherigen Arbeitsstelle, also seit drei Monaten, etliche Jobangebote gemacht wurden. Aber du hättest dich weder auf dem Amt blicken lassen noch um eine neue Anstellung bemüht. Wenn du nicht irgendwo vorstellig wirst und zur Probe arbeitest, würde dein Arbeitslosengeld gekürzt. Also nicht heute und auch nicht morgen, aber irgendwann halt schon. Sie haben extra eine Liste mit möglichen Arbeitsstellen beigelegt.« Franziska reichte sie ihr herüber.

»Garderobiere im Konzerthaus?« Sofie lachte trocken auf. »Klar.«

»Da standen noch mehr.«

Sofie las laut vor. »Verkäuferin beim Tierfutterhandel? Nachtportier im *Hotel Münsterplatz*? Aushilfe beim Bäcker? Der ist immerhin direkt um die Ecke.« Sie warf das Blatt zurück auf den Tisch. »Die sollen mich in Ruhe lassen.«

»Schwesterherz, die streichen dir die Kohle!«

Florian kam herein und beugte sich zu Sofie, um ihr ins Ohr zu flüstern: »Können wir gleich noch reden? Ich muss in die Stadt zu einer Besprechung. Aber ich möchte nicht fahren, bis wir die Sache aus der Welt geräumt haben.«

Sofie griff wieder nach der Liste. »Ich muss jetzt leider zu einem Vorstellungsgespräch. Sonst kürzen sie mir das Arbeitslosengeld.«

Franziska zog die Augenbrauen in die Höhe, sagte aber nichts.

Unter dem Tisch guckte Anouks Köpfchen hervor. »Ich hab ein Kissen aufgerissen, wegen der Füllung. Ganz viel Heu für das Jesuskind! Wollt ihr gucken kommen?«

***

Sofie musste nur rund hundert Meter die Beller Straße hinuntergehen, dann über einen kleinen Trampelpfad, der hinter den Gärten von Einfamilienhäusern entlangführte, einmal rechts abbiegen, und nach wenigen Schritten war sie schon bei der *Bäckerei Johannes Pape & Sohn*, vor der Kunden Schlange standen. Gut, nur vier Menschen, aber sie befanden sich schließlich in einem Dorf.

Die verschnörkelten Buchstaben an der Hauswand blätterten an etlichen Stellen bereits ab. Links von der Eingangstür hing noch ein alter Süßigkeitenautomat. Das Schildchen hinter dem Glas, das verheißungsvoll auf den begehrenswerten Inhalt hinwies, war vergilbt, die Wunderkugeln, die beim Lutschen Farbe und Geschmack änderten, hatten längst ihre Farbe verloren, und ohnehin war der Drehknopf darunter verrostet. Rechts neben der Eingangstür befanden sich zwei große bodentiefe Fenster, aber dahinter keine Auslage goldbrauner Backwaren, keine saisonale Dekoration mit Blumen und Ranken, am Glas klebten keine Reklameschilder, die auf Angebote oder Spezialitäten hindeuteten. Durch die Fenster konnte man nur die Theke erkennen und die dahinter in einem Bäckerregal gestapelten Waren.

Sofie stellte sich an und spürte die sondierenden Blicke der anderen Kunden. Anscheinend kannte man sich hier, aber sie kannte man nicht. Sie gehörte nicht zur eingeschworenen Gemeinde der Backwarenkäufer, die um diese Uhrzeit hier anstanden.

Vor der Tür sprachen die Menschen munter miteinander, aber mit dem Eintreten in die kleine Bäckerei verstummten sie, was Sofie irritierte. Sie spürte im Inneren eine gedrückte Stimmung wie sonst nur beim Zahnarzt. Der leicht zu reinigende Fußboden aus braunem Linoleum passte dazu, auch die bis an die Decke in Beige gekachelten Wände. Die ganze Einrichtung bestand aus dunklem, freudlosem Holz, nur in der Ecke summte ein weißes Kühlregal, in dem sich wenige Milchkartons, abgepackter Käse, Eierstich, Markklößchen und Eierschachteln befanden.

Aber dafür hatte Sofie kaum Augen, denn hinter

dem Tresen stand die mit Abstand grimmigste Frau, die sie jemals gesehen hatte. Die Verkäuferin trug eine Kittelschürze mit einem verwaschenen Blumenmuster, sehr straff gebunden. Genauso straff, wie ihre grauen Haare zu einer Art Dutt zusammengefasst waren. Ihr Blick schien zu sagen, dass man sich aus dem Staub machen solle.

»Nächster!«, befahl sie im Kasernenton.

Vor Sofie war eine junge Frau an der Reihe, an der Hand hielt sie ihren Sohn, der um die zehn Jahre alt sein mochte. Er wirkte nervös.

»Zwei Baguette bitte, ein Graubrot geschnitten und vier Brötchen«, bestellte die Frau.

Der Junge zog am Ärmel seiner Mutter. »Mama«, flüsterte er. »Darf ich einen Kirschlolli haben?«

Sie beugte sich zu ihm. »Vielleicht bekommst du ja einen, wenn du die Dame ganz nett fragst.«

»Bekommt er nicht«, herrschte die Verkäuferin sie an. »Wir sind nicht die Wohlfahrt und haben nichts zu verschenken. Kaufen Sie einen Kindermuffin, da ist ein Lutscher dran. Ist ja nicht so, als würden die ein Vermögen kosten.«

»Das kann man auch anders sagen.«

»Bleibt aber dasselbe. Also, einen Kindermuffin?«

Die Mutter atmete tief durch. »Ja.«

Die Verkäuferin kassierte und rief wieder: »Nächster!«

Sofie setzte ein Lächeln auf. »Ich bin hier wegen der Stelle. Das Arbeitsamt hat mir ...«

»Ah, wieder so eine.«

»Ich habe jetzt keine Unterlagen oder so dabei, ich wollte einfach erst mal ...«

»Nach hinten«, erwiderte die Frau. »Der Bäcker macht das.« Sie wies auf einen schmalen, türlosen Gang.

»Soll ich einfach durchgehen?«

»Wenn Sie die Stelle haben wollen, sollten Sie auf jeden Fall nicht dumm in der Gegend rumstehen. Nächster!«

Sofie trat um den Tresen herum, wartete, bis die Verkäuferin mit einem verächtlichen Grunzen den Weg freigab, und ging durch den niedrigen, unbeleuchteten Gang zur hell erstrahlenden Backstube.

Das Erste, was ihr dort auffiel, war der an den Lefzen leicht ergraute Dackel. Er schlief am warmen Ofen, lang ausgestreckt, als wollte er ihn mit seinem ganzen Körper berühren. Durften Dackel einfach so in einer Backstube liegen? Störte sich daran nicht das Gesundheitsamt? Der Dackel schien sich auf jeden Fall nicht daran zu stören.

Dann sah sie das große Röhrenradio auf der Fensterbank, aus dem Musik dudelte, ein Schlagersender.

Der Bäcker zog gerade ein Blech Brötchen aus dem Ofen. Er mochte Anfang fünfzig sein, und man sah ihm an, dass er körperlich arbeitete. Seine Arme und Hände wirkten kraftvoll, auch wenn er kein klassisches Muskelpaket war. Er war etwas größer als Florian und mit seiner südländischen Art nicht unattraktiv. Seine Haut sah aus, als hätte er viel Zeit in der Sonne verbracht, obwohl sie sich dieses Jahr noch kaum gezeigt hatte. Auf seinem tiefdunklen Haar trug er eine Baskenmütze.

Deswegen begrüßte ihn Sofie mit: »Bonjour, ich bin Sofie Eichner und wegen der Stelle hier.«

Der Bäcker nickte zur Antwort kurz, schob das Blech in ein großes, fahrbares Metallgestell und betrachtete die Brötchen darauf genau, sah nochmals zu Sofie und griff dann gezielt eines, das sich am äußersten linken Rand befand, mit etwas dunklerer Kruste. Es hatte zu viel Temperatur abbekommen.

Er reichte es ihr. »Probieren!«

»Aber ich habe gar keinen...«

»Probieren.«

»Es ist noch ganz heiß.« Sofie wechselte es von einer Hand in die andere, damit die Hitze nicht unerträglich wurde.

Der Bäcker sah sie erwartungsvoll an.

Sofie hatte seit vielen Jahren weder Brot noch Brötchen gegessen. Kohlenhydrate, weißes Mehl, nichts für den Körper einer Tänzerin. Aber da der Bäcker sie immer noch erwartungsvoll anschaute, brach sie schnell etwas vom heißen Backwerk ab. Die warme Kruste steckte sie sich rasch in den Mund in der Absicht, sie umgehend herunterzuschlucken und diesen albernen Moment hinter sich zu bringen.

Doch dann konnte sie nicht anders, als zu kauen. Und plötzlich war da ein Geschmack, der sie auf eine besondere Art berührte. So, als wäre dieses Brötchen nur für sie gebacken worden. Was natürlich völliger Blödsinn war.

»Muss ich auch das Innere essen?«, fragte Sofie.

Der Bäcker schüttelte den Kopf. »Jetzt einen Teig kneten.«

Merkwürdigerweise besaß er trotz der Baskenmütze keinen französischen Akzent, sondern einen italienischen.

Sofie legte das Brötchen auf einem großen Mehlsack ab. »Aber ich bin für die Stelle im Verkauf hier.«

»Wo stand, dass ich jemanden für den Verkauf suche?«

Nirgendwo.

Er zeigte auf den großen, mit Mehl bestreuten Metalltisch in der Mitte der Backstube und holte aus einem Plastikeimer eine große Teigkugel, die er darauf platzierte.

»Kneten.«

Sofie kochte und backte überhaupt nicht. Ihr Leben hatte größtenteils aus Rohkost und Eiweiß bestanden.

»Ich wollte im Verkauf …«

»Den macht Elsa.« Er zeigte mit beiden Händen auf die Teigkugel, als wäre sie Teil eines Zaubertricks.

»Ich weiß nicht, wie man knetet.«

»Das ist egal. Wenn Sie zuhören können, sagt der Teig es Ihnen.«

Sofie stand der Mund offen. War das ein normales Einstellungsgespräch? Und war dieser Mann überhaupt ein normaler Bäcker?

Er strich jetzt über den Teig, ganz zärtlich, als wollte er ihn beruhigen wegen dem, was ihm bevorstand: dass Sofies Hände ihn grob kneteten. Dann blickte er wieder hoch zu ihr.

»Ist ein guter Teig.«

Sofie sah zur Hintertür. Sie könnte einfach da rausgehen, und der Spuk hätte ein Ende. Dem Arbeitsamt würde sie melden, dass das Bewerbungsgespräch schlecht gelaufen war. Das müsste doch funktionieren, oder?

Sie machte einen Schritt zum Ausgang. »Entschuldigen Sie, das hier ist ein großes Miss...«

»Der Teig wartet«, unterbrach der Bäcker sie und wandte sich wieder zum Ofen, aus dem er ein weiteres Blech zog.

Sofie blickte den Teig an, der wartete. Es kam ihr vor, als müsste sie ihn jetzt kneten, wollte sie ihm kein Leid antun. Das war doch völlig absurd!

Aber der Bäcker war mit anderem beschäftigt.

Und der Teig wartete immer noch.

Sie trat an die Arbeitsplatte.

»Ehering ablegen, dann Hände waschen«, befahl der Bäcker, ohne sie anzusehen. »Und gut abspülen. Sonst schmeckt der Teig nach Seife. Das mag er nicht.«

Wenn sie ein Teig wäre, würde sie das auch nicht mögen, dachte Sofie. Okay, sie würde das hier jetzt durchziehen. Schnell diesen Teig kneten, sich dabei möglichst dumm anstellen, was ihr keine Mühe bereiten sollte, und zack, wäre das Bewerbungsgespräch zu Ende. Dann hätte sie sich sogar ganz offiziell bemüht. Das Arbeitsamt würde sie dadurch sicher länger in Ruhe lassen.

Es war merkwürdig, den Ehering abzustreifen, aber auf eine gewisse Art befreiend. Als wäre sie mit ihm auch all die Unstimmigkeiten mit Florian los. Nachdem Sofie sich die Hände gewaschen und lange abgespült hatte, trat sie wieder an den Tisch. Sie atmete einmal tief durch, dann berührte sie zögerlich den Teig. Er fühlte sich wirklich gut an. So... fluffig. Als sie ihre Finger tiefer darin vergrub, gab er gutwillig nach und klebte auch nicht. Sie setzte die Handballen ein, um ihn flacher auf die Arbeitsplatte herunterzudrücken. Das hatte sie mal in einer Fernsehsendung mitbekommen. Aber ob das richtig war, wusste sie nicht.

Der Teig sagte ihr nämlich gar nichts.

Also knetete sie ihn so, wie sie meinte. Und wie es sich gut anfühlte. Für einen Moment vergaß sie sogar die ganze merkwürdige Situation und dachte an gar nichts. Das tat gut.

Sie erschrak ein wenig, als der Bäcker plötzlich neben ihr stand. »Jetzt ist's genug. Sonst knetet man zu viel Luft raus.«

»Tut mir leid. Ich hab Ihnen ja gesagt, dass ich es nicht kann.«

Der Bäcker formte den Teig geschwind zu einer Rolle. »Sie können bei mir anfangen.«

»Was? Aber ich hab doch keine Ahnung.«

»Sie haben viel Rhythmus. Das mag der Teig.«

Sofie starrte ihn an. »Wissen Sie etwa, wer ich bin?«

Der Bäcker lächelte gutmütig. »Meine neue Aushilfe! Wir fangen morgens um vier Uhr an. Feierabend ist um elf.« Er trat wieder zum Ofen. »Sie können sich ein paar Brötchen mit nach Hause nehmen. Arrivederci.«

Der Dackel öffnete müde die Augen, blickte Sofie an und legte kurz den Kopf schief. Er schien zufrieden mit dem, was er sah, denn er schloss die Augen wieder und drehte sich träge so auf die Seite, dass er nun mit dem Bauch am Ofen lag.

Sofie beschloss, im Internet nachzuschauen, wie viel Tage sie mindestens bleiben musste, um langfristig

Geld vom Amt zu bekommen. Bestimmt wären nicht mehr als drei nötig.

»Wann soll ich denn anfangen? Zum Monatsersten?«

»Morgen«, antwortete der Bäcker. »Denn morgen ist immer der beste Tag.«

Kapitel 2

Hefe

Als Sofie wieder vor dem Mietshaus in der Beller Straße ankam, stand Florians alter himmelblauer Citroën noch davor. Sie schlich die Stufen zur Wohnung hinauf, jeden Laut vermeidend, und öffnete leise die Tür. Florian hatte einige der Tanzfotos und Zeichnungen wieder aufgehängt, wenn auch nur von Produktionen, an denen Sofie nicht beteiligt gewesen war. Sie drehte alle sachte um, denn mehr als die Rückseiten konnte sie gerade nicht ertragen.

Florian selbst saß vor dem Fernseher, in dem riesige, merkwürdig geformte Bäume zu sehen waren. Auf Zehenspitzen ging Sofie Richtung Küche.

Erste europäische Entdecker berichteten davon, dass der Baobab aussehe, als stünde er auf dem Kopf. Seine großen, runden Früchte erinnerten sie an Brötchen, weshalb er seinen umgangssprachlichen Namen erhielt: Affenbrotbaum.

Sofie blieb stehen. Trieb das Leben einen Scherz mit ihr? Affen*brot*baum?

Baobabs können bis zu dreitausend Jahre alt werden. Doch in letzter Zeit starben gleich neun der dreizehn ältesten Baobabs Afrikas – alles Bäume, die Namen trugen. Sie verschwanden einfach von einem Tag auf den anderen, weswegen die lokale Bevölkerung glaubte, sie seien gar nicht gestorben, sondern abgeholzt worden.

Es wurde ein Vorher-nachher-Foto gezeigt, zwischen dem nur ein Tag lag. Auf dem einen sah man riesige, rosagraue Bäume, die neben einigen kleineren Sträuchern standen, auf dem anderen war keine Spur mehr von den Baobabs vorhanden.

Forscher lüfteten nun das Geheimnis. Die Bäume verrotten von innen heraus, bis nur noch die äußere Hülle steht. Diese kann bei einem starken Sturm dann einfach weggeweht werden, und nichts bleibt zurück.

Sofie wurde blass. Das bin ich, dachte sie. Alle sehen noch den großen, kraftvollen Baum, dabei gibt es ihn schon längst nicht mehr. Der Kern ist weg. Es existiert nur noch eine Hülle. Als Jugendliche hatte sie damit begonnen, ihren Lebensjahren Namen zu geben. Manchmal im Vorhinein und voller Hoffnung *(Das Jahr meines ersten Kusses)*, manchmal erst währenddessen und ernüchtert *(Das Jahr des Muskelkaters)*. Dem aktuellen hatte sie noch keinen Namen verliehen. Bis jetzt – *Das Jahr des Baobab*.
   Ein Seufzer entfuhr ihr.
   Florian drehte sich um.
   »Hey du.«

»Nicht!« Sie schüttelte den Kopf.

»Was nicht?«

»Was auch immer du mir sagen oder wozu auch immer du mich drängen willst – tu es nicht. Bitte. Lass mir Zeit. Ich muss dir etwas erzählen.«

Florian sah sie lange an, dann nickte er, stand auf und kam auf sie zu. Sofie wich unwillkürlich zurück, als er sie sanft umarmte.

»Du duftest anders als sonst«, sagte Florian, als er seine Arme wieder löste. »Trägst du ein neues Parfüm?«

Sie schnüffelte an sich herab. Er hatte recht. Aber was war es bloß? Sofie roch an ihrer Bluse, hob die Hände, und mit einem Mal wusste sie es. Ihre Finger dufteten wie Orangen. Nach dem Teigkneten hatte sie die teuer duftende Backstubenseife benutzt. Warum leistete sich ein Bäcker so etwas? Andererseits war es nur eine weitere merkwürdige Seite eines sonderbaren Mannes.

»Ich habe einen Job.«

»Du hast… was? Warum erzählst du mir nichts davon?«

»Tu ich doch jetzt. Ist aber nichts Richtiges, ich mach das nur, damit ich weiter das volle Arbeitslosengeld beziehe.«

Florian benetzte sich die Lippen. »Magst du einen Tee? Ich habe gerade welchen aufgesetzt, deine Lieblingsmischung, die mit Ingwer. Komm, wir setzen uns, ja?«

Dieses zögerlich-höfliche Verhalten machte Sofie noch mehr bewusst, wie viel gerade zwischen ihnen stand. »Aber kein Wort zu gestern.«

»Nein.« Er lächelte sie an und hob eine Hand wie zum Schwur. »Versprochen.«

Sie setzten sich in die warmen Sonnenstrahlen, die vormittags auf die Hocker am Küchentisch fielen.

»Ich werde nach drei Tagen wieder kündigen«, erklärte Sofie, als sie die Teetasse nach einem kurzen Nippen wieder absetzte. »Dann habe ich ausreichend guten Willen gezeigt.«

»Wo arbeitest du denn? Ist dir das irgendwie peinlich?«

Sofie sah aus dem Fenster auf den Kirchturm des Dorfes, dessen Hahn sich im Wind drehte. »Ich arbeite in einer Bäckerei. Als ... Bäckerin.« Sie lachte trocken. »Lach ruhig. Ich meine: Brot? Ausgerechnet ich?«

Florian grinste und goss ihr frischen Tee ein.

»Und der Bäcker ist ein echter Sonderling, genau wie es mir die Frau Nittels vom Hofladen mal erzählt hat.«

»Gilt das in einem Dorf nicht als Kompliment? Sind wir hier nicht auch zwei Sonderlinge?« Er nahm sanft ihre Hand.

»Es gibt solche von der richtigen und von der falschen Sorte.« Sofie zog ihre Hand zurück.

»Ich habe ihn erst einmal gesehen«, sagte Florian und umklammerte seine Teetasse. »Als ich für die Kompanie Apfelkuchen zum ersten Probentag gekauft habe. Da war diese schreckliche alte Verkäuferin ausnahmsweise mal nicht da. Das ist vielleicht eine Hexe.«

»Und wie fandest du ihn?« Sofie setzte die Teetasse wieder an die Lippen und nahm den wundervollen Orangenduft ihrer Finger wahr.

»Er hat nicht viel gesagt. Aber so kräftig, wie er ausschaut, bekommt er Hebefiguren sicher gut hin.«

Sofie musste schmunzeln. »Wen soll er denn in der Backstube hochheben? Die Hexe?«

»*Die Hexe und der Bäcker*, den Namen gibt es bestimmt noch nicht für ein Ballett.« Florian versuchte wieder, Sofies Hand zu nehmen, aber bevor er sie berühren konnte, legte sie sie in ihren Schoß und blickte in die Teetasse.

»Es hat rein gar nichts mit Ballett zu tun. Und ich will wirklich nicht über Tanz reden.«

Florian fuhr sich nervös durch die Haare. »Warum tust du dir so einen Job an? Warum zeigst du dem Arbeitsamt deinen guten Willen nicht in einer Ballettschule? Das wäre wenigstens etwas, das Zukunft haben könnte.«

»Du verstehst es immer noch nicht!« Sofie stellte die Teetasse klirrend ab.

»Nein, das tue ich wirklich nicht.« Er schob die Teetasse von sich. »Du könntest Meisterklassen geben, du könntest choreografieren, du könntest Kritiken oder Bücher über Ballett schreiben. Du bist ein Ballettstar! Das ist deine Welt! Die Menschen warten nur darauf, dass du irgendwas in diese Richtung machst.«

Sofies Augen verengten sich. »Weißt du, wer überhaupt nicht darauf wartet? *Ich!*«

»Nein, du rennst davor weg.«

Was Florian nicht zu sagen brauchte, war, dass sie damit auch vor ihm wegrannte. Es hing in der Luft wie kalter, dichter Nebel, den man mit jedem Atemzug einsog.

»Vergiss nicht zu beten«, sagte er spöttisch und stand auf.

»Was? Wieso?«

»Unser täglich Brot gib uns heute...« Er faltete die Hände wie ein Mönch vor der Brust und verließ kopfschüttelnd den Raum.

Während Sofie ihm nachblickte, dachte sie, dass die Arbeit in der Bäckerei zumindest ein Gutes hatte: Sie musste früh ins Bett. Damit würde sie sich alle Diskussionen darüber ersparen, warum sie auch in dieser Nacht nicht miteinander schliefen. Was war nur mit dem Mann passiert, in den sie sich damals verliebt hatte? Der plötzlich bei den Proben ihrer ersten Kompanie aufgetaucht war, dieser stille dunkelhaarige Mann, der nur zuschaute. Niemand hatte ihn vorgestellt, und er hatte nie etwas gesagt. Nur geschaut und gezeichnet. Fast hatte sie die Berührung seiner Malkreide damals wie ein Streicheln auf ihrer Haut gespürt. Eines Tages war sie zu ihm gegangen und hatte gefragt, ob sie seine Sachen einmal sehen dürfe. Florian hatte ihr die Notizbücher gezeigt, drei hatte er vollgemalt, jede Seite, wunderschöne Zeichnungen. Und alle von Sofie.

Es hatte ihr gut gefallen, dass er ein wenig älter war als sie, knapp fünf Jahre, und viel mehr in sich ruhend. Ein Denker, der sich in Bücher versenken konnte und Naturdokumentationen liebte, weil sie ihm das Tor zu anderen Welten öffneten. Keiner, der ständig rausmusste, sondern einer, mit dem man ein Nest bauen konnte. Einer, der ihr im Winter warmen Tee aufgoss und die Füße massierte, im Sommer kühlenden Wind in die Wohnung ließ und immer für genügend Eiswürfel sorgte. Sofie wusste damals sofort, dass sie ihr Gegenstück gefunden hatte. Mit dieser Liebe hatte sich alles für sie geändert. »Gebt mir einen festen Punkt, und ich hebe die Welt aus den Angeln«, hatte Archimedes gesagt. Florian war der feste Punkt, den Sofie gebraucht hatte. Mit ihm hob sie in den folgenden Jahren tatsächlich die Welt aus den Angeln. Auf ihn konnte sie sich stets felsenfest verlassen, auf seine Unterstützung, seine Nähe, seinen Rat.

Aber als die Kündigung von der Kompanie kam, hatte er ihr geraten, nicht dagegen vorzugehen, sondern sie stillschweigend zu akzeptieren und einen neuen Lebensabschnitt zu beginnen. Das Risiko einer schwerwiegenden Verletzung wäre einfach zu groß, der Abschied in ihrem eigenen Interesse. So, als wüsste sie nicht, was ihr eigenes Interesse wäre, wie ein Kind, das auf die heiße Herdplatte fassen will.

Sofie hatte seinen Rat befolgt.

Doch sein Rat war falsch gewesen. Sie hätte sich wieder herankämpfen und noch ein, vielleicht sogar zwei Jahre auf höchstem Niveau tanzen können. Es wäre ein sehr harter Weg gewesen, aber ein glücklicher.

Nun war ihr Vertrag gelöst, und keine Kompanie würde das Risiko eingehen, ihr einen neuen zu geben.

Nachts, wenn die Grenzen der Realität durchlässig wurden und die dunklen Gedanken ihre Tentakel weiter ausstreckten, hatte sie manchmal sogar den schrecklichen Verdacht, Florian habe ihr nur deshalb geraten, nicht mit allen Mitteln gegen die Kündigung vorzugehen, weil ein solcher Konflikt ihn hätte in

Ungnade fallen lassen können, wodurch er nicht für weitere Inszenierungen am Konzerthaus angefragt worden wäre.

Florian war kein fester Punkt mehr.

***

»Ich gehe eine Runde mit Motte«, rief Giacomo zu Elsa, die gerade die Einnahmen des Tages zählte, um sie dann zur Bank zu bringen. Einst hatte er ihr den Hund geschenkt, weil er dachte, ein Welpe würde Elsa weicher werden lassen. Doch selbst ein noch so niedlicher Dackel mit großen Augen und Schlappohren hatte das nicht vermocht. Als Elsa sich weigerte, der kleinen Hündin einen Namen zu geben, hatte er sie getauft. Motte hieß eigentlich Bergamotte, aber das war Giacomo schnell zu lang gewesen.

»Als wüsste ich das nicht«, antwortete Elsa aus dem Verkaufsraum. »Oder hältst du mich schon für so verkalkt? Du gehst doch jeden Tag mit diesem stinkfaulen Köter raus.«

Giacomo sah zu der Hündin, die ihn mit hochgezogenen Ohren und freudig wedelndem Schwanz anblickte. »Motte ist nicht faul, sie ist nur alt. Und sie liebt dich übrigens sehr.«

»Dummes Geschwätz!«

Giacomo wusste, dass Elsa Motte auch liebte. Auf ihre sehr eigene Art. Aber er wusste auch, dass sie der Meinung war, so was müsse man nicht sagen. Das war Privatsache. Wie alle von Elsas Gefühlen. Damit ging man nicht hausieren. Die gingen niemanden etwas an. Sie wollte ja selbst nichts mit ihnen zu tun haben.

»Es wird heute nicht lange dauern.«
»Ist mir egal. Hier dauert's eh noch. Ist ja nicht so, als würde jemand anderes sauber machen. Dafür ist kein Geld da, oder hat sich das mittlerweile geändert?«
»Nein.«
»Für eine ungelernte Bäckerin, dafür ist Geld übrig! Aber um die alte Elsa zu entlasten natürlich nicht.«

Obwohl Elsa es nicht sehen konnte, hob Giacomo zum Abschied kurz die Hand, dann trat er auf die Alter-Acker-Straße.

Motte blickte zu ihm hoch und trottete erst los, als er sich in Bewegung setzte. Niemals zog die alte Dackeldame an der Leine, die immer durchhing und eigentlich nur ein modisches Accessoire war. Motte hatte keinerlei Absicht fortzurennen. Selbst wenn ein Kaninchen genau vor ihr aus einem Vorgarten gesprungen wäre, hätte sie es keines Blickes gewürdigt. Die Jagd war etwas für junge Hunde, im Alter durfte man gemächlich spazieren gehen.

Zuerst ging Giacomo mit ihr in den kleinen Hofladen der Familie Nittels, direkt neben der Bäckerei. Dort kaufte er ein paar Südfrüchte und erfuhr nebenbei, wie es den Menschen im Dorf erging (denn Frau Nittels berichtete gerne und ausgiebig den neuesten Tratsch). Danach führte ihn sein Weg in den *Ochsen*, wo jetzt viele noch ein schnelles Feierabendbier tranken. Giacomo ließ sich nur etwas Wasser für Motte geben, das sie gleich aufschlabberte (obwohl sie eigentlich keinen Durst hatte, aber ein extra für sie hingestelltes frisches Wasser verschmähte Motte nicht, dafür war sie zu höflich). Giacomo wechselte ein paar Worte mit den Anwesenden, aber nur wenige. Er war im Dorf als schweigsam bekannt, und das war allgemein akzeptiert. Die meisten Gäste des *Ochsen* sprachen ohnehin am liebsten mit ihrem Bier. Keiner blickte auf, als er sich freundlich verabschiedete.

Giacomo flanierte an den drei Gärtnereien und ihren Blumenlädchen vorbei (Tulpen sowie Gärtnerschreck schienen gerade besonders gefragt) und schaute (ohne einen Blick auf sie erhaschen zu können) bei den Schleiereulen im Kirchturm vorbei, denen er sich sehr verbunden fühlte, weil sie wie er nachtaktiv waren.

Sein Weg führte ihn ebenso bei einigen Stammkunden vorbei, die ihm vorkamen wie eine kleine Herde, deren Schäfer er sein durfte. Herr Thomassen arbeitete heute wieder im Garten und wollte, dass es alle Nachbarn mitbekamen, weswegen er laut über Maulwürfe, Schnecken und unwillig wachsende Pflanzen fluchte. Beim jungen Herrn Triwoll waren die Rollläden noch heruntergelassen, was bedeutete, dass er Damenbesuch hatte.

»Komm«, sagte Giacomo zu Motte, »wir gehen auch noch zu Frau Grünberg. Benimm dich!«

Motte erwiderte nichts. Sie konnte gar nicht anders, als sich zu benehmen.

Auf dem Weg zu Frau Grünberg mussten sie das heruntergekommene Fachwerkhaus passieren, dessen Gebälk wie Gräten in den Himmel ragte und das von der gefährlichsten Katzen-Gang des Dorfes bewohnt wurde. Emmett und Marty, zwei Kater, die

Jagd auf Hunde machten – allerdings nur, wenn diese angeleint waren. Motte drückte sich an Giacomos Beine. Dabei war es schon Wochen her, dass sie hier vorbeigekommen waren und der schwarze der beiden Kater aus dem Gebüsch gesprungen war und die kleine Dackeldame angefaucht hatte.

Frau Grünberg, der seit einigen Tagen Giacomos Brot nicht mehr schmeckte, wohnte direkt neben dem Ascheplatz, wo gerade die F-Jugend trainierte. Wenn es der Fußballmannschaft gelang zu gewinnen, erlaubte man sich, sie zu loben und stolz zu sein. Dann waren es die Jungs aus dem Dorf. Wenn sie verloren, wie meistens, handelte es sich um die nichtsnutzige Jugend.

Das Reihenhaus war rot verklinkert, auf dem kupferfarbenen Briefkasten prangte ein Aufkleber *Keine Werbung*, und es besaß einen kleinen Unterstand für zwei Fahrräder. Heute war einer jener Apriltage, an denen das Jahr vorführte, wie der Sommer werden konnte. Die Sonne war freigiebig mit ihrer Wärme, die Chancen standen gut, dass sich Frau Grünberg im Freien befand. In den anderen Gärten in diesem Teil des Dorfes, der erst vor einem Jahrzehnt errichtet worden war, standen Trampoline, Schaukeln, Rutschen und Sandkästen, in dem von Frau Grünberg und ihrem Mann fanden sich dagegen nur Rasen und ein Gartenhäuschen aus ehemals hellem Holz, das schon ergraut war.

Sie war tatsächlich im Garten, saß auf der Sonnenliege, das Rückenteil hochgestellt, den Blick starr geradeaus. Zu Giacomos Überraschung trug sie einen schwarz gestreiften Hosenanzug und Lackschuhe mit hohen Absätzen. Sie hatte sich nach der Arbeit wohl nicht umgezogen.

Giacomo blieb stehen und beobachtete sie, geschützt durch den Kirschlorbeer der Nachbarn.

»Nicht bellen«, flüsterte er Motte zu, die das letzte Mal vor acht Jahren gebellt hatte, und damals war es ein Versehen gewesen.

Er wusste nur wenig über die Frau, die nun mit geschlossenen Augen die Wärme des Tages aufsog. Er wusste nicht, dass sie als Übersetzerin in der Stadt arbeitete. Ihr Traum war es gewesen, große Romane zu übertragen, aber zu Beginn ihres Berufslebens hatte sie auch Vertragsunterlagen übersetzt. Zu ihrem Unglück war sie gut darin gewesen, und zu ihrem noch größeren Unglück war diese Arbeit besser bezahlt. Und so waren es immer mehr Unterlagen und immer weniger Romane geworden, bis sie sich für Ersteres einen hervorragenden Namen erarbeitet und ihn für Letzteres verloren hatte.

Aber gerade dachte Frau Grünberg nicht an Texte, die sie übersetzen musste. Tatsächlich versuchte sie gerade, gar nicht zu denken, was immer eine der schwierigsten Aufgaben war.

Es dauerte, bis Giacomo auffiel, was nicht stimmte.

Es gab nur eine Sonnenliege. Keine weitere fand sich auf der Terrasse. Nicht einmal zusammengeklappt in der Ecke. Sie war wohl im Gartenhäuschen verstaut.

Wo war Frau Grünbergs Mann? Hatte er sie verlassen? Oder hatte sie ihn rausgeworfen?

Beides hätte Giacomo nicht gewundert, denn ihren

Mann, dem er ein paarmal im *Ochsen* begegnet war, hielt er für einen ausgemachten Dummkopf. Herr Grünberg hielt sich für einen Superhelden, sobald er das Haus verließ. Und wer so etwas von sich dachte, der wollte irgendwann nicht mehr nach Hause zurück.

Auf dem Heimweg sang Giacomo leise ein Lied aus dem Jahr 1970, das der große Domenico Modugno komponiert hatte. *Se a soffrire è solo un cuore/Quel soffrire si fa dolore. Wenn ein Herz allein ist und leidet, verwandelt sich das Leiden in Schmerz.*

Er würde Frau Grünbergs Geschichte ändern müssen, damit ihr sein Brot wieder schmeckte.

***

Als Giacomo am nächsten Morgen um kurz nach vier die kleine Backstube betrat, begrüßte er wieder zuerst seinen Ofen (denn es war wichtig, dass dieser sich besonders geliebt fühlte) und wandte sich dann den drei gerahmten Schwarz-Weiß-Fotos an der Wand zu, um sie vom Mehl zu befreien, das es sich darauf bequem gemacht hatte. »Buongiorno, Signor Modugno«, sagte er zu dem großen Sänger, als ihre Blicke sich trafen. Domenico Modugno war Giacomos Vorbild aus Kindertagen. Ein Süditaliener, der es ganz nach oben geschafft hatte, an die Spitze der Welt. Ein Reifenreparateur, der beim legendären Festival von San Remo in einem weißen Smoking gesungen und Italien beim Grand Prix Eurovision de la Chanson vertreten hatte. Wenn das möglich war, dann war alles möglich. Auch, hatte der junge Giacomo gedacht, den damals noch alle Gigi nannten, für ihn selbst.

Modugnos erfolgreichstes Lied hieß *Nel blu dipinto di blu*, was auf Deutsch *In Blau gemaltes Blau* bedeutete. Berühmt geworden war es aber unter dem Namen *Volare*.

»Ciao, Rino«, begrüßte er Gennaro Gattuso, der ein Trikot der italienischen Fußballnationalmannschaft trug. Der schlitzohrige Rino hatte als Kind am Strand von Schiavonea den Fußball lieben gelernt – genau wie Giacomo.

An seine Großmutter wandte er sich wie immer mit den Worten: *Nonna, è un piacere vederti*. Schön, dich zu sehen. Das Foto zeigte sie in ihrem besten Sonntagsstaat bei der Hochzeit einer Cousine. Es erinnerte Giacomo stets auch daran, was er zurückgelassen hatte. Und wen. Seine Eltern waren das, was man einfache Bauern nannte. Sie hatten nicht viel vom Leben gewollt und waren sich selbst genug. Kinder hatten sie mehr aus Tradition denn aus Liebe bekommen. Deshalb hatten sie sich um ihre beiden Söhne wie um etwas gekümmert, das im Garten wuchs. Sie hatten sie gegossen und den Boden um sie geharkt, aber doch in einer ganz anderen Welt gelebt. Giacomo und seinem drei Jahre älteren Bruder Elio waren sie immer fremd geblieben. Seine Nonna hatte ihnen Liebe und Wärme geschenkt, vor allem ihrem kleinen, wilden Gigi. Elio hatte früh den Weg der 'Ndrangheta gewählt – oder dieser ihn. Er hatte Giacomo aufgefordert, es ihm gleichzutun, immer öfter, denn ein Bruder, verbunden durch die Dicke des Blutes, war wertvoll in der Organisation. Zuerst hatte

Giacomo dem Drängen des Bruders nachgegeben und mitgemacht, ein paar kleine Gaunereien, es war aufregend gewesen, und Geld hatte es auch gebracht. Aber dann sollte er Menschen wehtun, und das konnte er einfach nicht. Er versuchte es mit Fußball, aber fing einfach nicht so viele Bälle, wie es als Torhüter angemessen gewesen wäre. Also beschloss er wie viele andere, sein Glück in einem nördlicheren Land zu suchen, wo es kälter und strenger zugehen sollte, es aber auch genug Arbeit und Geld für alle gab.

Das hatte sich zwar als falsch herausgestellt, aber ihn hatte sein Weg hierher in diese Bäckerei geführt.

In die nun eine völlig verschlafene Sofie trat.

»Können Sie *nichts* tun?«, fragte er sie ansatzlos.

Sofie bekam kaum die Augen auf. »Jeder kann nichts tun.« Sie gähnte und hielt sich beide Hände vor den Mund.

Giacomo schüttelte den Kopf. »Nichtstun ist eine Kunst! Weil es immer so viel zu tun gibt, denken viele Menschen, es wäre ein Verbrechen, nichts zu tun. Aber manchmal ist Nichtstun das Allerbeste, was man tun kann.«

Giacomo erschien Sofie unangenehm wach. Er musste seinen Motor nicht erst langsam hochfahren, er lief von dem Moment an, in dem sie die Backstube betreten hatte, auf vollen Touren.

»Warum sagen Sie das?«

»Sie sollen heute nichts tun!« Sein Zeigefinger wies auf einen alten Hocker, der bei ihrem letzten Besuch noch nicht neben der Tür gestanden hatte. »Hinsetzen! Da!« Er packte sie bei den Schultern und bugsierte sie darauf zu.

»Sie bewegen sich ständig«, sagte er. »Stellen sich auf die Zehenspitzen. Strecken einen Arm. Recken den Hals. Immer in Bewegung. Wie ein Baum, an dem bewegt sich auch immer etwas.«

Sofie war nicht aufgefallen, was ihr Körper gemacht hatte. Er hatte wohl noch nicht begriffen, dass es für immer aus war mit dem Tanzen.

»Und ich soll nur hier sitzen?«

»Nur schauen. Beobachten.« Giacomo zeigte auf seine Augen. »Wie ein Habicht. Heute sind Sie ein Habicht. Morgen ein Waschbär.« Er lachte glucksend.

»Was bedeutet ...?«

»Schsch! Nichts tun.« Er legte einen Finger auf ihre Lippen. »Auch nicht reden. Nur schauen. Nur Augen sein. Nicht Mund. Der Kopf will nie nichts tun, er will immer denken. Aber jetzt wird nur geschaut. Und ein bisschen dabei gedacht.« Er zeigte mit Daumen und Zeigefinger an, wie wenig. »Eine Prise Denken ist erlaubt.«

Und dafür war sie mitten in der Nacht aufgestanden?

Nachdem sie den piependen Wecker ausgestellt hatte, war da nur Stille gewesen, genauso dunkel wie der Raum. Keine Motorengeräusche von fahrenden Autos, kein Klingeln von Fahrrädern, keine Schritte von Spaziergängern. Nur Florians Atmen, das in der perfekten Ruhe wie eine Störung wirkte. Ihr Kopf hatte zurücksinken wollen in das warme, weich knisternde Kissen, zurück in die Samtigkeit des Schlafs.

Giacomo rüttelte sie grob an der Schulter. »Nicht schlafen! Zuschauen!«

Sie musste eine ganze Weile eingenickt sein, denn aus den Augenwinkeln sah sie den schlafenden Dackel. Ihr fiel auf, dass er etwas Mehl im Fell hatte, was ihn überhaupt nicht zu stören schien. Selbst der Hund in dieser Bäckerei war merkwürdig. Sie durfte auf keinen Fall länger zu ihm schauen. Schlaf war ansteckend. Vor allem wenn er so genüsslich war wie bei diesem Hund. Seine Pfoten zuckten, als jagte er über eine Wiese, und er gab ein ganz helles Fiepen von sich, ein Echo seines Bellens auf der Hatz im Traum. Er sah so entspannt aus, so wohlig…

Sie öffnete die Augen. Der Ofen war voll mit Broten. Aus dem Verkaufsraum erklangen die ängstlichen Stimmen der Kunden, die vermeiden wollten, die alte Verkäuferin durch eine unbedarfte Bemerkung zu erzürnen. Und durch die Fensterscheiben strahlte die Sonne in breiten, kraftvollen Strahlen, in denen das Mehl wie glitzernder Sternenstaub wirbelte.

Giacomo sah sie mit einem Seufzer an. »Das war zu viel Nichtstun. Das war Schlafen. Sie müssen heute Nachmittag zu Hause üben! Sonst wird das nie etwas!«

Sofie stand auf und streckte sich, ihr Rücken schmerzte von der unbequemen Schlafposition auf dem wackligen Hocker und von der harten Wand, an der sie gelehnt hatte. Sie ging zu dem Dackel, um ihn zu streicheln. Er blickte erschreckt auf, als sie ihn berührte, und rannte dann geduckt in den Verkaufsraum.

»Motte ist menschenscheu. Sie mag Bäcker, aber

keine Menschen. Sobald Sie backen können, lässt sie sich von Ihnen kraulen.«

Sofie blickte dem Dackel irritiert hinterher. Als sie sich wieder umdrehte, drückte der Bäcker ihr einen Eimer mit Wischtuch in die Hand.

»Soll ich jetzt damit nichts tun?«

»Das können Sie noch nicht gut genug. Sie putzen stattdessen. Beim Putzen lernen Sie alles genau kennen. So ist es auch bei einer Wohnung. Nur wer sie putzt, kennt sie wirklich.«

Nur drei Tage, dachte Sofie, und ich bin weg. Danach werde ich dieses Irrenhaus nie wieder betreten.

***

Für die meisten war das Treiben der Menschen auf dem Münsterplatz ein hektisches Gewusel, für Florian glich es einer faszinierenden Choreografie. Er saß an einem klapprigen Bistrotisch, einen dampfenden Espresso vor sich. Den in Silberfolie eingepackten Butterkeks, der auf der mit Blumenmotiven verzierten Untertasse gelegen hatte, ließ er wie eine Münze zwischen seinen Fingern hindurchgleiten, bei der noch nicht klar war, ob sie auf Kopf oder Zahl landen würde.

Er saß nur aus einem Grund hier: Damit Sofie ihn vermisse, wenn sie nach Hause kam. Die erste Folge dieses Plans war allerdings, dass er sie vermisste. Je mehr Sofie ihn wegschob, desto stärker zog es ihn zu ihr hin. Seine Liebe zu ihr war gerade wie eine chinesische Fingerfalle. Was auch bedeutete, dass sie immer mehr schmerzte.

Dabei hatte alles so gut angefangen, mehr als gut sogar, grandios. Im siebten Semester seines Studiums (Germanistik, Geschichte, Film- und Fernsehwissenschaften) hatte er eine Aufführung der *Ballettschule Rosenbach* besucht, in der Sofie tanzte. Er schockverliebte sich ins Ballett und in die brünette Ballerina. Sofie dachte bis heute, es sei ihr Tanz gewesen, der den Funken habe überspringen lassen, und Florian ließ ihr diese Illusion, weil sie für eine Tänzerin das größte Kompliment war. Zudem hatte ihr Tanz ihn tatsächlich fasziniert, aber seine Gefühle für sie hatten ihren Ursprung in Sofies dunkelbraunen Augen.

Noch am selben Abend schmiss er die Uni und begab sich auf den steinigen Weg, als Außenseiter Choreograf zu werden. Denn Tänzer zu sein, das vergönnte ihm das Leben nicht. Seit er mit zwölf Jahren einen Wanderunfall in den Alpen erlitten hatte, war Florians Knie kaputt, und er humpelte ganz leicht mit dem rechten Bein. Bei einer OP würde er riskieren, dass alles noch schlimmer wurde. Aber Florian konnte sich trotzdem elegant bewegen, rhythmisch. Und er dachte in Bewegungen, hatte die Gabe, sie anderen zu vermitteln. Sofie hatte sich für viele Aufführungen von ihm formen lassen. Hatte stets gespürt, was er ausdrücken wollte, wenn er sie sanft in Posen brachte, die ihm vorschwebten.

Florian vermisste das so sehr.

Er nahm sein Handy, um Sofie anzurufen, nach ihrem ersten Tag zu fragen, ihr Mut zuzusprechen. Was man als Ehemann halt tun sollte. Oder?

»Florian? Was machst du denn hier?«

Er senkte das Handy und blickte auf. Vor ihm stand Marie, die Nachbarin aus dem ersten Stock. »Ich genieße den sonnigen April, bevor er sich entschließt, wieder zum regnerischen November zu werden.«

Marie stemmte spielerisch die Fäuste in die Hüften. »Du sitzt an meinem Tisch! Wie damals in der Schule, da hast du dich in den Pausen auch immer frech an anderleuts Tische gesetzt.« Es war nicht Maries Tisch, aber der Satz gab ihr eine Begründung dafür, sich dazuzusetzen. Sie hatte Florian schon von Weitem gesehen und seinen leeren Blick bemerkt.

»Ist alles okay mit dir? Du wirkst irgendwie bedrückt.«

Marie hoffte, dass die Frage nicht zu direkt war. Zwar unterhielt sie sich mit ihm und Sofie, wenn man sich zufällig im Treppenhaus oder in der Waschküche traf, und sie hatte mit ihnen auch schon ein paarmal im Sommer zusammen auf ihrem Balkon etwas getrunken, aber es war immer unverbindlich und oberflächlich gewesen. Vielleicht auch aus Selbstschutz, denn Florian war ihre unerfüllte Jugendliebe gewesen, was sie ihm bis heute nicht gestanden hatte. Ihnen die Wohnung im gleichen Haus zu besorgen, hatte Marie für eine glänzende Idee gehalten, aber es war zu einem Bumerang für ihre Gefühle geworden. Sie neidete den beiden ihr Glück nicht, sie waren ein schönes Paar. Aber Marie hätte auch gern solch ein Glück gehabt. Als Erzieherin traf sie vor allem junge Väter in einer frischen Beziehung, die ihr junges Glück als Familie lebten. Ihre Chance, jemanden bei der Arbeit kennenzulernen, war deshalb gering. Obwohl der kleine Aaron ein wenig in sie verliebt zu sein schien. Was daran liegen mochte, dass sie ihm als einzige Erzieherin immer wieder aus seinem Lieblingsbuch vorlas, in dem Weltraum-Dinosaurier gegen Wikinger kämpften. Es war ihr immer noch ein Rätsel, wie das in die kleine Bibliothek des Kindergartens gekommen war.

Es hatte trotzdem Männer gegeben, drei insgesamt, also drei im ernsthaften Bereich. Maries Pech war, dass sie sich immer in solche Männer verliebt hatte, die sich selbst mehr liebten als irgendjemand anderen. Bei jeder neuen Beziehung hatte sie gedacht, dass der jetzige Freund ganz anders wäre als alle zuvor, bis sich herausstellte, dass er ganz genauso war.

Florian lächelte sie an. Marie mochte sein Lächeln sehr, es hatte etwas von einem entspannten Picknick im Park. »Ich dachte, man sieht mir nicht an, wie es innen drin aussieht.« Er steckte das Handy mit einem Seufzer in die Hosentasche.

»Ist doch gut so! Ich mag keine Menschen, bei denen man nicht weiß, was wirklich in ihnen vorgeht. Und du bist schließlich Choreograf, kein Schauspieler.« Als der Kellner kam, bestellte sie dasselbe wie Florian.

»Nur eine kleine Verstimmung«, sagte er und nahm einen Schluck des Espressos, der längst kalt geworden war und bitter schmeckte. »Kommt in jeder Beziehung mal vor.«

Marie zupfte ihre Bluse an den Schultern gerade. »Ich hab davon gelesen, also von der Sache im Konzerthaus.«

Florian schob den Espresso beiseite und beugte sich vor. »Vielleicht kannst du mir helfen, schließlich bist du ja Pädagogin.«

»Aber für Kindergartenkinder.«

Wieder dieses Lächeln. »Ich glaube, das passt perfekt. Denn wie eine Erwachsene benimmt Sofie sich gerade nicht.«

Marie konnte wunderbar zuhören. Es war eine der wichtigsten Fähigkeiten, die sie als Erzieherin brauchte. Wenn einem eine Vierjährige erzählte, dass sie beschlossen hatte, eine Prinzessin-Astronautin zu werden, und einem dazu eine krakelige Zeichnung präsentierte, die diesen Berufswunsch illustrierte, hatte sie fasziniert zuzuhören. Ebenso, wenn Eltern über die vermutete Hochbegabung ihres Fünfjährigen sprachen, der gerade mit dem Inhalt seiner Unterhose die Wände der Toilette auf ganzer Breite beschmiert hatte. Sie hörte zu und lächelte verständnisvoll und unterstützend.

Bei Florian war das Zuhören ein Kinderspiel, denn sie wollte wirklich hören, was er erzählte, jedes Detail. Marie nickte viel und nahm schließlich seine Hand.

»Das ist gerade eine ganz schwierige Phase für Sofie!«

»Auf jeden Fall. Aber was kann ich tun? Also, um sie zu unterstützen?«

»Ich finde es erst mal super, dass du dir so viele Gedanken darüber machst, wie du ihr helfen kannst.«

»Warum fühle ich mich dann gerade überhaupt nicht super?«, fragte Florian und drehte den Henkel seiner Espressotasse von sich weg.

Marie drückte seine Hand. »Ihr schafft das schon!«

Wieder lächelte Florian, aber diesmal sah es gezwungen aus. »Ich muss, glaube ich, los«, sagte er und schob einen Schein unter die Espressotasse. »Du bist eingeladen.«

»Danke, das ist lieb von dir. Ich schau mal, was ich in der einschlägigen Literatur zu Sofies Problematik finde, und dann können wir uns ja treffen und darüber reden, was meinst du?«

»Klingt gut für mich. Aber sag Sofie nichts, ja? Ich glaube, sie würde es nicht mögen, wenn ich mit jemandem über all das spreche.«

»Klar, ich bin verschwiegen. Oder habe ich dir etwa erzählt, dass der kleine Aaron mir gestern einen geheimen Heiratsantrag gemacht hat – inklusive Verlobungsring aus Fruchtgummi. Ups!« Sie hielt sich grinsend die Hand vor die Lippen.

Florian strich ihr über den Oberarm. »Das hat gutgetan.«

Mir auch, dachte Marie. »Hab ich gern für dich gemacht.«

***

Sofie fielen an diesem Abend um kurz nach acht die Augen zu.

Aus diesem Grund war sie am nächsten Tag deutlich besser beim Nichtstun.

Giacomo musste sie nur zweimal anstupsen. Und beide Male war sie nicht eingeschlafen, sondern hatte sich in den meditativ-rhythmischen Bewegungen der großen Knetmaschine verloren, deren Haken wie zwei Arme in den Teig fuhren und ihn emporhoben.

Durch das gestrige Putzen wusste sie jetzt, was sich wo befand, und die Bäckerei war ihr etwas weniger fremd. Vielleicht würdigte Motte sie deshalb sogar eines Blickes, als sie ihren wurstigen kleinen Körper aus einer enorm gemütlich aussehenden Position in eine noch gemütlichere drehte.

Beim Nichtstun fiel Sofie zum ersten Mal auf, dass der wie aus einem groben Granitblock gemeißelte Giacomo sich beim Kneten geradezu elegant bewegte. Wie er jedem Brötchen Schwung verlieh, das wirkte, als würde er einem Schulkind einen kleinen, wohlmeinenden Schubs hinaus in die Welt geben. Und obwohl die Backstube ein enger Schlauch war, geriet er nie in Gefahr zu stolpern, stattdessen glitt er wie auf Schienen durch den Raum. Dabei wechselte er die Tempi, mal war es Adagio, dann Andante und ab und an sogar Vivacissimo.

Sofie merkte es nicht, aber ihre Füße bewegten sich dabei ganz leicht mit, so wie die Pfoten der Dackeldame, wenn sie träumte. Sofie ging die Wege mit Giacomo.

Das war ein Fehler.

Nur ein ganz leichter Schmerz, mehr eine Erinnerung daran.

An genau der Stelle.

Wie vor gut drei Monaten.

Es war bei *Coppélia* geschehen, einem Stück, das sie immer schon hatte tanzen wollen. Passiert war es im dritten Akt bei dem *Tanz der Stunden* und dem *Heraufziehen eines neuen Tages*.

Schmerzen und Verletzungen gehörten zum Leben einer Ballerina. Man redete nicht darüber, man ertrug sie. Vor allem die Füße waren immer wieder betroffen: Verstauchungen, Achillessehnenentzündung oder Achillessehnenriss, Fersensporn, Marschfraktur, Hammerzehe, Tänzerferse, Neurom, Metatarsalgie. All das war nicht die Ausnahme, sondern die Regel.

Als Sofie nach einem fulminanten *Grand jeté* landete, war der Schmerz da, wie ein Knall, laut und heftig. Er fuhr ihr durch den ganzen Körper, als wäre an dieser Stelle ein Starkstromkabel angeschlossen worden.

Nichts ging mehr.

Im Röntgenbild war eine sogenannte Tänzerfraktur zu sehen gewesen.

Schon am nächsten Tag hatte die Kündigung vorgelegen. Unterschreib, hatte es geheißen, sonst können wir Irina nicht ans Haus binden. Tu es für die Kompanie! Oder ist dir die völlig egal? Du bleibst natürlich Teil der Familie, hatten sie gesagt, so wie du wird keine sein, niemals, deine großen Erfolge bleiben unvergessen, das weißt du doch.

Es war alles so verdammt schnell gegangen.

Sie schaute auf den Fuß, dem es passiert war. Auf der Schuhspitze lag weißes Mehl. Dadurch sah der Sneaker fast aus wie ein Ballettschuh.

Giacomo tauchte vor Sofie auf und reichte ihr ein Brötchen, als wäre es ein kleiner Schatz, wie schon mehrmals zuvor an diesem Tag. Zu Sofies Überraschung hatte er ihr dazu stets kleine Lebensweisheiten statt Bäckerwissen verkündet.

Das Brötchen fühlte sich sehr warm an, ganz knapp unter heiß.

»Probieren!«

»Ich habe aber keinen Hunger mehr.«

»Ist nicht zum Sattwerden. Ist zum Lernen.«

Widerwillig brach Sofie es auseinander.

»Außen, das ist die Kruste«, erklärte Giacomo. »Und innen ist die Krume. Ist wie beim Menschen. Außen hart und innen weich.«

»Nicht bei allen Menschen.«

»Doch. Bei allen. Nur die Dicke der Kruste ist unterschiedlich. Und je dicker die Kruste, desto unangenehmer. Aber in jedem Menschen ist etwas Krume. Jetzt müssen Sie probieren.«

Schon als das Brötchen ihre Zunge berührte, bemerkte Sofie, wie anders es schmeckte als die Brötchen zuvor. Sie konnte nicht sagen, ob Giacomo mehr Salz an den Teig gegeben oder ein anderes Mehl verwendet hatte, es schmeckte einfach köstlich.

»Was haben Sie anders gemacht?«

»Ist es gut? Ja?«

»Ja, ist es, also wirklich besser.«

Er lächelte zufrieden. »Wunderbar!«

»Es ist ein anderer Teig, oder?«

»Nein, derselbe Teig. Wenn Sie Bäckerin sind, werden Sie alles verstehen.«

Sofie wies auf einen kleinen Terrakottatopf, der im Regal stand. »Liegt es an dem, was da drin war? Da haben Sie heute Morgen etwas herausgeholt und es in den Teig gegeben. Es sah aus wie ein bröckeliger Klumpen.«

»Sie werden besser im Nichtstun.«

Er holte den Topf. »Ist Teig von gestern. Damit startet der Teig von heute. Das, was gestern war, wird zu dem, was heute kommt. Nur aus dem Alten kann etwas gutes Neues entstehen.«

Hatte Giacomo in der Zeitung von ihr gelesen? War sein Satz etwa eine Anspielung auf ihren scheinbaren Berufswechsel?

»Wissen Sie eigentlich, wer ich bin?«, fragte Sofie.

Giacomo sah sie überrascht an. »Sie werden hoffentlich meine neue Bäckerin.«

»Was ich vorher war, meine ich.«

»Das ist nicht wichtig. Sie sind, wer Sie jetzt sind. Da ist all Ihre Vergangenheit drin.« Giacomo ging zum Ofen und beugte sich hinunter, um dem Dackel die warmen Ohren zu kraulen, was dieser ausgesprochen genoss. »Jetzt drehen Sie sich um und gucken nach vorn!«

Sofie wurde nun erst bewusst, dass Giacomo ihren Platz auf dem Hocker strategisch gewählt hatte. Lehnte sie sich ein wenig vor, konnte sie durch den langen Gang bis in den Verkaufsraum blicken.

»Kunden«, sagte Giacomo.

Er ging wieder an die Arbeit.

Ein hochgewachsener Mann, mehr Pappel als Eiche, im perfekt sitzenden anthrazitfarbenen Zweireiher trat ein.

»Herr Mendig«, sagte Giacomo, obwohl er ihn vom großen Arbeitstisch, an dem er Brötchen formte, immer zwei parallel mit beiden Händen, gar nicht sehen konnte. »Ein Baguette. Aber schön hell.«

Sofie fixierte den Mann, der sich nun an Elsa wandte.

»Ein Baguette, aber schön hell.«

Elsa nahm das Baguette, das ganz links lag, und reichte es ihm. »Als wäre das eine Überraschung«, sagte sie, nahm das bereits abgezählte Geld entgegen und sortierte es schnell in die Kasse ein, als bestünde Gefahr, dass Herr Mendig es sich noch anders überlegte und die Münzen zurückforderte.

»Frau Barbonus«, kam es von Giacomo. »Ohren auf!«

Eine zierliche junge Frau trat ein, die ihre blasse Kleidung dem Teint angepasst hatte und fast durchscheinend wirkte. Sie öffnete den Mund, und es klang, als würde der Wind auf einem alten Zaun Flöte spielen.

»Ein Brötchen. Ohne alles«, lieferte Giacomo den Untertitel.

»Hier Ihr Brötchen«, sagte Elsa und reichte es der Kundin. Es hatte bereits, in einer Papiertüte eingepackt, neben der Kasse gelegen.

»Sie ist im Kundendienst tätig. Also am Telefon. Und es heißt, sie redet da ganz normal.«

Wieder öffnete sich die Tür mit einem Klingeln des Glöckchens.

»Oh«, entfuhr es Giacomo, und er schmunzelte. »Es war wieder ein guter Tag für den jungen Herrn Triwoll.«

Ein Mann im Hoodie trat ein, der Bund seiner Jeans hing sehr tief, die halbhohen Turnschuhe waren nicht gebunden. »Zwei Croissants«, sagte er grinsend.

»Damenbesuch«, kommentierte Giacomo. »Nur dann holt er morgens etwas. Meist bleibt es bei einer

Nacht. Was nichts Gutes über seine Fähigkeiten als Liebhaber aussagt.«

»Sie kennen alle Ihre Kunden?«

»Fast.«

Giacomo kannte auch den einundachtzigjährigen Karl Messmer, der sich seit einem Schlaganfall für einen Herzog hielt, genauer den Herzog, dem das Dorf und die Ländereien ringsum gehörten, und der bei der Bestellung immer betonte, dass er dem Gesinde heute freigegeben hatte. Tatsächlich lebte er in einem winzigen Haus an der Ortsausgangsstraße. Oder Ümit Wader, den Organisten der Kirche, der auch den Kirchenchor leitete und dessen Fingerspitzen beim Warten immer Stücke spielten, ohne dass es ihm auffiel. Und Heribert Michels, den Torwart der Alten Herren, der sich für einen großen Fußballer hielt, obwohl er nur deshalb zwischen den Pfosten stand, weil er aufgrund seines Gewichts keine zehn Meter laufen konnte und einen Schuss wie ein kleines Mädchen hatte. Oder Greta, die für ihre Familie immer ein Dinkelvollkornbrot kaufen musste und dabei jedes Mal mit großen Augen auf die süßen Stuten blickte, für die das Geld nie reichte.

»Dann wissen Sie auch, dass ich noch nie hier war?«, fragte Sofie und spürte Wut in sich aufsteigen, wie übles Sodbrennen.

»Ihr Mann manchmal, Sie nie. Und er hat nie etwas für Sie gekauft.«

Sofie stand auf und nahm ihre Übergangsjacke vom Haken, mit der es ihr entweder zu kalt oder zu warm war. Aber eben stets nur ein bisschen zu kalt oder zu warm.

»Dann wissen Sie, dass ich gar kein Brot esse.«

Giacomo nickte. »Und das tut mir sehr leid für Sie.«

»Warum haben Sie mich dann überhaupt eingestellt? Ist das ein schlechter Scherz auf meine Kosten?« Sie zog den Reißverschluss zu schnell hoch, und er verkantete sich. »Wollten Sie mich scheitern sehen?«

»Nein, ich will Sie backen sehen!« Seine Augen glänzten. »Nichts wünsche ich mir mehr!«

»Wie soll jemand backen können, der kein Brot isst? Das haben Sie doch genau gewusst!«

»Kann jemand Bücher drucken, der nicht liest? Klaviere bauen, der nicht spielt?« Giacomo trat zu Sofie und wollte ihre Hände nehmen, doch die hatte sie schon in den Taschen ihrer Jacke versenkt. »Die wichtige Frage ist doch: Warum sind Sie vorgestern zu mir gekommen? Und warum dann wieder? Sie haben doch auch die ganze Zeit gewusst, dass Sie nicht backen können. Vielleicht ist genau das ja der Grund, warum es Sie hierhergezogen hat?«

Nein, dachte Sofie. Das ist der Grund, warum dies heute mein letzter Tag sein wird.

Kapitel 3

Untergare

Sofie wurde wach, ohne dass der Wecker nervig piepte.

Normalerweise stand sie immer sofort auf, sobald sie die Augen geöffnet hatte.

Aber jetzt wählte sie das Nichtstun.

Man konnte nicht mehr damit aufhören, wenn man einmal damit angefangen hatte. Beim Nichtstun, dachte sie, ließ man der Welt Zeit, bei einem anzukommen, und erschreckte sie nicht durch plötzliche Bewegungen. Die Welt war scheuer, als man dachte.

Sofie blickte zum Fenster. Durch die Ritzen der nicht bündig schließenden Rollläden fiel ein wenig gelbes Licht von der Straßenlaterne herein. Sie musste an die helle Backstube denken, wo jetzt das Dorf erwachte. Giacomo Botura würde ohne Hast, aber mit voller Konzentration, einen Teig kneten, aus dem er Brote und Brötchen formte, und zwar genau in der vorgesehenen Größe, ohne dass er etwas abwiegen musste. Seine Hände waren perfekte Waagen.

Das war sein Leben, aber nicht ihres.

Sobald Sofie dies gedacht hatte, ploppte die Frage wieder auf, die sie seit Monaten beschäftigte: Was war ihr Leben?

Sofie merkte nicht, wie die Zeit verrann. Sie blieb einfach liegen und starrte vor sich hin. Die ersten Sonnenstrahlen erhellten die leeren Stellen an der Schlafzimmerwand, wo die Tanzfotos gehangen hatten. Sie konnte sich noch genau an jedes einzelne erinnern.

Ihr Handy vibrierte.

Schnell blickte sie auf das Display. War es Giacomo?

Nein, Franziska.

Leise verließ Sofie das Schlafzimmer, um Florian nicht zu wecken. In der Küche nahm sie das Gespräch an. »Guten Morgen, Schwesterherz.«

»Du, tut mir total leid, dass ich dich so früh störe, aber Anouk ist leicht erkältet, also nix Schlimmes, aber so will ich sie lieber nicht in den Kindergarten lassen. Das gäbe nur Ärger.« Sofie kam nicht zu Wort. »Kannst du vielleicht auf sie aufpassen? Das würde mir enorm helfen. Ich muss dringend zu einem Termin in meine alte Firma, aber da kann ich sie echt nicht...«

»Ist gut, ich nehme sie.«

»Echt?«

»Ja, kein Problem. Ist sie immer noch Maria?«

»Mehr denn je. Wenn ich nicht aufpasse, bastelt sie sich noch einen Heiligenschein aus Alufolie.«

Sofie schaffte es gerade so, ihre Morgenwäsche zu erledigen, bevor Franziska mit Anouk vor der Tür stand. Sie rief Giacomo nicht an, um ihm Bescheid zu sagen. Er würde schon merken, dass sie nicht käme, und sich seinen Teil denken. Wahrscheinlich hatte er es gestern schon geahnt. Obwohl er kaum direkt mit Menschen zu tun hatte, schien er sie sehr gut zu kennen. Vielleicht musste man sogar etwas Distanz zur Menschheit haben, um sie zu begreifen. So, wie manche Gemälde aus der Nähe nur einzelne Punkte waren und erst mit Abstand etwas Sinnvolles ergaben.

Anouk hatte sich etwas zum Malen mitgebracht. Auch die nackte Barbiepuppe, der sie eine weiße Socke um die Hüfte gewickelt hatte, war in ihrem Rucksack.

»Du seist gesegnet!«, sagte Anouk zur Begrüßung und machte mit ihrem Händchen ein Zeichen, das wie ein Kreuz aussah, aber mit deutlich mehr Querbalken.

»Das ist ihr neuester Spleen«, erklärte Franziska und reichte Sofie eine Tasche mit Wechselwäsche. »Sie hat aus Versehen einen Gottesdienst im Fernsehen geguckt. Jetzt segnet sie alles. Bei uns sind schon sämtliche Pflanzen gesegnet, sogar der alte Ficus.«

Sofie strich Anouk sanft über den Kopf. »Magst du etwas Obst?«

»Maria isst gerne Obst, und das Jesuskindchen auch.«

Sofie wandte sich an Franziska. »Na, dann mal ab mit dir in die Firma. Wir kommen hier wunderbar klar.«

Nachdem sie ihrer Nichte in der Küche Apfelschnitze geschnitten hatte, blickte Sofie für einen Moment irritiert auf den Tisch, weil er ihr ohne Mehl plötzlich merkwürdig leer vorkam.

»Bist du auch krank, Tante Sofie?«, fragte Anouk.
»Nein, wieso?«

»Du guckst so komisch, eigentlich auf den Tisch, aber irgendwie auch ganz weit weg. Voll komisch.«

Sofie sah Anouk an. »Sag mal, was willst du eigentlich werden, wenn du groß bist?«

Anouk runzelte die Stirn. »Wie meinst du das?«

»Was für einen Beruf willst du mal haben?«

»Ich bin Maria!« Die Kleine steckte sich einen Apfelschnitz quer in den Mund.

»Ja, aber ...«

»Auch wenn ich erwachsen bin!«, unterbrach Anouk sie mit vollem Mund und stand auf. »Jesus rettet jetzt die Minimenschen! Du musst zugucken!« Sie hob die Barbie in die Luft und ahmte Propellergeräusche nach.

»Jesus kann fliegen?« Sofie unterdrückte ein Lachen.

»Klar!« Anouk legte den Kopf schief, als würde sie sich fragen, ob ihre Tante Sofie wirklich so dumm war oder nur so tat. »Er ist doch der Sohn vom Gott, und der kann alles! Weißt du das denn nicht? Das weiß doch jeder!« Anouk machte ein Geräusch, das wie *piu-piu-piu* klang. »Der kann auch Blitze aus seinen Augen schießen.«

Giacomo Botura würde jetzt sicher sagen, dass für Kinder die Welt wie Teig war, den sie kneten konnten. Wogegen Erwachsenen alles wie altbackenes Brot vorkam.

Es klingelte an der Tür. Franziska musste etwas vergessen haben.

Aber als Sofie öffnete, stand Irina vor ihr. In T-Shirt, Jeans und Sneakern, so wie eine Freundin, die mal kurz auf einen Sprung vorbeischaute. Aber sie waren keine Freundinnen, sondern immer Konkurrentinnen gewesen.

»Darf ich reinkommen?«, fragte sie und streckte ihr einen Strauß Schnittblumen entgegen. Freesien, Tulpen, Ranunkeln und Levkojen, alle Blüten in Weiß oder Pastell und extragroß.

Sofie nahm die Blumen entgegen. »Die sind sicher auch von der Kompanie, sag allen Danke schön.«

»Klar, gerne.«

Irina hatte mit der Antwort einen Moment gezögert, und Sofie wusste Bescheid: Die Kompanie hatte mit diesem Besuch nichts zu tun.

Plötzlich stand Anouk vor Irina. »Du bist der Heilige Geist«, sagte sie zur Begrüßung. »Du musst dich vor den Fernseher stellen und strahlen!«

Irina sah Sofie fragend an.

»Kannst du nicht etwas malen?«, bat Sofie und kniete sich vor Anouk nieder. »Und danach spielen wir weiter?«

Anouk zuckte mit den Schultern. »Was soll ich denn malen?«

Sofie sagte das Erste, das ihr in den Sinn kann. »Malst du mir einen Baobab?«

»Was ist ein Babobab?«

»Baobab. Ein Baum, der innen ganz leer ist.«

Anouk zog eine Schnute. »Was für ein komischer Baum. Lebt da drin ein Eichhörnchen?«

»Ja«, sagte Sofie, stand auf und wandte sich an Irina. »Magst du einen Kaffee?«

»Ein Wasser wäre nett.«

»Komm, lass uns in die Küche gehen.«

Alle wichtigen Gespräche fanden in dieser Wohnung in der Küche statt. Niemals im Wohnzimmer, nicht im Bett, nur in der Küche. Vielleicht weil man sich besser fühlte, wenn Stärkungen griffbereit waren.

»Ich wollte wissen, wie es dir geht. Wegen der Migräne«, sagte Irina, als sie hinter ihr eintrat.

Sofie holte eine Wasserflasche aus dem Kühlschrank und schenkte Irina ein. »Besser. Danke. Es tut mir leid, dass ich den Saal verlassen musste.«

»Du konntest nichts dagegen tun, oder?«

»Nein. Meine Füße sind von allein losmarschiert.« Irina holte tief Luft.

»Bring es hinter dich«, forderte Sofie sie auf und setzte sich an den Tisch. »Was immer du sagen willst, spuck es aus! Lass uns nicht so tun, als wären wir wie Schwestern und du würdest dich um mich sorgen.«

»Ich hab überhaupt nichts gegen dich persö...«

»Ja, ich auch nicht gegen dich. Aber das ist etwas anderes, als befreundet zu sein.« Sofie nahm sich ein Wasser. »Wir haben vermutlich nicht viel Zeit, gleich kommt bestimmt wieder die Jungfrau Maria.«

Irina zog die schmalen und perfekt gezupften Augenbrauen zusammen. Es wirkte, als wäre sie sich nicht sicher, ob Sofie nicht doch ein mentales Problem hatte, wie einige in der Kompanie vermuteten.

»Nicht drüber nachdenken«, setzte Sofie hinzu. »Sag, was du zu sagen hast.«

Irina musste nochmals Luft holen. »Komm nicht mehr ins Konzerthaus. Bitte.«

Sofie strich eine Haarsträhne fest zurück. »Ich hatte erwartet, ihr würdet wollen, dass ich so schnell wie möglich wiederkomme und bis zum Ende bleibe?«

»Nein. Wenn du im Saal sitzt, werden alle nur darauf achten, ob du wieder aufstehst und gehst. Das Publikum wird darauf achten, die Presse und, was am schlimmsten ist, das ganze Ensemble. Ich eingeschlossen. So können wir keine gute Leistung bringen, das verstehst du sicher.«

Das verstand Sofie. Aber es fühlte sich trotzdem an, als hätte Irina sie gerade komplett aus der Welt des Tanzes verbannt. »Also Hausverbot«, stellte Sofie fest.

»So darfst du es nicht sehen!«

»Ist in Ordnung. Ist mir lieber so. Ich muss dieses Leben hinter mir lassen, komplett. Es ist sonst wie bei einem Treffen mit dem Ex, der einen verlassen hat. Ein klarer Schnitt, das ist das Beste.«

»Du darfst gerne zu den Proben kommen, und dann vielleicht irgendwann wieder …«

Sofie schüttelte den Kopf. »Ist schon gut. Ich habe mich beruflich bereits umorientiert.«

Irina fuhr sich über ihr Ohr, weil sie wohl dachte, sie habe sich verhört. »Was machst du denn?«

»Ich bin Bäckerin«, antwortete Sofie, schaute Irina dabei aber nicht in die Augen.

»Wo?«

»Hier im Dorf.«

Irina brauchte Anlauf für die nächste Frage und ließ ihre Fingerspitzen über den Tisch tanzen. Sofie erkannte den Anfang von *Dornröschen* und hielt Irinas Hand fest.

Die neue Primaballerina zog sie wie ein ertapptes

Kind zurück und fand endlich den Mut für ihre nächsten Worte. »Ist es sehr schlimm, wenn man nicht mehr auf der Bühne stehen kann?« Sie biss sich auf die Unterlippe. »Weißt du, ich hab echt Angst davor. Es muss doch so sein, als wäre man ein Maler, der plötzlich keinen Pinsel mehr halten, oder eine Schriftstellerin, die kein Wort mehr schreiben kann.«

In Irinas Stimme lag tiefe Sorge. Die Angst vor dem Ende der Karriere schwang für eine Tänzerin schließlich bei allen Auftritten mit. Jeder Sprung konnte der letzte sein. Nur wer das verdrängte, konnte überhaupt abheben.

»So ist das nicht«, sagte Sofie, obwohl es sich genau so angefühlt hatte. »Giacomo Botura sagt, du kannst aus einem Teig Brötchen backen, ein dünnes Baguette oder auch ein Kastenbrot. Nichts davon ist besser als das andere, jedes hat seinen Wert. Aus meinem Teig wurde bisher eine Tänzerin geformt und jetzt eben eine Bäckerin. Aber beides bin ich. Zu einhundert Prozent. Man muss nur bereit sein, sich selbst zu formen.«

Irina sah sie lange an, den Mund staunend geöffnet. »Du hast dich verändert«, sagte sie. »Ich freu mich für dich.«

Sofie war selbst überrascht über das, was da gerade aus ihrem Mund gekommen war.

Anouk trat ein. »Guck mal hier, der Babibu-Baum. Da lebt jetzt doch kein Eichhörnchen drin. Aber ich hab sein Nusslager reingemalt. Bis obenhin alles voll.« Sie legte das Blatt vor Sofie auf den Tisch. »Macht hundert Euro. Kann ich morgen eigentlich wiederkommen, oder hast du dann was vor?«

Im Schlafzimmer saß Florian im Bett. Den Laptop auf seinem Schoß, versuchte er, an der neuen Choreografie zu arbeiten, scheiterte aber stets nach wenigen gedrückten Tasten. Eigentlich arbeitete er am liebsten in der Küche, nah beim Teekessel und der Obstschale (wobei er dann doch meist eher zur Keksdose griff). Aber gerade wollte er nicht in die Welt vor der Schlafzimmertür treten, weil es ihm vorkam, als befänden sich dort all seine Probleme. Das im Halbdunkel liegende Schlafzimmer kam ihm dagegen angenehm unwirklich vor.

Immer wieder schafften es Gesprächsfetzen unter der Tür hindurch oder krochen durch das Schlüsselloch zu ihm. Florian versuchte, aus all dem Gesagten ein Bild zusammenzusetzen, das ihm zeigte, was in Sofie vorging. Aber die Teile kamen ihm nicht vor wie Puzzlestücke, sondern wie Glassplitter mit scharfen Kanten, die kein Ganzes ergaben.

Vielleicht würde sein Treffen mit Marie etwas Klarheit bringen, schließlich hatte sie extra Beziehungsratgeber gewälzt, damit seine Ehe wieder funktionierte. Wobei er nicht wirklich wusste, was er noch tun könnte. Er hatte es mit Verständnis versucht, mit Frühstück im Bett, mit einem Kurztrip in eine von Sofie sehr geliebte mittelalterliche Stadt und mit ganz viel Zeit. Mit Wochen voller Verständnis und Nachsicht, in denen es ihm vorgekommen war, als stünde er am Meer und Sofie triebe wie ein Floß ohne Ruder immer weiter hinaus aufs offene Wasser. Und jedes Wort von ihm schien nur noch mehr Distanz zwischen sie zu bringen. Wie hatte das passieren können? Am Anfang ihrer Liebe war jedes Wort wie ein

Lasso gewesen, das sie näher zueinanderzog. Es hatte überhaupt keine falschen Worte gegeben. Aber seit Sofie nicht mehr tanzte, hatten sich viele falsche Worte angesammelt, und jetzt gab es nur noch solche. Man sagte gern: Ein Wort ergibt das andere. Aber die Worte zwischen Sofie und ihm ergaben einander nicht mehr, sie prallten aufeinander, bekämpften sich, und jetzt ignorierten sie sich sogar. Manchmal kamen ihm ihre Gespräche vor, als würden die Worte aus zwei voneinander unabhängigen Monologen stammen.

Deshalb schwieg er jetzt lieber.

Bis er die richtigen, die unverbrauchten Worte finden würde, die wieder ein Gespräch ermöglichten.

***

Am nächsten Morgen sprach Giacomo lange mit dem Foto auf seiner Anrichte. Er erzählte ihm, dass Sofie am Vortag nicht erschienen war, obwohl er so viel Hoffnung darin gesetzt hatte, dass sie die eine sei, die mit ihm die Bäckerei retten würde. Und wie sehr er sich schon auf ihre ersten Brote gefreut hatte. Dann kam er auf seine eigenen Anfänge zu sprechen und wie er alle Fehler gemacht hatte, die beim Backen möglich waren – oftmals gleichzeitig. Von Krusten, die so hart waren, dass man mit ihnen Nägel in die Wand hätte schlagen können, und von Teig, der im Ofen so zerflossen war, dass er wie eine von Dalís Uhren wirkte. Giacomo erzählte auch, wie er selbst misslungene Brote probiert hatte, um zu lernen. Das Foto lächelte ihn die ganze Zeit an, und er spürte, wie sehr es ihm fehlte, das Gesicht darauf in der Realität zu sehen und nicht nur in diesem eingefrorenen Moment, obwohl es ein wunderschöner war.

Das Schloss der Tür zur Backstube gab beim Öffnen ein sattes Klacken von sich, als gehörte es zu einer gut gesicherten Schatzkammer. Sobald Giacomo die Tür aufstieß, schlug ihm das Aroma aller hier je gebackenen Brote und Brötchen wie eine köstliche Erinnerung entgegen, dazu der frische Duft des Pfefferminzöls, das er ausbrachte, um die tückischen Mehlmotten fernzuhalten.

Diese spezielle Mischung versicherte ihm, dass er dort angekommen war, wo er hingehörte. Nichts auf der ganzen Welt roch wie seine Backstube.

Doch die Geborgenheit war gestört, denn die Backstube war leer. Das war sie natürlich immer, wenn er sie betrat. Aber dann war Sofie gerade einmal zwei Tage da gewesen, und nun fehlte sie schon. Es kam Giacomo sogar so vor, als hätte sie die ganze Zeit gefehlt und er hätte es nur nicht bemerkt.

Während er zum alten Drachen trat, um ihn aufzuwecken, versuchte er, nicht darüber nachzudenken, warum Sofie gestern fortgeblieben war und ob sie wohl wiederkommen würde. Giacomo war nämlich der Meinung, dass er das mit dem Nachdenken nicht gut hinbekam. Er überließ es lieber denen, die es ordentlich gelernt hatten. Aber Fühlen, das konnte er gut. Vielleicht sogar zu gut. Vor allem wenn es wehtat. Er hatte einen Schmerz in Sofie gespürt, den er nur allzu gut kannte: Wenn man etwas verlor, das zuvor das ganze Herz ausgefüllt hatte. Deshalb hatte er sich ihr auf besondere Weise verbunden gefühlt.

Aber irgendwie musste er sie verschreckt haben. Vielleicht mit den falschen Worten? Ihm fehlte ein wenig die Übung, was Gespräche betraf, schließlich redete er wenig, und wenn, dann fast nur mit Motte. Das mit Elsa konnte man nicht reden nennen. Es war Informationsaustausch. Dabei hätte Giacomo gerne mit ihr geredet, schon seit Jahren, seit damals. Aber sobald er versuchte, die Mauer zwischen ihnen abzutragen, verstärkte die alte Frau sie noch. Einst hatte er gedacht, dass Motte sie beide einander näherbringen werde. Aber die Dackeldame – Giacomos Geschenk für Elsa – hatte nur verdeutlicht, wie weit sie auseinanderlagen.

Er brauchte Rat, und es gab nur einen Menschen, den er darum bitten konnte. Am Nachmittag, als Elsa nach Hause gegangen war, wählte Giacomo mit dem Ladentelefon eine Nummer, die sich seit vielen Jahrzehnten nicht geändert hatte. Und wie immer musste er es genau drei Mal klingeln lassen, bis abgehoben wurde.

»Nonna, ich bin's!«, rief er ins Telefon, denn seine Großmutter war ein wenig schwerhörig. Im letzten Jahr war sie neunzig Jahre alt geworden, aber ihr Körper hatte es nicht mitbekommen. Seit sie achtzig war, kümmerte er sich nicht mehr richtig um Geburtstage, sondern blieb einfach so, wie er war.

»Der kleine Gigi! Du bist es!« Ihre Stimme war so deutlich zu hören, als säße sie neben ihm. Das lag an dem neuen Telefon, das er ihr letztes Jahr zu Weihnachten geschenkt hatte. Ein schickes silbernes, ohne Kabel. Es wirkte in der Küche sicherlich wie Technik aus der Zukunft.

»Geht es dir gut, Nonna?«

»Du schickst mir immer so wunderbare Postkarten. Wie hübsch du es hast!«

Vor Jahren hatte Giacomo ein Postkarten-Set im Supermarkt gefunden, das die schönsten Bauwerke des Landes zeigte. Kein einziges davon hatte er je mit eigenen Augen gesehen. Aber es war gut zu wissen, dass er sie besichtigen könnte, wenn er nur wollte.

»Ich denke viel an dich und deine Tagliatelle mit Sardinen.«

»Die sind die besten!«

Giacomo wusste, dass sie Nonnas ganzer Stolz waren. Er selbst hatte sie dagegen nie gemocht. Die kleinen Fische im Ganzen zu essen hatte ihn schon als Kind mit einem Schauder erfüllt. Immer hatte er sie unauffällig in seine Hände gespuckt und dann schnell in die Hosentasche gesteckt, um sie später im Hafen zu entsorgen. Seine Hosen hatten dadurch immer fürchterlich gestunken, vor allem wenn er nach dem Essen vergaß, die Fische wegzubringen.

»Was willst du, mein Junge, wie kann deine Nonna dir helfen? Du klingst, als ob dich etwas bedrücken würde.«

Giacomo sah vor seinem inneren Auge, wie Nonna in ihrer kleinen Küche auf der Holzbank saß, nicht ganz am Fenster, sondern leicht versetzt Richtung Ofen, da sie nur von dort aus durch eine enge Gasse, die steil hinunter zum Hafen verlief, etwas vom Aquamarinblau des Tyrrhenischen Meeres sehen konnte. Wenn sie Verwandte im Hinterland besuchte, erzählte sie immer, dass sie ein Haus direkt am Hafen besitze.

»Ich habe ein Problem mit einer jungen Frau.«

»Oh, eine junge Frau. Dann erzähl deiner Nonna mal von ihr.«

»Sie heißt Sofie, und sie hat bei mir als Aushilfe angefangen. Zwei Tage ist sie da gewesen, und ich dachte, wir sind auf einem guten Weg. Dass ich mit ihr endlich jemanden gefunden habe, in dem ich die Hingabe zum Backen entfachen kann. Wie beim Verliebtsein. Du erinnerst dich noch, oder?«

»Du unverschämter Kerl! Auch deine Nonna ist mal jung gewesen. Und eine Schönheit!«

»Ich weiß, Nonna. Du warst die schönste Frau in ganz Kalabrien!«

»Für ein paar Augenblicke war ich das. Zumindest habe ich mich so gefühlt, als dein Nonno mich verliebt angeschaut hat.« Sie lachte ein wenig. »Aber erzähl mir lieber, was mit der jungen Frau nicht stimmt.«

»Gestern und heute ist sie nicht gekommen. Und angerufen hat sie auch nicht.«

»Hm...« Nonnas Hms waren ganze Bücher, so viele Gedanken lagen darin.

»Ich hab sie schon sehr ins Herz geschlossen, Nonna. Und sie fehlt in der Backstube. Weißt du, heute ist mir beim Kneten aufgefallen, dass ich einen Bereich der Arbeitsplatte überhaupt nicht genutzt habe. Da lag kein Teig, kein Mehl.«

»Es war der Teil, an dem sie gestanden hat, nicht wahr?«

»Ja, es war ihrer.« Giacomo blickte durch den Gang in die unbeleuchtete Backstube. »Es sollte ihrer sein. Aber vielleicht kommt sie ja nie wieder.« Er senkte den Kopf. »Kannst du mir sagen, was ich tun soll, um sie zurückzugewinnen? Oder sollte ich das lieber sein lassen? Vielleicht käme sie für einige Wochen oder Monate wieder, würde dann aber doch für immer gehen, weil sie sich letztendlich nicht fürs Backen entscheidet. Dann wäre all die Zeit umsonst, die ich in ihre Ausbildung gesteckt habe.« Und all die Hoffnung auch. Giacomo wusste leider nur zu gut, dass vergeudete Hoffnung noch mehr schmerzte als vergeudete Zeit.

»Dein Herz ist klüger, als du glaubst, mein Junge. Wenn du sie in dein Herz geschlossen hast, dann ist sie deine Mühe wert. Selbst wenn sie eines Tages gehen sollte. Zeig ihr deine Liebe zum Bäckerhandwerk, dein Glück. Wenn es auch ihres ist, wird sie bleiben.«

Giacomo stützte sich an der gekachelten Wand ab, deren Fliesen ganz kalt waren. »Ich weiß nicht, ob das reichen wird...«

»Aber ich weiß, dass du nicht mehr tun kannst. Für manche ist ein Beruf wie ein Goldstück, das mit jeder Berührung ein wenig stumpfer wird. Für andere ist er wie eine Perle, die mit jeder Berührung mehr glänzt. Jetzt muss ich leider Schluss machen, kleiner Gigi. Jeden Moment kommen die Fischer die Straße hoch, und die will ich mir angucken.«

Nonna würde dafür ihr Haar richten, das schon lange nicht mehr ihr eigenes war, und für einen kurzen Moment würden die Fischer in ihr das erkennen, was einst Nonno in ihr gesehen hatte. Egal, wie trüb Nonnas Augen waren, wie tief ihre Falten, sie war damals wie heute eine wunderschöne Frau.

Und sie brauchte die Augen der Fischer, um sich darin zu spiegeln.

***

Am nächsten Morgen startete Giacomo betrübt die Backstube, als wäre sie nichts als ein Motor, dessen Kurbel er drehen musste.

Und dann stand Sofie plötzlich im Raum und hängte ihre Übergangsjacke an den Kleiderhaken. Nach dem Gespräch mit Irina war sie sehr ins Grübeln gekommen, was die Arbeit hier betraf. Am Tag danach hatte sie dann ganz unvermittelt den Duft der Backstube in der Nase gehabt, diesen unnachahmlichen Geruch von warmem Brot, das aus dem Ofen gezogen wurde, und hatte gemerkt, dass ihr die kleine Backstube tatsächlich fehlte. Und der Bäcker auch. Seine Brote und seine Worte. Der Wunsch zurückzukehren war immer größer und stärker geworden. Bis sie schließlich den Wecker wieder gestellt hatte.

»Mir ging es die letzten Tage nicht gut«, sagte sie, den Blick gesenkt. »Tut mir leid, dass ich mich nicht gemeldet habe.«

Giacomo nickte und ließ sich sein Glück nicht anmerken. Eine dumme Angewohnheit, aber so war es immer schon gewesen. Es kam ihm vor, als ginge etwas vom Glück verloren, wenn er es herausließ, dabei war es wie eine aufkeimende Pflanze, die man wachsen lassen musste, damit sie reife Früchte trug.

Sofie konnte nicht sagen warum, aber sie hatte das Bedürfnis, Giacomo eine bessere Erklärung liefern zu müssen. Und sie hatte das Gefühl, sich ihm anvertrauen zu können.

»Mir geht es eigentlich die ganze Zeit nicht gut, denn ich bin...« Sofie suchte nach dem richtigen Wort. Schließlich fand sie eines, das so kraftlos klang, wie sie sich fühlte: »...erloschen.«

Zu Sofies Überraschung reagierte Giacomo mit einem Lächeln.

»Nehmen Sie mich nicht ernst?«, fragte sie.

Er schüttelte sachte den Kopf. »Wissen Sie eigentlich, woraus wir bestehen? Wir alle?«

»Aus Wasser? Aber was hat das mit mir zu tun?« Sofie dachte darüber nach, sich ihre Jacke zu nehmen und wieder zu gehen.

»Das Material, aus dem wir bestehen, stammt von erloschenen Sternen. Wir alle sind nichts als erloschene Sterne.«

»Das macht es überhaupt nicht besser.«

»Doch, viel besser! Denn wir sind erloschene Sterne, und doch leben wir und lachen und lieben. Vor Millionen von Jahren hätte das niemand für möglich gehalten. Und wenn erloschene Sterne es schaffen, lebendig zu werden, dann schaffen Sie das auch.«

»Wieder lebendig zu werden?«

»Ja. Sie müssen es nur wie der erloschene Stern machen und sich verwandeln.«

»Der hat dafür aber Ewigkeiten gebraucht.«

»Sie müssen ihm ja nicht alles ganz genau nachmachen«, sagte Giacomo mit einem Augenzwinkern.

Dann gab er sich einen Ruck. »Ich habe etwas ganz Wichtiges vergessen!«

Dann umarmte er sie. Es war eine von den guten

Umarmungen, die nicht nur mit den Armen, sondern auch mit dem Herzen durchgeführt wurden. Giacomos Hände wussten genau, wo sie hingehörten und welchen Druck sie ausüben sollten, damit es sich angenehm anfühlte. Also weder so, als wäre Sofie zerbrechlich wie ein Ei, noch so, als wäre sie unempfindlich wie ein Sack Mehl.

»Ich bin Giacomo. Und du?«

»Sofie. Freut mich.« Sie musste lachen.

Als sie die Umarmung lösten, stieß Sofie gegen Giacomos Kopfbedeckung. Schnell bückte sie sich, um das gute Stück aufzuheben. Dabei fiel ihr ein, was sie schon eine ganze Weile hatte fragen wollen. »Sie ... also du bist ... Italiener, oder? Warum tragen Sie ... du ... dann ...?« Sie reichte ihm die Baskenmütze.

Giacomo strich etwas Mehl von ihr und setzte sie auf. »Weißt du, früher sind meine Baguette nie so richtig gut geworden. Ich habe alles probiert, aber bekam einfach nicht den richtigen Dreh hin. Auf einem Trödelmarkt fiel mir dann diese schöne Mütze auf, und ich dachte: Mit der könnte es vielleicht endlich klappen! Weil mein Kopf dann denkt, ich sei Franzose.« Er rückte sie zurecht. »Und was soll ich sagen? Es hat funktioniert!«

»Aber jetzt denken viele Menschen im Dorf, du seist Franzose.«

»Das ist mir egal. Ich weiß ja, dass ich Giacomo aus Kalabrien bin. Es ist Berufskleidung.« Er trat zur Arbeitsplatte. »So, genug geredet, die Arbeit erledigt sich nicht von allein. Auch wenn man mal ein Stern war. Der Teig wartet schon auf dich.«

Sofie trat nah zu ihm. »Meinst du, ich kann das

wirklich lernen? Vielleicht sogar richtig gut darin werden? Hast du eine Bäckerin in mir gesehen, als ich mich vorgestellt habe?«

»Ich habe eine Frau gesehen, die eine Bäckerin werden kann. Weißt du, das Wichtigste bei jedem Beruf ist nicht, ob du ihn erlernen kannst, sondern ob du ihn erlernen willst. Ob du eine Bäckerin wirst, entscheidest nur du selbst. Wenn so etwas andere für einen entscheiden, wird selbst der schönste Beruf der Welt zur reinsten Qual.«

Und der schönste Beruf der Welt, das musste er ja wohl nicht aussprechen, war natürlich das Bäckerhandwerk.

»Ich war Tänzerin«, platzte es aus Sofie heraus. »Das war mein Beruf.« Es kam ihr wie ein Geständnis vor, und sie war froh, als es ausgesprochen war. Sonst war sie immer stolz gewesen, es zu sagen, aber gegenüber einem Bäcker wie Giacomo kam es ihr plötzlich wie die absurdeste Berufsentscheidung überhaupt vor.

»Das ist gut, sehr gut sogar. Eine Tänzerin in einer Bäckerei, das passt.«

»Wieso?«

»Was musstest du als Tänzerin immer sein?«

»Fit?«

»Das meine ich nicht. Für die Drehungen. Und Pirouetten.«

»Beweglich?«

»Ja, beweglich. Du bist dein ganzes Leben lang beweglich gewesen.«

»Mein Körper ist beweglich gewesen.« Sofie atmete durch. »Ich selbst nicht.«

Giacomo schmunzelte. Diesen Gedanken kannte er. »Schau mal nach, ob nicht doch ein bisschen Beweglichkeit in deiner Seele steckt. Vielleicht hat dein Körper abgefärbt?« Er forderte sie dazu auf, zum Teig zu treten, indem er das Kinn ein wenig anhob.

»Kneten hat Rhythmus, genau wie Tanzen. An deinem ersten Tag hast du das direkt gespürt und richtig gemacht. Aber es war noch mehr dein Rhythmus als der des Teigs. Ich zeige es dir.«

Giacomo holte verschiedene Teige und zeigte Sofie, wie klebrig und widerspenstig zum Beispiel ein Roggenteig war und wie leicht und spielerisch einer mit italienischem Weizenmehl.

Kurz bevor die Bäckerei öffnete, trat Elsa in den Laden und blickte durch den tunnelartigen Gang in die Backstube. Motte kam in launigem Schritt angelaufen und warf sich, ohne auch nur einen Moment zu zögern, vor den Ofen.

»Ach, da ist ja unsere feine Tänzerin wieder«, sagte die alte Frau mit abschätzigem Blick. »Ist die Hochwohlgeborene doch wieder zu den Normalsterblichen herabgestiegen? Halleluja!«

»Ich bin keine …«, begann Sofie. Es war wohl Zeit, hier mal die Fronten zu klären.

Aber Giacomo reichte ihr eine Scheibe dunklen Brots. »Iss. Dann geht es dir besser.«

»Ich kann doch nicht einfach irgendwas essen, wenn es mir schlecht geht. Dann passe ich irgendwann nicht mehr durch die Tür.«

»Du sollst ja auch nicht ständig essen. Aber jetzt.«

Sofie nahm die Scheibe und biss hinein – sie

schmeckte köstlich. Röstig, herb, und tief verborgen darin, man merkte es erst, wenn man einige Zeit gekaut hatte, auch eine zarte, malzige Süße.

»Nach Elsas Rezept gebacken«, erklärte Giacomo, der Sofies Gesicht genau beobachtet und auf den Moment gewartet hatte, in dem es sich entspannte. »Ich esse immer eine Scheibe, wenn sie einen besonders schlechten Tag hat. Dann kann ich ihr leichter vergeben.«

»Warum ist sie bloß so missmutig? Ist ihr etwas Schlimmes widerfahren?«

»Das Leben«, antwortete Giacomo, »ist wie ein Fluss mit viel Unrat drin. Und bei manchem verfängt er sich.«

Sofie sah Giacomo an und spürte das Bedürfnis zu fragen, wie es bei ihm sei. Aber kannten sie sich schon gut genug dafür?

»Du musst kneten«, sagte Giacomo, »der Teig wartet.«

Und als Sofie den großen Klumpen auf dem Backtisch anschaute, wusste sie, dass der Teig tatsächlich auf sie wartete.

***

Giacomo gab ihr jeden Tag etwas mehr Brot.

»Musst du probieren«, sagte er stets und reichte ihr ein Stück. Giacomo genoss es sehr zu sehen, wie Sofies Geschmackssinn erwachte und eine neue sinnliche Welt sich für sie eröffnete.

Sie backte immer besser. Was noch fehlte, war diese leicht flüchtige Zutat namens Liebe. Giacomo wusste, wenn man etwas tat, das man nicht liebte, bedeutete es Mühe. Liebte man es aber, war es Erfüllung. Diese Liebe konnte man nur aus einem ganz bestimmten Brunnen schöpfen, sich selbst.

Sofie jedoch backte, wie viele andere, Melancholie und Traurigkeit mit in den Teig ein. Erschöpfung war auch Teil einiger ihrer Brote. Und Leere. Warum dachten die Menschen, Liebe könne man einbacken, aber all die anderen Gefühle fänden nicht ihren Weg in die Speisen?

Er konnte das, was Sofie gebacken hatte, nicht verkaufen, er warf es weg, wenn sie nach Hause gegangen war, und das brach ihm das Herz. Denn wenn sie nicht zu ihrer Liebe fand, würde er sie ziehen lassen müssen. Und da sich niemand anders auf die Stelle beworben hatte, bedeutete es das Aus für seinen Traum, der Bäcker dieses Dorfes bleiben zu dürfen.

Aber das war nicht der Grund, warum er heute in der Backstube geschwiegen hatte.

Er musste zum Teich.

Wie stets zog er dafür nach der Arbeit seine beste dunkelgraue Anzughose sowie das frisch gebügelte hellgrüne Hemd mit dem feinen Muster an und setzte seine braune Baskenmütze auf. Er legte ein rot-weiß kariertes Küchenhandtuch auf den Gepäckträger und klemmte zwei Baguette quer darauf. Und wie immer, seit Motte da war, nahm er sie mit. Vorne hatte er ein Körbchen für sie montiert und mit einer Decke ausgelegt, in die sie sich bereitwillig einkuschelte. Motte liebte Wärme, und wäre die Öffnung des alten Ofens nicht so hoch angebracht gewesen, die kleine Dackeldame wäre längst hineingesprungen.

Nie fuhr er schnell zum Teich, denn dann würde er eher dort ankommen.

»Sag Elsa später bitte, dass der neue Mantel ihr sehr gut steht«, wandte Giacomo sich an Motte, die gerade versuchte, ihre empfindliche Nase in die Decke zu stecken. »Und dass sie ruhig Kirschlollis an Kinder verteilen kann. Was ist eine Kindheit ohne geschenkte Lollis? Sie schmecken immer am besten, wenn man sie geschenkt bekommt.«

Giacomo vertraute Motte seit Jahren all das an, was er Elsa nicht sagen konnte. Die alte Frau schnitt ihm stets das Wort ab, als wäre es ein ungenießbarer, trockener Kanten Brot. Aber wenn er die für Elsa gedachten Worte vor Motte aussprach, waren sie in der Welt, und vielleicht fanden sie ja einen Weg zu ihr. Bei Worten wusste man nie. Manche, die laut ins Gesicht eines Gegenübers gebrüllt wurden, versandeten, manche leisen Worte, die man nur dachte, erreichten dagegen den Adressaten. Er durfte also hoffen.

Der Teich lag außerhalb des Dorfes, und da er nur über einen unbefestigten Feldweg zu erreichen war, der noch dazu einen weiten Bogen machte und entlang der Bahngleise führte, spazierte selten jemand dort hin. Die Wasservögel und die Tiere, die in dem kleinen Eichenwäldchen lebten, das sich an den Teich schmiegte, blieben zumeist unter sich.

Giacomo stellte das Rad auf den Ständer und trat ans bewachsene Ufer. Es gab kaum Wellengang, der Wind fand rund um das Dorf Getreidefelder, in die er mit vollen Händen greifen konnte, er kümmerte sich kaum um dieses kleine Fleckchen.

Eine Sitzbank fand sich hier nicht, auch keine Liegewiese mit gemähtem Gras, nur Unkraut, das wucherte. Giacomo brach die mitgebrachten Baguettes in kleine Stückchen, die er ans Ufer warf. Nicht ins Wasser, wo sie auf den Grund des Teichs sinken würden. Ein Sperling traute sich zuerst heran und pickte ein für seinen kleinen Schnabel viel zu großes Stück auf, das er schnell in Sicherheit brachte. Dann landete rauschend eine Entenfamilie vor Giacomo im Wasser und watschelte an Land, schließlich glitt ein Schwan elegant heran. Zwei Krähen hüpften unter Gekrächze ans Ufer.

Giacomo begann, leise ein Lied von Modugno zu singen, das ihm nur hier über die Lippen kam.

Mille violini suonati dal vento/tutti i colori dell' arcobaleno/vanno a fermare la pioggia d'argento/ma piove, piove.

Übersetzt bedeutete es: *Tausend vom Wind gespielte Geigen/Alle Farben des Regenbogens/Machen sich daran, den Silberregen abzustellen/Doch es regnet, es regnet.*

Der Teich kam ihm bei diesen Zeilen immer etwas dunkler vor. Aber heute und hier galt es, sich zu erinnern, auch wenn das an einer Wunde kratzte, die längst verschorft und taub sein sollte.

Motte mochte den Teich. Und trotz ihres Alters mochte sie es immer noch, ins Wasser zu springen. Zumindest einmal kurz. Dafür musste Giacomo ihr jetzt einen Stock hineinwerfen, einen großen, ja einen geradezu riesigen. Einen, den eigentlich nur viel größere Hunde herausholen konnten. Ausschließlich dafür befreite sie sich aus der Decke und sprang ins

Nass. Mit großem Stolz schleppte sie den Stock wieder ans Ufer und schüttelte sich. Danach blickte sie Giacomo auffordernd an, denn er sollte sie trocken rubbeln und wieder in ihre Decke wickeln.

»Du hast mich über die Jahre gut erzogen«, sagte Giacomo, als er sie wieder ins Körbchen setzte. »Kluger Hund.« Er sah in ihre Augen, in denen keinerlei Missgunst lag. »Es heißt, Menschen sehen ihren Hunden mit der Zeit immer ähnlicher. Aber ich finde, du siehst immer mehr aus wie ich, Motte. Immer mehr wie ein Mensch.«

Giacomo wusste nicht, ob das ein Kompliment für einen Hund war. Motte schien zufrieden damit, einfach sie selbst zu sein.

***

An den ersten Tagen ihres neuen Jobs war Sofie der Weg durch das nächtliche Dorf bedrückend vorgekommen, als würde das Licht der wenigen Laternen die Schwärze nur notdürftig in Schach halten. Jetzt erschienen ihr die Lichtflecken wie Spots auf einer dunklen Bühne. Und ihre Schritte waren nicht mehr schwer, sondern federten wie seit vielen Wochen nicht mehr. *Balancés* waren eine lyrische *Terre-à-terre*-Bewegung im Walzerrhythmus mit Betonung auf dem ersten Schritt. Tief – hoch – hoch – tief – hoch – hoch. Sofie hatte sie seit ihrem letzten Abend als Tänzerin auf dem plötzlich so harten Holzboden des Konzerthauses nicht mehr ausgeführt. Dabei hatte sie die sanften Wellenbewegungen sehr geliebt, wegen ihrer schlichten Schönheit und weil sie dabei wieder zu

Kräften kam für komplexere und anstrengendere Bewegungen, die ihr bevorstanden. Es tat so gut, einige davon in ihren Spaziergang zur Backstube einzuflechten.

Auch Musik gab es auf dem Weg, eine ganz eigene Symphonie des Morgens. Manchmal hörte sie den Warnruf der Schleiereule, der wie *kraich-kraich* klang, oder Füchse, die markerschütternd auf den Feldern schrien.

Die Bäckerei, dieser helle Punkt im Herzen des Dorfes, war von einer fremdartigen Welt zu einer Art Zuhause geworden. Sofie wusste nicht, ob dies ihre Zukunft war, aber als Gegenwart war es viel besser als das, was sie in den Wochen davor gehabt hatte.

Nur gestern nicht. Da war Giacomo gar nicht richtig anwesend gewesen. Wie im Automatikmodus hatte er geknetet, geformt, gebacken, ohne zu reden, ohne ihr zu sagen, sie solle ab und an nichts tun. Und das nicht, weil sie es mittlerweile beherrschte. Sie hatte ihn gefragt, was los sei, aber nur Kopfschütteln geerntet.

Auch heute war er stiller als sonst. Aber mit jedem gefüllten Blech, das er in den heißen Ofen schob, schien er etwas von seinen Sorgen zu verlieren.

Als der Hauptteil der Arbeit getan war, stand er plötzlich neben ihr.

»Komm, wir müssen etwas tun.«

Sofie rieb ihre Handflächen aneinander, um den groben Teig loszuwerden. »Worum geht es denn?«

»Um Liebe!«, antwortete Giacomo.

Sofie wusste natürlich nicht, dass er sich vorgenommen hatte, den Grund für die Portion Liebe herauszufinden, die ihr zu fehlen schien. Auch nicht, wie schlecht er darin war, Gespräche zu führen, in denen es nicht um Mehl und Teigführung ging (obwohl er mit ihr besser reden konnte als mit irgendeinem anderen Menschen in den letzten Jahren).

Giacomo holte einen dunklen Roggenteig und legte ihn auf die Arbeitsplatte. Es war einer von der starrsinnigen Sorte, einer, der nicht geknetet werden wollte, der sich dagegen wehrte. Ein träger, klebriger Brei, der mit diesem Daseinszustand sehr zufrieden war.

»Denk an etwas Schönes beim Kneten.«

»Was meinst du?«, fragte Sofie und gab Mehl auf ihre Hände.

»Denk an Liebe. An schöne Liebe.« Er strich ihr aufmunternd über die Schulter. Eine Frau wie sie hatte sicher viel Liebe in ihrem Leben erfahren. Giacomo nahm ihre Hände und legte sie auf den Teig.

»Ganz viel Liebe«, sagte Giacomo. »Ist wichtig. Für alles.«

Warum redet er so viel über Liebe, fragte sich Sofie.

»Weißt du«, fuhr Giacomo fort, einen neuen Ansatz ausprobierend, um es Sofie verständlich zu machen, »nicht die Kartoffel ist unser Grundnahrungsmittel, auch nicht Pasta oder Reis. Brot begleitet uns jeden Tag, bei manchen beginnt der Tag mit Brot und endet auch damit. Wenn wir sind, was wir essen, dann sind wir ein Laib Brot. Und wenn wir ein Laib Brot sind, dann sollte dieser mit Liebe gebacken sein.«

Aus dem Ladengeschäft war eine dünne Stimme

zu vernehmen, die wie hauchdünn gewebter Stoff klang. Frau Grünberg stand vor dem Tresen.

»Ein Brot bitte«, sagte sie ohne Zögern. Und als sie es bekam, brach sie direkt ein Stück der Kruste ab. Beim Essen schloss sie kurz die Augen, dann blickte sie Elsa strahlend an. »Geben Sie mir gleich noch eines!«

»Das können Sie doch gar nicht alles essen.«

»Doch, bestimmt.« Frau Grünberg legte das Geld für zwei Brote auf die kleine Münzschale. »Aber danke, dass Sie sich darum sorgen. Das ist sehr fürsorglich von Ihnen.«

Giacomo unterdrückte ein Lachen. Ein so freundlicher Satz musste sich für Elsa sehr ungewöhnlich anhören.

»Ja, ähm, hier ... der Nächste bitte!«

Sofie wusste nicht, wie sie Liebe in einen Teig hineinbekommen sollte. Dachte sie an Liebe, dann dachte sie ans Tanzen, es war die große Liebe ihres Lebens. Und Florian war ein Teil davon gewesen.

Gewesen? Sofie stockte, weil sie in ihren Gedanken die Vergangenheitsform gewählt hatte. Prompt kam sie beim Kneten aus dem Rhythmus.

Plötzlich spürte sie Giacomos Hände auf den ihren. »Manchen kribbeln die Fußsohlen, wenn sie an Liebe denken, andere fühlen ein Ziehen in der Brust oder ein Loch im Bauch. Denk einfach an Liebe, den Rest machen deine Hände.«

Sofie spürte, wie sich Wut in ihr ausbreitete, als wäre diese ein Teig, der rasend schnell aufging. Sie wollte mit Giacomo nicht über ihre Liebesprobleme reden, sie hatten keine Beziehung, in der man das tat.

Und warum strahlte Giacomo sie an, als sähe er viel mehr in ihr als nur eine Mitarbeiterin? Sie würde zukünftig Distanz zu ihm halten. Vielleicht entwickelte sich das Ganze hier in eine völlig falsche Richtung.

***

Franz & Iska hieß das von Franziska nach ihrer Lehre zur Schneiderin gegründete Modelabel, das sie bei Anouks Geburt gewinnbringend verkauft hatte. Das Geld legte sie in Aktien an und investierte es in ihr Haus am Rand des Dorfes. Das Grundstück war riesig, mit altem Baumbestand und kleinem Bachlauf. Das komplett aus geflammtem Holz, Glas und Stahl errichtete Gebäude mit seinem schiefen Dach aus Aluminium hatte für viel Gerede im Dorf gesorgt.

Anouk war der Grund, warum sie aufs Land gezogen waren. Eine Kindheit wie in einem Bilderbuch wollten Franziska und ihr Mann Philipp, der als Architekt gerade in Kanada ein Großprojekt betreute, ihrer Tochter ermöglichen, mit Bauernhoftieren, fröhlich radelnden Postboten und Kindern, die auf der Straße Hüpfekästchen spielten. Ob es das alles hier gab, wusste Franziska nicht, denn schnell hatte sich herausgestellt, dass Anouk nicht gerne vor die Tür ging und kein besonderes Interesse an den anderen Kindern im Kindergarten zeigte. Anouk war am liebsten für sich. Das Haus mit dem großen Garten bot ideale Voraussetzungen dafür.

Sofie war nach der Arbeit vorbeigekommen und hatte ein paar Brote und Brötchen mitgebracht, die am Vortag nicht verkauft worden waren. Die anderen spendete Giacomo wie immer an die Bahnhofsmission.

Sie setzten sich auf die hölzerne Terrasse, von der aus nur Bäume und Weiden, Sträucher und Getreidefelder, aber keinerlei Häuser oder Straßen zu sehen waren. Sie tranken Tee, der allein durch diesen Ausblick gesünder schmeckte.

»Was macht deine kleine Gottesmutter?«

»Sie baut gerade aus blauem Geschenkpapier ein Meer, das der kleine Jesus teilen kann.«

»War das nicht Mose? Ist Jesus nicht *über* das Wasser gegangen?«

»Ihr Jesus kann beides. Komm, schau es dir an, dann siehst du auch die zwei lustigen Kraken, Jesu neueste Apostel.«

Als sie durch den Flur zu Anouks Zimmer gingen, an dessen Tür immer noch ein kleiner Stern klebte, der einen seiner Zacken verloren hatte, dachte Sofie, dass sie ihre kleine Nichte bewunderte. Anouk hatte überhaupt keine Probleme, sich neu zu erfinden. Ihr stellten sich weder Angst noch Unsicherheit noch Logik in den Weg. Für Anouk wäre der Wechsel von der Tänzerin zur Bäckerin nicht schwieriger als das Anlegen eines neuen Kostüms gewesen.

Mit einem »Tadaaaaa, willkommen in der Bibel nach Anouk« öffnete Franziska die Kinderzimmertür. Dahinter befanden sich Plüschtiere, Plastikfigürchen und mit Bastelmaterialien erbaute biblische Szenen, aber keine Jungfrau Maria.

»Anouk? Wo hast du dich wieder versteckt?«, fragte Franziska in leicht tadelndem Ton, denn diesen mochte Anouk, wenn sie Verstecken spielte (wobei sie nach kürzester Zeit immer aufgeregt kicherte, was das Auffinden und anschließende Durchkitzeln leicht machte).

Der Raum blieb still.

»Guckst du mal im Bad?«, bat Franziska ihre Schwester, während sie Richtung Kleiderschrank ging, Anouks beliebtestes Versteck im Haus.

Aber sie war nicht dort. Und auch nicht im Bad. Franziskas Rufe wurden immer lauter und verzweifelter. Erst recht nach der erfolglosen Suche im Garten. Anouk war mitsamt ihrer vermeintlichen Jesus-Puppe verschwunden.

Franziska rief die Polizei.

***

Der Haupteingang der kleinen weißen Dorfkirche mit dem Turm, der aussah, als müsste er noch etwas wachsen, war abgeschlossen. Doch links befand sich eine offene Tür, die zu einem Seitenschiff führte, in das man ein paar Meter hineingehen konnte, bis ein Gitter den Weg versperrte. Drei Bänke zum Knien und Beten standen dort im Schein einiger Teelichter, die Gläubige hier angezündet hatten, nur ein paar Münzen das Stück. Die Kirche war schlicht bis auf ein dreiflügeliges Altarbild, das die Kreuzigung darstellte, ein großes Taufbecken aus Granit und einen in Schwarz-Weiß gehaltenen Kreuzgang an den Wänden. Sämtliche Bleiglasfenster waren im Krieg zerstört und durch einfache durchsichtige ersetzt worden.

Giacomo betete hier. Oder tat das, was er für beten hielt. Er teilte seine Gedanken, seine Hoffnungen und Wünsche jemandem mit, der damit vielleicht etwas anfangen konnte. Und wenn doch niemand da oben war, dann hatte er sie sich zumindest selbst eingestanden. Heute teilte er viele Gedanken zu dem, was vor Jahren am Teich passiert war und wie es sein Leben für immer verändert hatte.

Plötzlich tauchte ein kleines Mädchen neben ihm auf, das eine Barbiepuppe hielt, die in ein rosa Handtuch mit Einhornmuster gewickelt war.

»Hallo«, sagte sie. »Ich bin Maria. Ich wohne hier.«

»Ich bin Giacomo. Ich wohne in einer Bäckerei.«

Sie zeigte ihm die Puppe. »Das ist Jesus, mein Kind.«

»Ah, *die* Maria bist du.«

»Genau.« Anouk nickte zufrieden und schien froh, dass es endlich mal jemand direkt begriff.

»Und warum bist du nach Hause gekommen?«

»Jesus wollte das.« Sie ging zu dem kleinen steinernen Becken mit dem Weihwasser, das neben der Tür an der Wand angebracht war, und tauchte den Kopf ihrer Puppe ein. »Er muss sich waschen, weil ein bisschen Erdbeermarmelade auf seinen Kopf gespritzt ist.«

»Wo schläft er denn?«

»In der Krippe natürlich. Die steht neben meinem Bett.« Sie wischte Jesu Kopf am rosa Handtuch trocken, dann trat sie zu Giacomo und sah ihn von allen Seiten genau an. »Du bist der Bäckermann aus unserem Dorf, oder? Der von meiner Tante?«

»Wenn deine Tante Sofie heißt, dann bin ich das.«

»Sie sagt, du bist merkwürdig. Aber du bist gar nicht merkwürdig.«

»Sind wir nicht alle ein bisschen merkwürdig?«

»Ich nicht«, erwiderte Anouk und stampfte mit dem Fuß auf.

»Außer dir natürlich.«

»Und Jesus!«

»Und Jesus.«

Anouk setzte sich neben ihn auf die Bank. »Ich glaube, meine Tante bleibt nicht bei dir. Die macht das nur, um Geld vom ... ich weiß nicht mehr, wie das heißt, zu bekommen.« Sie faltete die Hände ihrer Barbie. »Komm, Herr Jesus, sei unser Gast und segne, was du uns bescheret hast.« Sie lachte. »Der betet zu sich selbst.«

»Dann kann beten sehr viel bewirken«, sagte Giacomo.

»Willst du wissen, wie er geboren worden ist?«

Giacomo nickte und bekam die Weihnachtsgeschichte in einer leicht modifizierten Form zu hören. Anscheinend waren bei Jesu Geburt neben Ochs und Esel auch Dinosaurier sowie Delfine anwesend. Die Geburt verlief ohne Schmerzen, dafür mit einem leisen *Plopp*, Jesus war plötzlich da und der Bauch von Maria wieder klein. Und die Heiligen Drei Könige brachten Kamille, Möhre und Minze. All das wurde von Anouk mehr gespielt als erzählt, der kleine Kirchenvorraum war ihre Bühne.

»Und jetzt geh ich mit Jesus in den Kindergarten. Denn da muss er bald hin.«

»Können wir vorher bei deinen Eltern vorbei? Ich

würde gerne die Krippe von Jesus sehen. Und die Delfine.«

Anouk fand das sehr verständlich. »Okay!«

Giacomo war überrascht, denn das Haus am Dorfrand war ihm noch nie aufgefallen, weil es ganz hinter Fichten verborgen lag, als versteckte es sich vor den anderen Gebäuden.

Anouk zeigte darauf. »Bethlehem!«

»Wo klingelt man in Bethlehem?«, fragte Giacomo, der auf den ersten Blick den Eingang nicht sah, da die Tür aus demselben geflammten Holz bestand wie die Wände.

»Da«, sagte Anouk und zeigte auf einen kleinen versenkten Kupferknopf.

Kaum hatten sie geklingelt, stand Franziska in der Tür, die mit der Polizei gerechnet hatte.

»Sie waren sicher schon auf der Suche nach der kleinen Maria«, sagte Giacomo mit einem warmen Lächeln.

»Wo bist du bloß gewesen?« Franziska stürzte zu ihrer Tochter, hielt ihr kleines Gesicht halb liebe-, halb vorwurfsvoll in Händen. »Ich hab mir ganz schreckliche Sorgen gemacht!«

»In der Kirche, weil ich da ja wohne. Da hab ich auch den Bäckermann getroffen, der hat da gebetet. Eigentlich wollte ich danach zum Kindergarten, aber er wollte die Krippe von Jesus sehen.«

Giacomo zwinkerte Franziska zu. »Ich dachte, das wäre eine gute Idee, oder?«

»Eine ganz ausgezeichnete«, antwortete Franziska mit einem Seufzer. »Kommen Sie rein.«

Als Sofie Giacomo sah, an der Hand eine stolze

Anouk, die ihn ins Haus zog wie ein edles Pferd, das sie eingefangen hatte, veränderte sich von einer Sekunde auf die andere ihr Blick auf ihn. Der Ärger des Morgens mit all dem merkwürdigen Gerede über Liebe war vergessen. Giacomo hatte Anouk gefunden und zurückgebracht, ein Retter in der Not. Und im Umgang mit Anouk tat sich dieser sonderbare Mann offensichtlich leicht. Sie lächelte Giacomo mit einer Wärme an, die vorher nicht für ihn da gewesen war. Aber jetzt wärmte sie Sofie, und sie fühlte sich wunderbar wohlig in ihrer Haut.

Kapitel 4

Ofentrieb

Irina schwenkte ihren Körper in großen Bahnen, als wäre sie ein Baum, mit dem der Wind sein Spiel trieb.

»Mehr Sturm«, sagte Florian. »Streck die Arme wie Äste und die Finger wie Zweige. Versuch, dabei mit dem Kopf oben zu bleiben. Das verdeutlicht, wie du versuchst, Herr – oder Frau – der Lage zu bleiben. Dreh dich im Ganzen, und lass dich ruhig teilweise versinken.«

Florian hatte Sofie nichts von dieser Einzelprobe gesagt. Auch keinen Zettel hinterlassen, der verriet, wohin er gegangen war. Der Termin war von ihm kurzfristig angesetzt worden, da er die Leere zu Hause nicht mehr aushielt und ihn selbst eine Dokumentation über rosa Delfine vor Hongkong nicht ablenken konnte. Außerdem wollte er, dass Sofie nach der Arbeit in diese Leere zurückkehrte und sie so spürte wie er. Seine Angst war, dass sie die Leere als Freiraum empfand.

Als Florian die Lider leicht senkte und die Welt unscharf wurde, erschien es ihm für einen Moment, als wäre es Sofie, die auf der Bühne des Konzerthauses seine neueste Choreografie tanzte, in der eine Tänzerin das Leben eines Menschen von der Geburt bis zum Tod darstellte. Aber die Illusion währte nur kurz, denn Irina tanzte viel athletischer. Sofie war immer Eleganz und Leichtigkeit gewesen. Auch für ihn hatte mit ihrem Ausscheiden aus der Kompanie ein wichtiger Teil seines Lebens geendet: Er würde nie wieder mit der für seine Ideen perfekten Tänzerin arbeiten können. Das hatte er Sofie nie gesagt, um keinen weiteren Stein auf den Hügel ihres Unglücks zu legen. Gestern Abend war er spät nach Hause gekommen und hatte gehört, wie Sofie im Bett die Seite eines Buchs umblätterte. Er hatte es nicht über sich gebracht hineinzugehen, denn er konnte nicht mehr ertragen, wie sie ihn seit einiger Zeit ansah. Deshalb hatte er nur die Hand auf das Türblatt gelegt und war sanft darübergefahren. Als seine Finger anfingen, vor Kummer zu zittern, war er ins Wohnzimmer gegangen und hatte auf der Couch übernachtet. Aber irgendwie stand er noch immer vor dieser Tür.

»Welche Lebensphase ist das?«, fragte Marie leise. Sie saß neben Florian und beugte sich zu ihm herüber. Reihe 5, Sitz 33 und 34. Die besten Plätze.

»Die Pubertät, ich inszeniere sie als Gewitter. Beim Licht setzen wir neben die Blitze durch Spots immer wieder helle Areale, Inseln der Ruhe und Klarheit, die aber schnell wieder verschwinden und von Irina nicht erreicht werden.«

»Klingt genau wie meine Pubertät«, sagte Marie augenzwinkernd. »Plus billiges Bier und dumme Entscheidungen bei Jungs.«

Florian grinste. Ihm gefiel, dass Marie sich so für das Ballett interessierte. Es war schon eine Weile her, dass er jemanden wie ein stolzer Zirkusdirektor in er sich über sein Haar strich. »Weißt du, jede menschliche Zelle trägt den Bauplan für den ganzen Körper in sich. Ist das nicht einfach unglaublich?«

»Ja, das ist es.«

»Und weißt du, was ich glaube? Dass alles, was wir tun, also jede Tätigkeit, die wir aus vollem Herzen machen, den Bauplan dafür in sich trägt, wie man sein ganzes Leben führen sollte. Wir müssen nur hinsehen! Wenn ich Maurer wäre, würde ich wohl nur über Ziegel reden. Und du hast früher sicher fast nur über das Tanzen geredet, oder?«

Sofie sah auf ihre Füße. »Ich habe nie viel nachgedacht über das, was ich getan hab. Ich hab's einfach getan. Es hat sich richtig angefühlt. Als wäre ich genau an dem Punkt, wo ich sein sollte.«

»Das ist ein großer Luxus. Die meisten von uns haben das Gefühl, es gäbe einen besseren Punkt für sie, eine passendere Arbeitsstelle, einen Partner, der sie mehr liebt, vielleicht sogar ein fremdes Land, das ihnen mehr entspricht.«

Sofie senkte die Stimme. »Und du? Bist du am richtigen Punkt?«

»Wenn du unsere Brote fragst, dann ja. Denn ohne mich würde es sie nicht geben!« Giacomo setzte sein Lächeln auf, in dem so vieles lag, das aber auch so vieles verbarg. »Selbst wenn ich für mich selbst nicht am richtigen Punkt sein sollte, bin ich es doch für viele meiner Kunden. Und das ist mehr als ein Trost. Das fühlt sich nach Bestimmung an.«

Sofie betrachtete ihn lange. »Du bist dir ganz sicher, dass du kein Philosoph bist?«

Giacomo schüttelte entschieden den Kopf. »Ich bin

nur ein Mann, der über Brot nachdenkt. Ich habe es ja den ganzen Tag vor der Nase.«

Sofie dachte, dass manche Menschen ein Leben lang Bäume vor Augen hatten und trotzdem nie über den Wind darin nachdachten.

»Was sollte ich sonst schon machen?«, fragte Giacomo und wandte sich wieder einem Teig zu.

»Du solltest mir dein Geheimnis verraten!«

Er schwieg.

***

DONNERSTAG

Zu den Körperteilen, die sich bei Sofie veränderten, gehörte auch ihre Nase, genauer ihr Geruchssinn. Hätte man sie vor einigen Wochen gefragt, wonach Mehl riecht, hätte sie geantwortet: nach gar nichts. So wie Wasser nach nichts roch.

Jetzt war es anders.

Sie konnte riechen, welche Mehlsäcke Giacomo nun öffnete.

»Das ist meine Lieblingssorte«, sagte sie, als er etwas von dem frisch gemahlenen Mehl aus der kleinen Mühle im Nachbarort holte. Es duftete fast blumig.

»Das Mehl ist das Wichtigste«, erklärte Giacomo. »Das Geheimnis guten Brots liegt im Mehl.«

»Und in der Liebe«, sagte Sofie. »Und in der Zeit. Du lässt dem Teig viel Zeit.«

»Schlechtem Mehl könnte man so viel Zeit und Liebe geben, wie man wollte, es würde nie ein köstliches Brot geben. Aber sie sind das Zweit- und Drittwichtigste.«

»Und was ist das Vierte?«, fragte Sofie.

»Die Größe!« Giacomo holte einen Teigling und bemerkte deshalb nicht, dass Sofie ein Lachen unterdrückte. »Je nach Größe des Teiglings schmeckt es anders.«

»Soso«, sagte Sofie und musste an sich halten.

Dann musste sie aus dem Teig, mit dem Giacomo seine berühmten Baguettes herstellte, gleich siebenerlei formen. Neben einem Baguette waren das: die *Flûte*, die zwar genauso viel wog wie ein klassisches Baguette, aber doppelt so lang war und nur halb so dick. Das *Pain*, genauso lang wie ein Baguette, aber dicker, die *Ficelle*, die »Schnur«, die nur halb so viel wog wie ein Baguette, aber genauso lang war. Außerdem *Tiers*, eine Art Brötchen, *Boule* genannte Bälle aus Teig und schließlich ein *Bâtard*, einen großen Ball aus dem Restteig. Bei jeder Form war das Verhältnis der Kruste zur grobporigen Krume ein anderes.

Nachdem Giacomo all diese Sorten einige Zeit später mit dem großen Schieber aus dem Ofen geholt hatte – das ließ er Sofie noch nicht übernehmen –, musste sie probieren.

Große Bissen.

Lange kauen.

Augen zu.

Vergleichen.

Sofies Geschmackspapillen hatten sich durch die Tage in der Bäckerei und das viele Probieren auf feine Nuancen eingestellt, und davon gab es hier viele. Die Brote schmeckten nicht nur unterschiedlich, weil Krume und Kruste in einem anderen Verhältnis standen, sie waren auch süßer oder bitterer, luftiger oder fester.

»Das richtige Maß ist entscheidend.« Giacomo brach sich etwas von der *Flûte* ab. »Ich habe nicht viel, aber schlaue Hände habe ich.«

»Und ein gutes Herz!«

»Ach, das Herz.« Er winkte ab und sprach mit vollem Mund. »Ich glaube, wir werden alle mit einem guten Herzen geboren. Aber bei manchen wird es sehr früh kaputt gemacht. Weißt du, Herzen können nur dann lernen, richtig zu schlagen, wenn andere Herzen für sie schlagen.« Mit einem Mal wurde er ganz still. »Das ist leider so.« Dann ging er ohne ein weiteres Wort hinaus an die frische Luft.

Sofie traute sich nicht, hinterherzugehen und zu fragen, ob er ihr heute sein Geheimnis verraten würde.

***

FREITAG
Auf die Frage nach dem besten Tänzer, den sie je gekannt hatte, nannte Sofie immer ihren Vater. Dabei hatte niemand in ihm einen Tänzer gesehen, am wenigsten er selbst, denn er war ein massig gebauter, übergewichtiger Mann. Aber wenn Musik aus dem Radio drang, warf er allen Kummer ab wie ein Ackergaul sein schweres Geschirr und tanzte. Nicht Walzer, nicht Ballett mit Pirouetten und Sprüngen. Er tanzte beim Spülen der Teller, beim Hacken der Zwiebeln, beim Schwenken der Pfanne. Jede Bewegung wurde Tanz. Sofie hatte sich nie getraut, ihn in

diesen Momenten anzusprechen, selbst wenn sie hungrig am Tisch saß und ihre Bratkartoffeln nicht erwarten konnte. Diese Momente gehörten ihrem wundervollen Vater ganz allein.

Giacomo tanzte nicht wie ihr Vater, er hatte seine eigene Art, mehr Hüfte, mehr Schwung, natürlich alles nur in ganz kleinen Bewegungen. Mehr die Andeutung eines Tanzes, etwa so, wie sich der Körper im Schlaf bewegte, wenn man vom Tanzen träumte, oder wie die Pfoten von Motte, wenn sie auf einer aus Träumen gesponnenen Weide Hasen jagte.

Manchmal hörte sie Giacomo dabei auch leise singen. Aber immer, wenn sie sich ihm so wie heute näherte, um Worte aus dem Meer an Geräuschen herauszufischen, hörte er sofort auf, denn er achtete nun genau auf ihre Nähe.

Als sie an diesem Tag ihre Jacke für den Heimweg von der Garderobe nahm, drehte sie sich noch einmal um und sah ihn fragend an.

»Noch nicht«, sagte er.

»Aber bald?«

Worauf Giacomo schwieg. Aber heute tat er es erstmals mit einem kleinen Lächeln.

***

SAMSTAG
»Du knetest den Teig«, sagte Giacomo und trat neben Sofie.

»Das sollte ich doch.«
»Du machst kein Brot.«
»Ich verstehe nicht.«

»Es ist wie beim Gehen. Mancher macht nur einen Schritt und noch einen, andere sind auf einer Wanderung, sie haben ein größeres Ziel im Blick. Von außen sieht es genau gleich aus, aber innen drin fühlt es sich anders an. Mach ein Brot!«

Als Sofie den Teig wieder anfasste, dachte sie nicht mehr daran, dass es Teig war, sondern dass es ein Brot wurde. Sie sah es während des Knetens köstlich dampfend aus dem Ofen kommen. Was genau sie dadurch anders machte, konnte Sofie nicht sagen, aber es fühlte sich mit einem Mal richtiger an.

Plötzlich berührte sie etwas an der Außenseite ihres Unterschenkels. Als sie herunterblickte, sah sie Motte, die sich an ihr Bein schmiegte.

Sofie hätte die Dackeldame gern gestreichelt, aber ihre Hände waren voller Mehl, und zwischen den Fingern klebten Teigbröckchen.

»Danke, Motte«, sagte sie. »Du weißt nicht, wie stolz du mich gerade machst!«

Als Sofie aufblickte, sah sie, dass Giacomo sie und Motte beobachtet hatte.

»Ist es jetzt endlich so weit?«

Giacomo schwieg.

Aber Sofie hatte den Eindruck, dass er noch nie so laut wie heute geschwiegen hatte.

***

SONNTAG
Sofie saß mit verschränkten Armen auf der großen Arbeitsplatte und weigerte sich, auch nur einen Handschlag zu tun. Der gestrige Abend mit Florian

war ... unschön gewesen. Aus welchem veralteten Beziehungsratgeber auch immer er seine Ideen hatte, sie funktionierten nicht. Auf dem Boden verstreute Rosenblätter, die ins Schlafzimmer führten? Lieder von Barry White? Ja, sogar ihren Lieblingsduft hatte er großzügig in der Wohnung verteilt und extra einen Dimmschalter an der Nachttischlampe angebracht, den er weit heruntergedreht hatte, sodass sie etwas Zeit brauchte, um ihn zwischen den Laken auszumachen. Ging es noch unromantischer? Das passte so gar nicht zu ihm und führte dazu, dass er sich noch fremder anfühlte.

Diese Fremdheit hatte Sofie nicht mehr aushalten können.

Da sie einen Schlüssel für die Backstube besaß, hatte sie Bettwäsche von daheim durch die dörfliche Nacht getragen und sich Motte zum Vorbild genommen. Wie die Dackeldame hatte sie am Ofen geschlafen, der selbst zu dieser späten Stunde noch ein wenig Restwärme besessen und ihr davon bereitwillig abgegeben hatte.

Schon bevor Giacomo eintraf, wurde sie wach und fasste einen Entschluss. Die Dinge mussten geklärt werden, zu Hause und auch hier. Sie hatte sich das alles jetzt lange genug angeschaut. Giacomo würde unverdienterweise etwas von ihrer Wut auf Florian abbekommen, aber das war ihr nur recht. Sie war gerade ausgesprochen gern wütend.

Als er die Tür öffnete, wunderte Giacomo sich, nicht der Erste zu sein und sie auf der Arbeitsplatte sitzend vorzufinden, die langen Haare nur notdürftig zu einem Zopf gebunden.

»Buongiorno, Sofie«, begrüßte er sie. »Wieso bist du schon hier?«

»Du sprichst immer von Vertrauen«, sagte sie. Der erste Satz dessen, was sie sich bereitgelegt hatte.

»Das ist sehr wichtig!«

»Du sprichst von dem Vertrauen, das du in dein Mehl hast, in deinen Teig, in den alten Drachen da und in deine Rezepturen.«

»Das stimmt alles, ja.« Er ging zu den drei gerahmten Fotos, auf denen sich ein wenig Mehl abgesetzt hatte und die deswegen aussahen wie winterliche Fenster. Routiniert wischte er sie sauber.

»Nur in mich hast du kein Vertrauen!« Ihre Halsschlagader pochte.

»Doch, natürlich, auch. Sehr sogar!«

»Warum verrätst du mir dann nicht endlich, was du beim Backen singst? Die ganze Woche habe ich darauf gewartet. Warum machst du so ein Gewese darum? Und jetzt sag nicht, dass es unwichtig ist, sonst würde ich nämlich nicht so ein Theater veranstalten. Es *ist* wichtig.«

Giacomo faltete das Wischtuch ordentlich zusammen, dann setzte er sich neben sie auf die Arbeitsplatte. Er mochte es nicht, hier zu sitzen, denn dieser Platz gehörte dem Teig, aber er wollte nicht im Stehen antworten. Er wollte neben Sofie sitzen, ganz entspannt, wie Freunde es bei einem Gespräch taten. Erst nach ein paar tiefen Atemzügen redete er wieder.

»Es tut mir leid. Aber es fällt mir so schwer, darüber zu sprechen. Weißt du, es ist sehr, sehr persönlich.«

»Das weiß ich, aber das hier mit uns ist doch auch

persönlich, oder? Wir sind doch viel mehr als Arbeitskollegen, wir sind Freunde. Das dachte ich zumindest ...«

»Sind wir!«

»Dann erzähl es mir. Nimm dir alle Zeit.«

Giacomo musste noch ein paar tiefe Atemzüge nehmen, bevor er sich bereit fühlte. Die ganze Sache war ihm nämlich ein wenig peinlich. Und wenn er einmal davon erzählte, dann war sie in der Welt. Und sie würde nie wieder daraus verschwinden.

Sofie schubste ihn neckisch an. »Los. Du schaffst das.«

Giacomo seufzte. »Das Singen gehört dazu. Also zum Backen.«

»Warum singst du dann so leise? Ich kann nichts verstehen.«

»Ich singe ja auch nicht für dich.«

»Singst du etwa für den Teig?«

Er rutschte unruhig auf der Platte hin und her. »Nein, so kann man das nicht sagen.«

»Sind deine Brote deshalb so gut, weil du singst? Ist das dein Geheimnis?«

»Es klingt so verrückt, wenn man es ausspricht. Ich muss es dir zeigen, komm mit.« Er trat zu dem Metallgestell, in dem einige Doppelback-Brote lagen, die durch den zweifachen Aufenthalt im Ofen eine besonders aromatische Kruste erhalten hatten. Sie waren am Vortag leider nicht verkauft worden und würden heute für den halben Preis angeboten werden. »Das ganz rechts war für Familie Wabnitz gedacht, das daneben für Oliver Schmidt, dann folgen Frau von Strachwitz und Herr Bergmeier.«

»Die sehen alle gleich aus.«

Giacomo nickte. »Unsere Augen täuschen uns das ganze Leben lang. Kein Sinn trickst uns so gern aus wie das Sehen. Der Geschmack ist viel verlässlicher. Und warum? Weil er überlebenswichtig ist. Wer einmal Gift zu sich nimmt, der stirbt.« Er zog das Blech etwas nach vorne. »Sie mögen alle gleich aussehen, aber sie sind es nicht.«

»Wegen deines Gesangs?«, fragte Sofie zögerlich.

Giacomo nickte. »Ganz genau. Und du hast vollkommen recht: Du hast dir dieses Geheimnis mehr als verdient.«

Dann hörte sie Giacomos Stimme das erste Mal ganz klar. Sofie sah ihn auch zum ersten Mal beim Singen, wie sich seine Lippen dabei bewegten, wie er seinen Kopf wiegte und dabei so strahlte, als stünde er auf einer großen Bühne vor Tausenden Zuschauern.

Briefe reisen in die Welt
Sehen Wüsten, Berge, Meere
Nie reist du mit
Träumst dich nur fort

Giacomo hob zur zweiten Strophe an und breitete dabei die Arme aus.

Und manchmal
Gibst du ihnen
Einen Gruß mit, einen lieben
Und sagst
Vergesst mich nicht

Er sah sie mit einem leicht schüchternen Blick an. »Ich habe nicht behauptet, dass es gute Lieder sind. Aber Frau Schiller vom Postschalter im Supermarkt wirkt in unbeobachteten Momenten sehr melancholisch. Und das Lied funktioniert.«

»Ich mag es wirklich gern! Aber ich weiß immer noch nicht, wie du all das meinst.« Sie zeigte auf die identischen Doppelbacks.

»Zuerst habe ich beim Backen Lieder des großen Domenico Modugno gesungen.« Er zeigte auf eines der drei gerade gesäuberten Fotos. Es zeigte Modugno beim Grand Prix Eurovision de la Chanson 1958 mit schwarzer Anzughose, hellem Sakko mit breitem Aufschlag, schwarzer Fliege und weit ausgebreiteten Armen, als wäre sein Lied das größte Geschenk von allen.

»Sein unnachahmliches *Nel blu dipinto di blu* hab ich natürlich gesungen, *Addio, Addio* oder *Dio, come ti amo*. Die Brote wurden dadurch besser. Dabei war es das gleiche Mehl, das gleiche Wasser, die gleiche Hefe und die gleiche Rezeptur wie zuvor! Aber eben von Musik durchdrungen, von den Zeilen und Geschichten vom großen Modugno. Aber nicht alle Kunden mochten die Brote lieber, deshalb probierte ich für sie andere Lieder aus. Das funktionierte manchmal, aber nicht immer. Dann begann ich, die Lieder nach den Menschen auszusuchen. Mit Geschichten, die für sie geschrieben schienen.«

Er riss die Augen auf. »Bumm! Eine Explosion! Sie liebten es!«

Sofie saß mit offenem Mund da. »Du bist total verrückt!«

»Nein! Es ist alles wahr!« Er hob stolz das Kinn. »So wahr ich Giacomo Botura aus Kalabrien bin!«

Sofie trat vor die Fotos. »Von wem stammte denn die wunderschöne Melodie eben? Auch von diesem Modugno oder von dem anderen Mann da?« Sie zeigte auf das Bild daneben.

»Das ist Gennaro Gattuso, ein Fußballspieler. Er spielt mit dem Ball so, als wäre der eine Note! Und die wunderschöne Frau auf dem dritten Foto ist meine Nonna. Sie kocht wie ein Komponist! Die Melodien meiner Lieder sind alle von Modugno, dem Größten der Großen.«

Das war eine Lüge. Viele seiner Lieder hatten zwar ihren Ursprung bei Modugno, aber Giacomo hatte sie über die Jahre an seine Kunden angepasst. Was einst Melodien für ganz Italien, ja die Welt gewesen waren, hatte sich nun in solche für ein einziges Dorf verwandelt.

Es schien Sofie so unglaublich, dass dieser Mann, den sie für einen Handwerker gehalten hatte, auch ein Künstler war. »Aber die Geschichten, die du singst, die stammen alle von ...«

Giacomo lächelte stolz und zeigte auf sich. »Für jeden Stammkunden eine! Und wenn ihnen mein Brot plötzlich nicht mehr so gut schmeckt, hat sich in ihrem Leben etwas Wichtiges verändert. So ist es vor Kurzem bei Frau Grünberg gewesen. Da musste ich dann herausfinden, was bei ihr los war, und ihre Geschichte ändern. Jetzt liebt sie ihr Brot wieder, und es schenkt ihr Freude.«

Sofie blickte nach vorne zum Laden. »Aber woher weiß Elsa, welches Brot für wen ist? Sie sehen doch alle gleich aus.« Sie griff sich eines und besah es von allen Seiten. »Du kratzt keine Namen ein, und es gibt auch keine Zettel daran. Elsa verkauft einfach wahllos Brote von der Auslage.«

»Komm mit, dann zeig ich dir, dass deine Augen dich auch dabei täuschen.«

Aber Sofie blieb stehen und faltete die Hände wie zum Gebet. »Sing noch eins. Bitte!«

Giacomo war schon halb im Gang, blieb aber stehen. »Aber wirklich nur noch eins.«

»Ja. Eins. Und dann vielleicht noch eins.«

Diesmal sang er mit tieferem Timbre, der Takt war langsamer, die Melodie fast ein Schunkeln.

Nicht einen Scherz lässt er aus
Jeden Moment will er
Mit Lachen füllen
Es ist seine Musik, sein Credo, seine Luft
Zum Atmen
Und er weiß
Ein heulender Clown
Beim Abendessen
Würzt nur
Sein Essen nach

»Herr Nittels!«, rief Sofie, als wäre sie Kandidatin in einer Quizshow. Sie hatte im Hofladen der Familie Nittels erlebt, wie viele Witze ein einzelner Mann in kürzester Zeit von sich geben konnte. Selbst wenn jemand ihm etwas Trauriges erzählte.

»Noch eins, bitte!«

»Das letzte!«

»Natürlich.«

Jetzt schien der Rhythmus kompliziert, das Lied stolperte fast, und es wirkte melancholisch.

Kinderlachen, Krokodilstränen
In diesem Garten wachsen sie
Wie bunte Früchte, schillernd, prall
Du mittendrin, dein Herz weit offen
Doch dunkel die Perle darin
Aus Traurigkeit gewachsen

Sofie musste nicht lange überlegen. »Marie Denka. Die Erzieherin im Kindergarten …«

»Ja, das ist sie.«

Sofie ging zu Giacomo und umarmte ihn lange. »Es ist verrückt, aber auch wundervoll. Die Geschichten sind wirklich eine ganz besondere Zutat.«

Giacomos Stimme war auf einmal ganz brüchig. »Bestehen wir nicht alle aus Geschichten? Machen die uns nicht eigentlich aus? All unser Erlebtes und wie wir es uns selbst erzählen? Was wären wir ohne unsere Geschichten?« Seine Stimme wurde noch zerbrechlicher. »Wir können nur hoffen, dass wir aus guten Geschichten bestehen. Und dass wir daran mitschreiben durften.«

»Wie gut sind deine Geschichten?«, fragte Sofie plötzlich ganz ernst.

»Es sind nicht viele«, antwortete Giacomo. »Und sie sind zu gleichen Teilen wunderschön und sehr traurig. Wenn man zählt, dann sind es mehr traurige. Aber die guten sind so schön, dass sie das wieder ausgleichen. Aber lass uns jetzt nicht darüber reden. Komm mit, ich muss dir noch etwas zeigen.«

Giacomo ging durch den engen Gang in den Laden, wo er das Licht anschaltete. »Fällt dir etwas auf?«

Sofie suchte den Raum ab, als wäre er eines der Wimmelbilder, die sie in der Kindheit so geliebt hatte. Aber alles schien wie immer.

»Schau genau hin«, sagte Giacomo. »Das Holz der Auslage!«

Sofie fiel nichts auf. Erst als sie sich bückte und darauf achtete, dass sie keinen Schatten darauf warf, erkannte sie es. Mit Bleistift waren auf das Holz Lettern gemalt. Mal nur ein W, mal ein Be, dann ein Haa.

»Die Anfangsbuchstaben der Nachnamen!«, stieß Sofie hervor. Und suchte automatisch ihren, obwohl sie wusste, dass sie keine Stammkundin war. »Du musst mir auch ein Brot mit meiner Geschichte backen!«

Das Telefon klingelte. Was es eigentlich nie tat. Sofie spürte, dass es ein schlechtes Zeichen war, denn Giacomo spannte seinen Körper an, als erwartete er einen Schlag. Er packte den Hörer so vorsichtig wie den heißen Griff einer Pfanne, die zu lange auf dem Herd gestanden hatte.

»*Bäckerei Johannes Pape & Sohn.*«

»Bin krank«, sagte Elsa. »Musst ohne mich klarkommen.«

»Gute…« *Besserung*, wollte Giacomo noch ergänzen, aber da hatte sie schon wieder aufgelegt.

»Wir sind heute allein«, sagte Giacomo zu Sofie und spürte, dass der Satz falsch war. Dank Sofie war er endlich nicht mehr allein. Mit einem Menschen wie

Elsa, die so tat, als gäbe es ihn überhaupt nicht, in einer Bäckerei zu stehen war schlimmer, als allein zu sein.

Giacomo musste den Verkauf übernehmen, da nur er alle Stammkunden kannte. Sofie war deshalb allein für die Backstube zuständig und rief ihn nur ab und zu, wenn sie nicht weiterwusste. Am Ende des Tages waren sie beide erschöpft, aber glücklich. Sie hatten es tatsächlich geschafft. Auch wenn es ohne Motte am Ofen nicht dasselbe gewesen war.

Keiner der beiden hatte mitbekommen, dass Elsa mehrfach draußen gestanden hatte (mit Motte an der Leine), um in den Laden wie in die Backstube hineinzublicken. Es hatte die alte Frau sehr geschmerzt zu sehen, wie gut die beiden es hinbekamen, wie glücklich die Kunden aus dem Geschäft traten.

Es lief besser ohne sie.

Im Grunde war sie nichts als ein Störfaktor.

Für alle hier.

Und noch jemand war an diesem Tag unbemerkt vorbeigekommen, um die Bäckerei zu beobachten. Es war Florian, der Sofie strahlen sah, wenn sie Brote und Brötchen nach vorne in den Laden brachte. Sie strahlte wie früher, als sie sich kennengelernt hatten.

Es war wundervoll, sie so zu sehen, und gleichzeitig tat es weh, denn es schien Florian, als hätte Sofie an ein anderes Ufer übergesetzt und er könnte sie nicht mehr erreichen. Den Strauß mit Frühlingsblumen in seiner Hand warf er in eine der schwarzen Mülltonnen, die zur Abfuhr an der Straße standen.

***

An diesem Nachmittag setzte Giacomo sich aufs Fahrrad, um Elsa Brot in einem Bastkörbchen zu bringen (wobei er sich ein wenig wie Rotkäppchen vorkam, das auf dem Weg zur Großmutter war). Elsa lebte allein im Haus ihrer schon lange verstorbenen Eltern, das für eine sechsköpfige Familie gebaut worden war. Es glich dem Kleid einer einst korpulenten Frau, das nun an einer abgemagerten schlaff herabhing.

Giacomo klingelte, obwohl er wusste, dass Elsa nicht öffnen würde. Aber sie würde es hören und wissen, wer zu ihr gekommen war.

Am nächsten Tag brachte er ihr nicht nur Brot, sondern auch eine extrawürzige *Salsiccia Curva Dolce*, die hervorragend dazu schmeckte und ihn immer stärkte, wenn er ohne Energie war.

Tag drei, und eine Flasche Primitivo kam dazu. Außerdem sechs Dosen Futter für Motte, das teuerste, das er im Supermarkt finden konnte, mit einem Schäferhund auf dem Etikett, der sich die Lefzen leckte und es schaffte, dabei zu lächeln. Diesmal ging Giacomo um das große Haus herum und blickte in den Garten, der fast nur aus Rasen und einigen immergrünen Büschen bestand. Motte schlief an einem großen Stein, einem Findling. Lange beobachtete Giacomo, wie sich die kleine Hündin immer wieder drehte und auf neue Art an den Stein schmiegte, aber nie die richtige Position fand und nie die Ofenwärme, nach der sie sich sehnte.

So ging es nicht weiter.

Er musste Nonna anrufen. Schnell radelte er zurück, schloss den Vordereingang zur Bäckerei auf und wählte mit dem Ladentelefon ihre Nummer. Nach dreimaligem Klingeln hob sie ab. Giacomo blickte auf die große alte Uhr hinter der Theke. Die Fischer würden bald wieder vom Hafen heraufkommen, er hatte nicht viel Zeit für das Gespräch mit ihr.

»Nonna, ich bin's!«, rief er wie immer ins Telefon, denn Nonna liebte Traditionen.

»Gigi! Ich habe gerade an dich gedacht. Weil der Bäcker, du weißt schon, der Niccolo, gerade an meinem Fenster vorbeigekommen ist. Er wollte mir ein Brot schenken, aber ich habe gesagt, Brot esse ich nur von meinem Gigi, denn keiner backt so gut wie er!« Natürlich aß sie nie Giacomos Brot, das den weiten Weg nach Kalabrien nicht schaffen würde. Sie kaufte ihres im Supermarkt, wenn keiner hinschaute, damit sie offiziell das ihres Enkels essen konnte.

»Rufst du wieder wegen der jungen Frau an?«

»Nein, diesmal geht es um eine alte.«

Nonna lachte. »Wenn sie wie deine Nonna ist, dann gibt es nur eine, die das Problem lösen kann: sie selbst.«

Elsa war überhaupt nicht wie Nonna. Die eine blickte mit Liebe auf die Welt, die andere mit Abscheu.

»Es geht um Elsa.«

»O Gigi ...« Natürlich kannte Nonna ihre gemeinsame Geschichte.

»Sie hat sich krankgemeldet und kommt nicht mehr. Aber ich habe sie durchs Fenster in ihrem Haus gesehen, und sie wirkt nicht krank. Ich will sie wieder bei mir haben.«

»Meinst du, es liegt an der jungen Frau? Niemand

mag es, ersetzt zu werden. Vielleicht würde sie sich wünschen, dass du die junge wieder fortschickst?«

»Nonna, das wäre nicht gerecht.«

»Wer hat je behauptet, dass das Leben gerecht ist? Du weißt es doch schon längst besser.«

Giacomo schwieg.

»Du willst die junge Frau nicht wegschicken, und das ist gut so. Dann ist sie dir ans Herz gewachsen. Das hab ich mir so für dich gewünscht, kleiner Gigi. Es ist nicht gut, allein zu sein.«

»Aber Nonna, ich …«

»Lass deine Nonna ausreden! Wer weiß, wie viel Zeit sie noch hat.«

»Ja, Nonna. Entschuldige bitte.«

»Ist schon gut. Und jetzt hör mir gut zu: Lass Elsa los, lass sie frei. Du hast sie viel zu lange festgehalten. Auch wenn du nur das Beste für sie wolltest. Aber manchmal ist das Beste einfach nicht das Gute. Vielleicht kehrt sie ja wieder zu dir zurück oder vielleicht nicht, dann ist es auch ihre Entscheidung. *Die Fischer kommen!*« Giacomo konnte förmlich sehen, wie sie sich aufrichtete und in ihre Wangen kniff, damit sie rosig wurden. »Bis bald, kleiner Gigi. Sei stark! Du hast doch so viel Übung darin.«

Am nächsten Tag brachte Giacomo Elsa nichts mehr zu essen.

Nur für Motte stellte er einen großen Napf mit Leckerlis über den Zaun in den Garten. Und legte eine warme Decke in der Farbe des Ofens dazu.

Kapitel 5

Krume

Am häufigsten hatte Giacomo in den letzten Jahren mit Motte geredet, die eine gute und geduldige Zuhörerin war, auch wenn sie dazu neigte, zwischendurch einzuschlafen. Aber Hunde verstanden sich auf die Kunst, immer mit einem wachen Ohr zu schlafen. Deshalb redete Giacomo selbst dann mit der Dackeldame, wenn sie mit geschlossenen Augen und wie eine Schnecke zusammengerollt am Ofen lag.

Am zweithäufigsten hatte er mit dem Foto geredet, das auf der Anrichte seiner Wohnung stand und in der rechten unteren Ecke ein schwarzes Band aufwies. Von seiner Bedeutung her hätte es in die Bäckerei gehört und viel größer sein müssen als die Bilder von Domenico Modugno, Gennaro Gattuso und sogar von seiner Nonna. Aber das Foto stand für eine Trauer, die er mit niemandem teilen mochte. Er wollte keine Fragen zu diesem Bild beantworten müssen, schon gar nicht von Lieferanten, die Mehl, Brottüten oder Holzscheite brachten und es zufällig sahen. Mit diesem Foto besprach er die wichtigen, die großen Fragen. Aus diesem Grund redete er momentan sehr viel mit ihm.

Giacomo hatte mit ihm auch lange über das Lied beratschlagt, das er über Sofie texten wollte. Vielleicht würde es ihr ja sogar helfen, ihren Weg zu finden. Und noch mehr hoffte Giacomo, dass dieser zu ihm in die Bäckerei führte und dass es kein Trampelpfad wäre, der bald wieder zuwuchs, sondern eine bestens ausgebaute und geteerte Straße mit Laternen und Bürgersteigen. Eine, die Jahrzehnte hielt.

Als er an diesem Morgen über den kleinen Kiesweg ging, der von den Pflanzen seiner Heimat flankiert wurde – dem Olivenbäumchen, den dreierlei Sorten Peperoncini, dem Süßholz, der erst vor Kurzem gepflanzten Auberginensorte *Melanzana cima di viola* und der Kaktusfeige, die nicht so recht wachsen wollte –, war er so aufgeregt, dass er nach dem Eintreten sogar vergaß, Modugno, Gattuso und seine Nonna abzustauben. Die ganze Zeit über hatte er schon die Zeilen für Sofie auf den Lippen.

Sie traf eine Viertelstunde verspätet ein und machte keinen guten Eindruck. Giacomo ahnte nicht, dass sie gerade mit Florian gestritten hatte, dessen Geduld, wie er es ausdrückte, endlich war. Und der nach all den Rosenblättern, Briefen, Geschenken und übernommenen Hausarbeit – vor allem derjenigen, vor der er sich normalerweise drückte, wie der kompletten Reinigung des Badezimmers – kaum noch Kraft für einen weiteren Anlauf besaß.

Giacomo schob Sofies gedrückte Stimmung darauf, dass er ihr noch kein Brot gebacken hatte. Das würde er gleich ändern.

Sofie war verwundert über sein breites Lächeln zur

Begrüßung. Sie erledigte die Aufgaben, die zu ihren geworden waren (es waren einige mehr geworden, seit Elsa nicht mehr kam). Dazu gehörte das Herbeischaffen von Mehl aus der Garage, die als Lager diente, das Ansetzen von Teig und das Kneten des Teigansatzes in den Maschinen, deren Haken unentwegt Pirouetten vollführten. Als sie gerade Salz abwog, stand Giacomo mit dem Ofenschieber neben ihr, darauf ein noch heißes Brot.

»Probieren!«

»Ich muss noch den Teig...«

»Probieren! Das Brot wartet!« Er zwinkerte ihr zu.

Sofies Finger hatten sich schon ein wenig daran gewöhnt, Heißes anzufassen, und sie schaffte es, ein kleines Stück abzubrechen, das sie zur Abkühlung von einer Hand in die andere rollen ließ, während sie immer wieder daraufpustete.

Giacomo sah sie an, als würde sich gleich der Vorhang öffnen, das Licht gedimmt werden und sein Lieblingsfilm auf der Leinwand erscheinen. Er hatte Sofie an all ihren Arbeitstagen probieren lassen, aber so hatte er noch nie vor ihr gestanden.

Das Brot war... absolut köstlich!

Es brachte sie auf Anhieb zum Lächeln. Es schien perfekt ihren Geschmack zu treffen, als würden all seine Aromen ganz genau in ihre Geschmackspapillen passen.

Sofie sah Giacomo an, die Augen weit aufgerissen.

»Ist das... *mein* Brot?«

»Deins. Nur deins.«

Sie brach noch ein Stück ab und steckte es sich

trotz der Hitze sofort in den Mund. So wohlig und geborgen hatte sie sich lange nicht gefühlt. »Was hast du gesungen?«, fragte sie mit vollem Mund.

»Ist ein Geheimnis«, antwortete Giacomo, den es glücklich machte, sie so glücklich zu sehen. Es stimmte: Glück war das Einzige, das sich verdoppelte, wenn man es teilte. »Nur das Brot weiß es.«

»Du musst es mir sagen!« Sofie verschränkte die Arme hinter dem Rücken. »Sonst mache ich keinen Handschlag mehr.«

Giacomo hatte sie nur necken wollen. Ihm war natürlich klar, dass sie ihre Geschichte hören wollte. Oder die vier Zeilen, die er daraus geformt hatte.

»Für dich habe ich sogar gereimt. Obwohl mir das schwerfällt.«

Die Melodie, die ihm zu Sofie eingefallen war, tänzelte ganz sacht, wie auf Spitzen. Es war ein langsamer Wiener Walzer, zu dem er nun sang.

Der Teig, er tanzt wie Mehl im Licht
Doch ihre Füße stehen still
Wenn Mehl sich mit dem Wasser mischt
Fühlt Sofie endlich, was sie will

Sofie sah ihn an, dann ging sie schnell vor die Tür, weil ihr Tränen in die Augen traten.

Giacomo wusste nicht, ob es Freuden- oder Trauertränen waren, vielleicht wussten die Tränen es selbst nicht. Als Sofie nach einiger Zeit wieder hereinkam, mit dem Handrücken die letzten feuchten Stellen von ihren Wangen wischend, fiel sie Giacomo um den Hals und drückte ihn ganz fest an sich.

»Bring mir das bei. Ich möchte das auch für andere tun können.«

Es war genau der Satz, auf den Giacomo so gehofft hatte. Er trat mit ihr vor die große Arbeitsplatte, als wäre sie eine Schultafel, an der er alles erklären konnte.

»Sollen wir sofort anfangen?«

»Unbedingt!« Sofie nahm sich noch schnell ein großes Stück von ihrem Brot und kaute es genüsslich.

»Ich habe dir schon von der Zutat namens Liebe erzählt, oder?«

»Ja.«

»Aber ich habe dir noch nicht alles darüber erzählt.« Er malte in das Mehl der Platte ein großes Herz. »Liebe ist eine Zutat wie Mehl. Wer sich nicht damit auskennt, denkt, es gäbe nur eine Art davon. Dabei verhält es sich ganz anders. Bei Liebe gibt es die zum Handwerk, die man mit einbacken kann.« Er malte ein Brot in die Mehlschicht. »Und es gibt die Liebe zum eigenen Leben, die später auch sehr wohlschmeckend ist.« Er malte ein über das ganze Gesicht strahlendes Strichmännchen mit einer Baskenmütze und schrieb *Giacomo* darüber. »So ein Brot ist das Beste, was du von einem Bäcker erwarten kannst, der dich nicht persönlich kennt. Und dann gibt es die Liebe und Zuneigung zu einem Menschen, die mit eingebacken wird. Wie bei einer Mutter oder einem Vater, die das Mahl für die Familie zubereiten und dabei an ihre Lieben denken.« Giacomo wusste allerdings aus eigener Erfahrung, dass es bei manchen Gerichten völlig egal war, wie viel Liebe man mit einkochte, sie schmeckten trotzdem nicht. Die Sardinen seiner Nonna hatten ihn dies eindrücklich gelehrt.

Zur Illustrierung malte er eine krakelige Strichfrau aus Mehl und überschrieb sie mit *Sofie*. »Du kochst anders, du backst anders, wenn du es für jemand Speziellen tust. Eigentlich ganz einfach und doch so kompliziert. Die Lieder sind meine Art, Zuneigung in die Brote zu geben.«

Sofie zeigte grinsend auf die Mehlzeichnungen. »Ich bin froh, dass du Bäcker und nicht Maler geworden bist.« Sie stupste ihn neckisch an der Schulter.

Giacomo war ein wenig verletzt, denn er hatte ihr gerade anvertraut, was ihm am wichtigsten schien. Bei allem. Nicht nur beim Backen. *Tu es mit Liebe.* Einfach war das nicht. Man musste es lernen. Wie bei einem Muskel, den es zu trainieren galt, bis man damit schwere Lasten heben konnte.

»Ich verstehe, was du meinst«, setzte Sofie hinzu und malte neben ihre Figur ein Herz.

»Wirklich? Das ist wichtig, weißt du.«

»Ja.« Sofie malte ein großes Herz um alle Zeichnungen.

Giacomo nickte zufrieden. »Gut, dann back jetzt ein Brot für einen Menschen, den du liebst. Und ein weiteres für einen, mit dem du Probleme hast. Nimm denselben Teig. Und back die gleiche Form.«

»Mit Gesang?«

»Mit Gefühl. Du kannst tanzen. Du kannst es dir auch nur denken. Es sind deine Brote.«

»Welcher Teig?«

»Wähl du ihn aus. Sonst hast du keine Aufgabe heute. Ich mache alles andere.«

Damit begab er sich an die Arbeit. Und versuchte, nicht zu oft zum leeren Platz vor dem Ofen zu blicken, wo doch eigentlich Motte hingehörte.

Sofie beschloss, ein Brot für die Frau zu backen, die sie einst war, der gefeierte Star auf der städtischen Bühne. Sowie eines für die Frau, zu der sie geworden war, die nicht mehr tanzte, die nicht mehr geliebt wurde. Und von der sie immer noch nicht genau wusste, was aus ihr werden sollte. Das Backen war ein Abenteuer, so, wie manche Menschen sich in Affären flüchteten, wenn sie sich davon ablenken wollten, dass sie nicht wussten, wie es weitergehen sollte. Sofie erlebte gerade eine heiße Affäre mit dem Backen. Aber wie bei jeder Affäre war der wärmste Moment der Beginn, und ab da kühlte es sich langsam ab. Die Frage war, ob in dieser Phase das stetige Feuer der Liebe angezündet werden konnte, das zwar nichts mehr zum Brodeln brachte, aber äußerst angenehm wärmte.

Sie wählte einen luftigen Teig aus italienischem Mehl, der passte gut zu ihrem alten Ich. Dem Menschen, der sie jetzt war, hätte ein Roggenteig mehr entsprochen: schwerer und rustikaler.

Intensiv dachte sie beim ersten Teig an ihr altes Leben und beim zweiten daran, dass sie dieses verloren hatte. Denn ein richtiges neues gab es ja noch nicht. Nur ein paar Tage intensiven Backens, in denen ihre Ehe auseinanderfiel, als wäre der Teig nicht richtig vermengt worden.

Gespannt sah sie später im Ofen zu, wie die beiden Brote sich streckten und reckten und wunderschön aufgingen.

Aber als sie fertig waren, traute Sofie sich nicht, sie zu probieren.

Sie legte sie auf eine Ecke der Arbeitsplatte und wartete bis zum letzten Moment, bis die Backstube schon wieder gereinigt war, bevor sie sich den beiden endlich zuwandte.

»Sie werden gut sein«, sagte Giacomo, der plötzlich neben ihr auftauchte.

»Meinst du wirklich?« Sofie blickte sie kritisch an. Man konnte nicht abschätzen, welches größer geworden war. Aber es waren fraglos beides gut gebackene Brote. Knusprige Kruste, gleichmäßig porige Krume.

»Ich bin mir sogar ganz sicher«, antwortete Giacomo und strich Sofie beruhigend über den Rücken.

»Na, dann mal los ...«

Sie achtete genau darauf, von beiden Broten die gleiche Menge abzubrechen. Um sich bestmöglich auf den Geschmack und auf das Gefühl zu konzentrieren, schloss sie beim Probieren der beiden Brote die Augen.

»Wie sind sie?«, fragte Giacomo, der neben ihr stand.

Sofie nahm nervös von jedem noch ein Stück.

Doch vom zweiten aß sie nur noch eine kleine Ecke.

Dann ließ sie den Rest fallen, ihre Hände zitterten.

Und ihre Stimme auch.

»Sie schmecken völlig gleich.«

****

Sofie stellte für den nächsten Tag keinen Wecker. Sie wollte das Schicksal entscheiden lassen, ob sie zur Arbeit ging und einen neuen Anlauf wagte. Die Enttäuschung saß sehr tief, auch weil sie überhaupt nicht wusste, was verdammt noch mal falschgelaufen war. Sie hatte sich doch tatsächlich schon als echte Bäckerin gesehen, aber dieses Selbstbildnis war nicht mehr als eine lächerliche Attrappe gewesen.

Da sie am Abend lange aufgeblieben war und dafür gesorgt hatte, dass sich die frisch entkorkte Weinflasche immer mehr mit Luft füllte, gab sie dem Schicksal keine faire Chance, sie rechtzeitig zu wecken. Nach dem Aufstehen um halb zehn meldete sie sich bei Giacomo und sagte, da sie ihn nicht anlügen wollte, sie fühle sich nicht richtig. Und sie werde sich wohl auch die nächsten Tage nicht richtig fühlen.

»Komm wieder, wenn du dich richtig fühlst«, erwiderte Giacomo daraufhin. Seiner Stimme war anzuhören, dass er sich darüber wunderte, was es mit dieser Formulierung auf sich hatte. Wie konnte man sich nicht richtig fühlen? Fühlte man sich dann falsch?

Sofie rief Franziska an und lud sie zu sich ein, um nicht allein mit ihren Gedanken zu sein, die ihr wie eine Schar aufdringlicher Krähen vorkamen. Florian probte im Konzerthaus, wie fast immer in letzter Zeit, wenn sie zu Hause war. Sie war froh, ihn nicht zu sehen, aber auch traurig. Denn je weniger sie den momentanen Florian sah, desto mehr erinnerte sie sich an den von früher. Den es nicht mehr gab.

Zu Sofies Unglück brachte Franziska eine Flasche Rieslingsekt mit, denn auch sie hatte etwas, das sie in Alkohol ertränken wollte (obwohl sie ahnte, dass er nur zur Konservierung reichen würde). Sie setzten sich nicht an den Küchentisch, sie brauchten das große Sofa, um ihre Schuhe aus- und ihre Beine heranzuziehen. So fühlten sie sich ein wenig wie Teenager, die eigentlich nur Teenagersorgen hatten.

»Ich halte es nicht mehr aus«, erklärte Franziska, nachdem sie miteinander angestoßen hatten. »Ich muss wieder etwas tun, das nicht mit der Versorgung der Jungfrau Maria zu tun hat. Versteh mich nicht falsch, ich liebe mein Kind sehr, sehr, sehr. Anouk ist ein Goldschatz, ein Sonnenschein, wirklich. Aber ich muss wieder regelmäßig mit Erwachsenen reden.«

»Also in der Bäckerei wird jemand aushilfsweise für den Verkauf gebraucht.«

Franziska massierte ihren rechten Fuß und streckte die Zehen hoch. »Nein, ich brauche ein Projekt, etwas, das ich entwickeln kann.«

»Und was passiert dann mit Anouk?«

»Tagesmutter. Ich suche schon.« Franziska widmete sich ihrem anderen Fuß. »Frag jetzt nicht, warum ich dich nicht frage.«

»Aber genau das frage ich dich.«

»Weil du anderes zu tun hast, du musst dein Leben wieder auf die Reihe kriegen. Genau wie ich. Weißt du, was Anouk momentan macht?«

»Sie spielt hoffentlich nicht die Kreuzigung nach.« Sofie nahm einen weiteren Schluck Sekt. Damit Franziska nicht so allein trinken musste.

»Wenn du dich ihr auf weniger als zehn Meter näherst, wirst du jetzt mit Wasser gesegnet. Das hat sie immer griffbereit in ihrer kleinen pinken Thermoskanne dabei. Sie segnet übrigens auch Hunde und Katzen. Kommt super an. Wir sind bald die beliebteste Familie im Dorf.«

Sofie lächelte nicht. Denn sie hatte sich zu etwas Unangenehmem durchgerungen.

»Was ist mit dir?«, fragte Franziska.

»Also ...«

»Ja?«

»Es gibt da einen Job im Konzerthaus. Die Requisite sucht jemanden, eigentlich eine Kostümbildnerin, aber auf die Stelle hat sich seit Monaten niemand beworben. Und du als Schneiderin ...«

Franziska ließ ihren Fuß los, den sie die ganze Zeit so intensiv bearbeitet hatte, als würde er sie dadurch irgendwann in eine bessere Zukunft tragen, und umarmte Sofie. »Du bist ein Schatz! Du bist so ein Riesenschatz!«

Sofie verschwieg, warum sie ihr bisher nichts davon erzählt hatte, obwohl sie seit einiger Zeit spürte, dass Franziska sich nach Abwechslung sehnte. Weil dann nämlich auch ihre Schwester zum Kosmos des Balletts gehören und ihr von den strahlenden Sternen dort, vor allem von dem namens Irina, erzählen würde.

»Noch hast du den Job nicht«, sagte Sofie und verbarg ihre Hoffnung, indem sie das Sektglas nochmals ansetzte.

»Ich schreib Florian gleich eine SMS, damit er ein gutes Wort für mich einlegt.«

Selbst dazu bin ich nicht mehr zu gebrauchen, dachte Sofie. Noch nicht mal ein gutes Wort kann ich mehr für jemanden einlegen.

***

In den nächsten Tagen rief Sofie weder ihre Schwester noch Giacomo an. Obwohl sie darunter litt, dass er alles allein schultern musste, weil auch Elsa fehlte. Aber sie fühlte sich wie ein großer Hefeteig, der zugedeckt und in Ruhe gelassen werden wollte.

Am vierten Tag klingelte es nachmittags an der Tür. Sofie erwartete niemanden, sie war auch nicht gekleidet, um jemanden zu empfangen – ein ausrangiertes, weites Hemd von Florian, Leggings, dicke Haussocken –, und drückte deshalb erst die Tür auf, als unerbittlich in kurzen Abständen geklingelt wurde und kein Ende in Sicht schien. Egal, wer es war, sie würde ihn anblaffen. Das kam ihr gerade recht!

Es war Elsa.

Und Sofie ließ das mit dem Anblaffen.

Giacomo hatte der alten Frau durch die verschlossene Haustür erzählt, dass Sofie nicht mehr komme. Am nächsten Morgen war sie wortlos wieder in der Bäckerei aufgetaucht. War ihr ja immer klar gewesen, dass dieses dürre Ding keine Ausdauer haben würde, dass es ihm an allem fehlte, was man für das Bäckerhandwerk brauchte. Alles schien wieder seine gewohnte, seine richtige Ordnung zu haben. Motte freute sich so sehr, Giacomo wiederzusehen, dass sie sogar eine ganze Weile neben ihm beim Arbeiten stand und sich immer wieder an ihn schmiegte, statt sich an ihren geliebten Ofen zu legen.

Doch dann fiel Elsa auf, wie miserabel Giacomos Brote wurden. Einige fast verbrannt, andere viel zu hell, auch die Größen stimmten nicht, und die Kunden sagten, es mangele am Geschmack. Also schaute Elsa immer mal wieder Richtung Backstube. Viel zu lange nahm Giacomo sich dort Zeit, um Motte zu streicheln, statt Bleche aus dem Ofen zu ziehen. Ein andermal stierte er in die Gegend, obwohl Teig vor ihm lag, der wartete. Musik lief keine mehr in der Backstube, und die Fotos von Modugno, Gattuso und seiner Nonna waren vor lauter Mehl nicht mehr zu sehen, sie waren zu Tiefschneelandschaften geworden.

Also hatte sie ihn gefragt. »Was ist los mit dir?«

Es war die erste Frage seit rund zwanzig Jahren zu etwas anderem als Backwaren, und Giacomo war so überrascht davon, dass sie ihn tatsächlich aus seiner Lethargie riss.

»Willst du das wirklich wissen?«

»Sonst stünde ich ja wohl nicht hier und würde fragen.« Elsa hob das Kinn. »Ist ja nicht so, als hätte ich meine Zeit gestohlen.«

»Es ist lieb von dir, dass du fragst.«

»Nun erzähl schon, sonst überlege ich es mir noch anders!«

Und dann – weil er so froh war, endlich mit jemandem sein Leid teilen zu können, der nicht zwei Schlappohren hatte (Nonna war gerade bei Verwandten und telefonisch nicht zu erreichen) – erzählte er Elsa alles.

Aus diesem Grund stand sie jetzt vor Sofies Wohnungstür. Hereinkommen wollte sie nicht. Sie trug einen gesteppten Mantel, dazu einen eleganten Seidenschal und teure Lederschuhe. Dies war offensichtlich ein offizieller Termin.

»Hallo …«, sagte Sofie und hielt inne, da sie nicht wusste, ob sie Elsa beim Vornamen nennen durfte, aber ihren Nachnamen nicht kannte.

»Du musst zurückkommen«, erwiderte Elsa. »Der Italiener ist nicht mehr derselbe. Er ist ein Häufchen Elend.«

Sofie spürte, wie sich ihr Hals zuschnürte. »Das tut mir sehr leid.«

»In dem Zustand ist er zu nichts nutze!«

»Ich …«

»Was ist nur los mit dir?«

Elsa war die letzte Frau auf Erden, der Sofie sich anvertrauen wollte. »Ich hab gerade leider keine Zeit.« Sie wollte die Tür schließen, aber Elsas teurer Lederschuh schob sich dazwischen. Die alte Frau ließ sich mit keinem Wimpernzucken anmerken, ob es sie schmerzte, als das Türblatt fest dagegenstieß.

»Dass deine Brote gleich schmecken, zeigt nur, dass du noch lernen musst. Und Lernen ist das Schönste auf der Welt. Es bedeutet zu wachsen, so, wie ein Baum Äste bildet und ein prächtiges Blätterdach.« Es waren nicht Elsas Worte, das wusste Sofie sofort. Sie stammten von Giacomo, und Elsa hatte sie nur zu ihr getragen.

»So, wie ein Brot Zeit braucht, muss man sich auch selbst Zeit geben«, fuhr Elsa fort. »Lern Geduld, und du lernst backen!«

Geduld, dachte Sofie, war nichts, das sie besaß. Sie schätzte Geduld nicht einmal. Ungeduld war für sie eine ihrer besten Eigenschaften. Ungeduld hatte dazu geführt, dass sie es nicht erwarten konnte, ein *Grand jeté* hinzubekommen oder noch ein weiteres Pfund zu verlieren. Ungeduld hatte sie dazu gebracht, nachts so lange zu üben, bis sie auf dem Boden ihrer billigen Dachgeschosswohnung eingeschlafen war.

Als Sofie mit ihrer Antwort zögerte, legte Elsa ihre Selbstbeherrschung ab.

»Reiß dich, verdammt noch mal, zusammen, Kind! Du hast dem kleinen Italiener Hoffnung gemacht, also gib ihm eine faire Chance, und dir auch. Sei nicht das verwöhnte, hochnäsige Tanzpüppchen, das ich immer in dir gesehen habe!«

Sofie hob die Augenbrauen. »Wollen Sie denn auch, dass ich zurückkomme?«

»Von mir aus kannst du zum Teufel fahren. Aber die Leute im Dorf brauchen Brot und Brötchen. Und dafür brauchen sie im Moment dich. Also komm morgen, oder schäm dich in Grund und Boden!«

***

Als Sofie am nächsten Morgen bei der Bäckerei ankam, prangte ein Schild mit großen roten Buchstaben an der Eingangstür: GESCHLOSSEN!

Aber in der Backstube brannte Licht.

Sie öffnete vorsichtig die Tür des Nebeneingangs und fand Giacomo auf dem Hocker vor dem Ofen sitzend.

»Was machst du da?«, fragte Sofie.

»Warten.«

»Auf mich?«

»Auf dich.«

»Und wenn ich heute nicht gekommen wäre, was hättest du dann morgen gemacht?«

»Auf dich gewartet. Und übermorgen auch.«

»Warum backst du nicht?« Sie trat zum alten Drachen und blickte hinein. »Er ist doch schon an.«

Giacomo sah sie an, seine Augen müde und rot geädert. »Weißt du, ich hatte gedacht, ich könnte dir backen beibringen, wie ich es gelernt habe. Durch Zuschauen und Zuhören. Aber du bist anders, du hast auch Tanzen anders gelernt. Man hat dir die Bewegungen beigebracht, indem man deinen Körper geformt hat.«

Sofie zeigte in den dunklen Laden. »Was ist mit den Kunden? Die wollen etwas zu essen!«

»Du bist wichtiger.«

»Nein«, sagte Sofie und hängte ihre Jacke auf den Haken. »Wir backen jetzt für deine Kunden. Und danach bringst du mir alles bei, was du willst.«

»Nein, wir backen nicht für meine Kunden.«

»Doch!«

Giacomo trat zu ihr und packte sie sanft an den Schultern. »Wir backen für *unsere* Kunden.«

»Keine Zeit für Haarspalterei. Wir müssen loslegen!«

»Ist keine Haarspalterei. Ist wichtig. Ist eine ganze Frisur.«

Sofie lachte. »Das kann man so nicht sagen. Das ergibt überhaupt keinen Sinn.«

»Ist eine schicke Frisur. Mit ganz viel Haaren«, beharrte Giacomo und fuhr sich über seinen wie stets perfekt liegenden Schnitt.

Sie beeilten sich, es gab keine Zeit für Nachfragen, alles musste wortlos geschehen, wie von selbst und schnell. Unter Druck, das wusste Giacomo, entstanden Diamanten. So viel Druck wie heute hatte seit Langem nicht mehr in der *Bäckerei Johannes Pape & Sohn* geherrscht.

Sie vergaßen darüber, das Schild abzunehmen.

Die Frühaufsteher, unterwegs mit dem Hund oder in ihren Joggingschuhen, standen irritiert vor dem Laden, weil sich im Dorf eigentlich nie etwas änderte. Also auch nicht in der Bäckerei, die es seit Jahrzehnten gab und die nur an Feiertagen geschlossen hatte.

Sie reckten die Hälse wie eine Schar Gänse.

»Aber da brennt Licht«, sagte jemand, dessen Labrador an der Leine zog, weil er nach Hause wollte, wo ein prall gefüllter Napf auf ihn wartete.

»Eben habe ich jemanden gesehen, der sich da drin bewegt«, sagte eine Frau, deren Laufsohle aus mehr Luft als Plastik bestand. Dem Preis nach musste es sich um äußerst kostbare Luft handeln.

Es war Elsa, die sie wegscheuchte (»Hier gibt's nichts zu glotzen!«). Ruppig nahm sie das Schild ab und den Betrieb ebenso ruppig wieder auf.

Nach der Schicht blieb Sofie, obwohl sie sich in der Backstube noch nie so erschöpft gefühlt hatte. Sie setzte sich, aber Giacomo nahm ihre Hand und zog sie wieder in die Senkrechte.

»Jetzt verrat mir, für wen du deine beiden Brote gebacken hast.«

Sofie zögerte, aber sprach es dann aus.

»Gut, wir fangen mit dem ersten an«, sagte Giacomo. »Back es.«

Er ließ Sofie einige Handgriffe tun und erkannte, dass sie schnell hektisch wurde und ihren Rhythmus verlor. Deshalb führte er beim Kneten ihre Hände oder berührte die Armmuskulatur, aus der sie ihre Kraft holen sollte, und streichelte jene in den Schlaf, die ruhen durfte.

Sofie zuckte bei der ersten Berührung seiner Hände, aber dann gefiel ihr, dass er sanft die Richtung vorgab, als wäre dies ein gemeinsamer Tanz. Sie erwischte sich sogar dabei, wie sie absichtlich etwas falsch machte, damit er leichten Druck ausübte. Giacomos Hände waren zärtlich, aber kraftvoll. Es war lange her, dass sie so berührt worden war.

Sie formte ein Brot, hatte dabei aber nicht an die Frau gedacht, die sie einst gewesen war, sondern spürte nur Giacomos Hände.

»Mach noch eins!«

Sie wirkte einen weiteren Teigling rund, diesmal war viel weniger Druck von Giacomo nötig.

»Du lernst es! Gleich noch eins.«

Das nächste formte sich fast ausschließlich in ihren Händen. Diesmal gab es von Giacomo nur noch die Andeutung von Berührung.

»Nicht denken, machen. Singen, wenn du magst. Oder tanzen. Aber am besten tun. Wenn ich denke, wissen meine Hände manchmal nicht mehr, was sie tun sollen. Der Kopf stört sie. Jahrelang sind sie ohne ihn ausgekommen. Er ist eine Beleidigung für meine Hände.« Giacomo hielt sie hoch, um zu demonstrieren, dass diese Hände ja wohl keinen Kopf brauchten. Manchmal ein Lied, aber keinen Kopf.

»Jetzt du allein, und denk an die Sofie von früher. Nein, *fühl* die Sofie von früher.« Er packte ihre Hüften. »Spür ihren Rhythmus. Schwing wie sie!«

Sie musste noch zehn weitere Brote backen. Erst beim letzten hatte sie es geschafft, das Denken sein zu lassen und sich wieder in die Sofie von damals einzufühlen, ohne Reue, ohne Vorwürfe, ganz pures Sein.

»Jetzt das Brot für die Sofie von heute«, sagte Giacomo und lehnte sich an die große Knetmaschine. »Du hast alle Zeit der Welt. Der Teig wartet geduldig, ich hab ihn so angesetzt.«

Sofie war, als hätte jemand Bleigewichte an ihre Handgelenke gehängt. Jede Bewegung war voller Widerwillen. Sie knetete den Teig, als wollte sie ihn bestrafen, ihn verletzen. Freude verspürte sie dabei keinerlei.

»Noch eins!«, verlangte Giacomo.

Sofie wollte nicht, aber sie tat es. Wieder und wieder. Diesmal waren Giacomos Hände nicht dabei, und ihre eigenen fühlten sich einsam.

Erst nach einem Dutzend quälender Brote hatte er genug.

»Schieb sie in den alten Drachen. Das letzte jeweils ganz nach vorn.«

Als sie die Ofentür schloss, wollte Sofie sich einen Kaffee holen, aber Giacomo hielt sie an der Hand zurück.

»Schau dir deine Brote beim Ofentrieb an. Es ist wichtig, das zu sehen. Man muss sich immer die direkten Konsequenzen seines Handelns anschauen. Nur so kann man daraus lernen!«

Er blieb bei ihr, die ganze Zeit, sobald sie ansetzte, etwas zu sagen, gab er ein »Pssst!« von sich.

Als die Zeit abgelaufen war, reichte er ihr den Schieber, um alle Laibe herauszuholen.

»Hast du Angst, sie zu probieren?«

»Ja«, antwortete Sofie. »Sehr.«

»Sie sehen gut aus.« Giacomo blickte zu Motte. »Was meinst du, altes Mädchen?«

Motte blickte ihn an und gab tatsächlich ein leises Bellen von sich.

»Motte ist sehr gespannt!«, übersetzte Giacomo. »Sie fragt sich, ob heute eine neue Bäckerin einzieht. Probier erst das Brot der tanzenden Sofie.«

Er reichte ihr das vorderste. »Denk an nichts, wenn du es isst. Dein Kopf ist so schwer. Lass ihn leicht werden. Lass die Gedanken los, als wären sie Ballons, die davonwehen.«

So leicht und schön gesagt, so schwer getan.

Sofie aß das Brot.

Für den Bruchteil einer Sekunde fühlte sie sich wieder, als stünde sie auf der Bühne.

Ihr kamen die Tränen.

»Es ist richtig geworden, oder?«, fragte Giacomo. In seiner Stimme nichts als Stolz.

»Ja«, antwortete Sofie. »Zu richtig.«

»Jetzt das andere!« Er reichte es ihr. Seine Finger unempfindlich gegen die Hitze. Es war das zuletzt geformte.

Sofie atmete tief durch und biss dann schnell ein Stück ab.

Es sagte ihr gar nichts.
Es fühlte sich nach überhaupt nichts an.
Egal, wie oft sie darauf herumkaute.
Es schmeckte einfach nur wie Brot.
Sofie schüttelte den Kopf.
Giacomo legte tröstend eine Hand auf ihre Schulter. »Das zweite Brot ist viel, viel schwerer.«
»Das zweite Leben ist viel, viel schwerer.«
»Wir arbeiten daran, dass das zweite Brot besser wird«, sagte Giacomo und lächelte sie an.
Dafür, dachte Sofie, musste das Leben besser werden. Und das war viel schwerer, als ein Brot zu backen, egal, was Giacomo dachte. Das Leben war kein Brot. Es war eine Bäckerei mit einem riesigen Angebot. Und irgendetwas kam immer verkohlt aus dem Ofen.
Aber Giacomos Plan und sein Lächeln gefielen Sofie. Mit seiner Hilfe würde ihr das zweite Brot irgendwann gelingen. Und das zweite Leben vielleicht auch.

**

Dass Verliebtsein eine Sucht ist, wusste Marie. Das Leben hatte ihr allerdings noch nie so deutlich gemacht, dass die Dosis immer stärker werden musste.
Und es auch hierbei Beschaffungskriminalität gab.
Sie dachte nur noch daran, wann sie die nächsten Momente mit Florian erleben würde. Deshalb war es ein Glück, dass Sofie nun jeden Tag länger in der Backstube blieb.
Das Konzerthaus war als Treffpunkt allerdings alles andere als Glück, denn dort hingen großforma-

tige Fotos von Sofie und ihrem perfekten Ballerinakörper oder von ihrem strahlenden Lächeln, während sie sich verbeugte und der Applaus wie eine riesige Welle über sie hereinbrach. Sofie war der Schwan und sie das hässliche Entlein. Marie gelang es nur selten, das zu vergessen. Eigentlich nur in den Momenten, wenn Florian sie anlächelte, ansonsten fühlte sie sich so grau wie ein wolkenverhangener Himmel.

Das Frühstück mit Florian in dessen Wohnung war eine besonders gute Dosis Verliebtsein gewesen. Marie hatte sich währenddessen vorgestellt, sie seien ein Paar und es sei eines von vielen gemeinsamen Frühstücken.

Danach nahm sie jede Gelegenheit wahr, mit ihm in seiner Wohnung zusammen zu sein. Einmal klingelte sie, weil sie ihm einen Zeitungsartikel über eine Ballettaufführung in Moskau zeigen wollte, auf den sie »zufällig« gestoßen war (in Wahrheit hatte sie dafür anderthalb Stunden alle Zeitungen des Bahnhofkiosks durchgeblättert). Ein anderes Mal klingelte Marie, weil sie Milch brauchte, einmal für Butter, einmal für Mehl, dann wurde es zu auffällig und ließ sie zudem zerstreut wirken und unfähig, einen Haushalt zu führen.

Sie erwischte sich dabei, wie sie immer öfter im Treppenhaus lauschte. Gab es verdächtige Geräusche aus dem Schlafzimmer der beiden, oder brüllten sie sich im Streit an? Ersteres hörte sie nie, Letzteres häufiger. Marie schämte sich dafür, dass sie sich über jeden einzelnen Streit freute. So war sie nicht! Und doch stand sie jetzt jeden Abend im Treppenhaus, und jeden Abend stieg sie eine Stufe höher.

Aber Marie brauchte mehr, viel mehr, und sie wusste, wie sie es bekommen würde. Florian war heute Nachmittag zu Hause, es waren keine Proben angesetzt. Sie kannte seinen Terminkalender mittlerweile besser als er selbst.

Marie drückte nervös den Klingelknopf.

Florian öffnete die Tür, seine Augen müde, gestern Abend hatten er und Sofie sich wieder gestritten, danach Schweigen, das fast noch lauter war.

»Hast du vielleicht Zeit für einen kleinen Spaziergang?«, fragte Marie. »Ich muss den Kopf frei bekommen, und du – nimm es mir nicht übel – siehst aus, als könntest du das auch gebrauchen.«

»Ich glaube, dafür reicht ein bisschen frische Luft nicht aus.« Er fuhr sich über sein unrasiertes Kinn.

»Aber es ist ein Anfang! Lass uns mal zu dem kleinen Teich gehen, da war ich noch nie.«

Florian gab nach und holte seine Jacke. Das Aprilwetter spielte heute Herbst und hatte die Winde losgelassen. Als Florian den Kragen aufstellte und dabei hörbar seufzte, fuhr Marie ihm aufmunternd über den Rücken, etwas zu lang, ein wenig zu zärtlich. Sie verschob die Grenze peu à peu.

»Was gibt es denn Neues bei dir?« Marie unterdrückte die drängende Neugier, so, wie man gegen ein Kratzen im Hals ankämpfen musste.

»Dasselbe wie seit Tagen: nichts. Ich habe den Eindruck, Sofie endgültig von mir weggetrieben zu haben mit all meinen Beziehungsrettungsaktionen.«

»Das klingt sehr ... endgültig.«

»So klingt es nicht nur.«

Marie ging ein paar Schritte und atmete dabei tief

durch, damit ihre Stimme bei der nächsten Frage nicht zitterte.

»Also ist jetzt Zeit, um...«, sie konnte das Wort kaum aussprechen, denn darin lag so viel Hoffnung für sie, »... loszulassen, ja? Ich habe gelesen, man soll ›freilassen‹ denken, weil das positiver ist. So, als wären die Gefühle wie ein kleiner Vogel, der eingesperrt ist. Vielleicht kommt er irgendwann zurück, vielleicht auch nicht. Es liegt nicht mehr in deiner Hand. Ihr hattet Pläne...« Das stimmte nicht, und Florian wusste es. Sofie hatte Pläne geschmiedet und er auch. Aber gemeinsame? Er wünschte sich Kinder, hatte es aber nie geäußert. Gerne wollte er längere Zeit ins Ausland, um sich neu zu erfinden. Sofie wollte immer nur tanzen, und zwar egal wo.

Marie ergriff die Chance, ihm abermals über den Rücken zu streicheln, etwas mehr in Richtung Nacken, über den sie wie zufällig mit den Fingerspitzen fuhr und sofort die Elektrizität in ihrem Körper spürte.

»Weißt du«, fuhr Florian fort, als sie an den Bahngleisen entlanggingen, »vielleicht habe ich mir schon lange etwas vorgemacht. Wahrscheinlich war es von Anfang an klar, dass Sofie und ich nur eine Zeit lang zusammen sein und sich unsere Wege dann wieder trennen würden. So wie bei den Gleisen hier, die eine Strecke parallel verlaufen, aber dann auseinandergehen, weil sie andere Ziele ansteuern. Die kann man nicht ändern, sie sind schließlich aus Eisen. Und wenn man es doch schaffen würde, sie zu verbiegen, entgleisen mit Sicherheit Züge, und es gibt Opfer.«

Sie gingen einige Meter schweigend, weil Marie wollte, dass die Bedeutung seiner Worte bei Florian wirklich einsank.

»Das mit dem ›Kopf frei bekommen‹ hat nicht wirklich geklappt«, sagte er irgendwann.

Jetzt war der Moment für Teil zwei von Maries kleinem Plan gekommen. »Wart's nur ab! Ich habe nämlich extra ein *Fouetté en tournant* einstudiert, um dich auf andere Gedanken zu bringen.« Sie setzte zu der berühmten Drehung an, bei der die Tänzerin auf einem Bein steht und mit dem anderen durch rasche Bewegungen Schwung für eine Pirouette aufnimmt. In *Schwanensee* gab es zweiunddreißig solcher Drehungen am Stück.

Marie schaffte zwei.

Dann musste sie lachen und hielt sich die Hände vor den Mund.

Florian klatschte Beifall.

»Das wird nie etwas mit mir«, sagte sie.

»So ein Quatsch, du bewegst deinen Körper toll. Es fehlt nur die Übung.«

»Zeigst du mir, was ich falsch gemacht habe?«

»Klar, kann ich machen.«

Marie stellte sich in Position. »Sieht das gut aus?«

Die Position sah schrecklich aus, fand Florian, aber sie selbst sehr süß, so unbeholfen wie ein junger Welpe. Florian trat zu Marie und schob ihren Arm etwas höher, drückte ihre Schultern sanft herunter und ihren Po – er packte sie dafür an den Hüften – etwas nach vorn. Es war schön, sie zu berühren. Es fühlte sich anders an als bei den Tänzerinnen der Kompanie.

»Perfekt!«, sagte er und löste seine Hände langsam wieder. »Du bist engagiert.«

»Soll ich dir noch eine Position zeigen?«

»Aber klar.«

Während sie zum Teich weitergingen, wiederholten sie das Spiel immer wieder. Die Droge namens Verliebtsein drängte in seinen Blutkreislauf, aber darin war noch zu viel von Sofie.

Auf dem Teich paddelte heute eine Entenmutter, sieben Küken wie flauschige Perlen hinter sich.

»Schade, dass wir nichts zum Picknicken haben«, sagte Florian.

Marie klopfte auf ihren kleinen Rucksack. »Haben wir.«

»Nein, echt?«

»Ich habe ein paar Pasteten gebacken, herzhaft und auch süß, dazu gibt es Champagner. Sogar gekühlt.«

»Du denkst wirklich an alles.«

»Wenn schon, denn schon, oder?«

»Ja«, sagte Florian. »Wenn man etwas macht, dann richtig.«

Sie saßen noch lange beieinander.

Der Wind fuhr immer wieder durch Maries Haare, als wäre er ein stürmischer Liebhaber, und sie strich die Strähnen immer wieder zurück, damit Florian sie so sah, wie ihre Friseurin es sich ausgedacht hatte.

Als sie wieder zurück in ihrem Haus an der Beller Straße waren, gab Marie Florian zum Abschied einen Kuss auf die Wange. Keinen der schnellen Art, der wie ein feuchter Händedruck war, sondern so, wie man ihn sich beim Liebesspiel gab, wenn danach Küsse auf die Nasenspitze und die geschlossenen Augenlider folgten.

***

Die Wärme der Backstube fehlte Sofie, als sie in die frische Aprilluft trat. Sie spürte, wie ihr Körper mit jedem Schritt weiter abkühlte. Sobald sie zu Hause ankam, stieg sie in die Wanne und blieb dort bei italienischer Schlagermusik im heißen Wasser liegen, das sie immer wieder nachlaufen ließ. Danach aß sie in der Küche fast ausschließlich Brot. Das meiste hatte sie aus der Bäckerei mitgebracht, aber manches auch woanders gekauft, sogar im Supermarkt, um zu vergleichen. Sie verzog das Gesicht beim Probieren oder hob anerkennend die Augenbrauen, machte sich Notizen über Sorten und Getreideanteile, über Kruste, Krume und Porung.

Florian störte dabei nur.

Er setzte sich trotzdem zu ihr, nach dem Spaziergang mit Marie duftend, nach Wiese, Luft und Champagner.

»Bist du noch da?«, fragte Florian.

»Ich sitze doch hier«, antwortete Sofie, die auf dem Handy gerade eine Dokumentation über alte Getreidesorten gefunden hatte.

»Du weißt, was ich meine.«

»Ich muss das hier sehen.«

Was Sofie mit diesem Satz auch ausdrückte: Ich will das nicht sehen, was zwischen uns ist. Oder nicht mehr ist. Das ist jetzt mein blinder Fleck. Und du,

Florian, bist mittendrin. Einem Teil in ihr tat es leid, dass sie so zu ihm war, so abweisend, so grob. Aber es war nicht der lauteste Teil in ihr.

Florian wollte ihr von seinem Tag erzählen, von der Zeit mit Marie, die er nie verschwieg. Jede Begegnung, jede Berührung berichtete er ihr. Und wenn er Weinflaschen mit Marie leerte, dann ließ er sie stehen, die Gläser ebenfalls. Aber es kam ihm so vor, dass Sofie selbst zu Lippenstiftspuren in einem zerwühlten Bett nichts gesagt hätte. Dabei wollte Florian angebrüllt werden, er wollte Vorwürfe und Tränen, er wollte spüren, dass Sofie noch etwas für ihn empfand. Aber er war von ihrem Mann zu ihrem Mitbewohner geworden. Und sie von seiner Frau zu einem Igel. Er hatte sich gerade abermals gestochen.

***

Es war einige Tage her, dass Sofies zweites Brot misslungen war. Erst an diesem Morgen war sie so weit, es wieder anzugehen.

So, wie Giacomo an den Geschichten für seine Lieder feilte, tat sie es bei ihrem Tanz. Mal ein neuer Schritt nach vorn und dann kurz über das *Relevé* auf die ganze Spitze. Ein andermal spannte Sofie ihren ganzen Körper, setzte zum Sprung an, der dann nur ganz leicht wurde, eigentlich ein Strecken. Manchmal begann ihr Körper zu rotieren, nach links, dann nach rechts, wie im Walzer, bei angedachten Pirouetten drehte sie sachte den Hals.

Am Ende des Tages fühlte sich ihr Körper dadurch häufig an, als hätte er auf der Bühne gestanden. Der

Applaus fehlte ihr nicht sehr, denn es war vor allem die perfekte Ausführung, die Zufriedenheit mit der eigenen Leistung, die sie beglückt hatte.

Manchmal tanzte sie mit Giacomo, ohne dass dieser es überhaupt merkte. Dann schob sie sich an der Arbeitsplatte näher zu ihm, um seinem leisen Gesang zu lauschen, und bewegte sich dazu. Dadurch wurden ihre Brote zwar ein wenig zu denen von Herrn Torin, Frau Egerle und der Familie Marienhof, über die Giacomo in seinen Liedern sang, aber das störte diese hoffentlich nicht. Vielleicht führte es ja sogar zu guter dörflicher Nachbarschaft.

Auch heute tanzte sie näher an Giacomo heran. Das Lied, das er gerade sang, kannte sie noch nicht. Es musste zu der neuen Kundin gehören, die erst vor gut einem Monat ins Dorf gezogen war. Sofie wusste von ihr nur, dass sie als Fotomodel und gelegentlich als Schauspielerin arbeitete.

Insgesamt waren es vielleicht drei Dutzend Dorfbewohner, deren Geschichten Giacomo hineinbackte. Auf dem ersten Platz von Sofies Hitliste stand das Lied für Marie, um die sich Florian in letzter Zeit so kümmerte. Es war auf wundervolle Art melancholisch.

Aber das neue Lied schob sich auf Anhieb in die Top drei ihrer Geschichtenbäcker-Hitparade.

Die Welt, sie spiegelt sich in dir
Und du in ihr, Spiegel im Spiegel
Braun die Augen, schwarz die Haare
Rot die Lippen, Farbenspiel
Stoff schmiegt sich an dich, in Bahnen

Doch du bleibst doch immer du
Denn du wurzelst tief im Boden
Höhenluft, sie steht dir nicht

Sofie merkte, dass sie eifersüchtig auf diese Frau war, die solch bewundernde Zeilen erhielt.

»Du hast schöne Hände«, machte sie Giacomo ein Kompliment, in der Hoffnung, er werde eines erwidern.

»Diese groben Dinger?«, fragte er stattdessen schmunzelnd, hielt sie empor und wackelte damit, wie man es vor kleinen Kindern machte, um sie zum Lachen zu bringen.

Doch Sofie brauchte gerade keine augenzwinkernden Sprüche, sie brauchte Nähe. »Ich würde gerne noch mal das zweite Brot versuchen. Hilfst du mir?«

Er stellte sich hinter sie und legte seine Hände auf ihre.

Als sie gemeinsam den Teig kneteten, fanden sie schnell den perfekten Rhythmus. Schon bei den allerkleinsten Berührungen seiner Finger durchfuhr Sofie ein Schauer, all die feinen Härchen auf ihren Armen richteten sich auf. Giacomo bemerkte ihr beglücktes Atmen. Er löste seine Hände und trat von ihr zurück.

Dann sah er ihr in die Augen. So tief, wie Sofie es noch nie bei ihm erlebt hatte.

Er verstand nicht, dass die Lust ihm galt und nicht der Arbeit.

»Nun bist du wirklich eine Brotbäckerin! Du machst mich sehr, sehr glücklich, weißt du das? Dein zweites Brot ist nur eine Frage der Zeit.«

Giacomo umarmte sie, und Sofie umarmte ihn zurück. Strich ihm über den Rücken, sog seinen Duft ein, in dem sich röstige Aromen mit frischem Schweiß und den Noten seiner geliebten kalabrischen Seife vermischten.

Plötzlich stand Motte neben ihr und stieß einen freudigen Beller aus, sprang mit den Vorderpfoten an ihr hoch und hechelte sie freudig an.

»Das hast du ihr doch beigebracht!« Sofie funkelte Giacomo neckisch an.

»Nein, Motte bevorzugt es, sich alles selbst beizubringen.«

Sofie ging in die Knie, beugte sich zu der Dackeldame und kraulte ihr die warmen Schlappohren. Das hatte sie schon die ganze Zeit tun wollen.

Das zweite Brot gelang ihr auch an diesem Tag nicht, aber selbst das konnte ihrem Hochgefühl nichts anhaben. Kurz bevor sie die Bäckerei verließ, ging sie in den Verkaufsraum. »Ich bin eine Brotbäckerin«, sagte sie zu Elsa und hob die Hand salutierend zum Abschied. Es war dumme Angeberei, das wusste sie. Aber auch echter Stolz. Es fühlte sich erstmals an, als wäre dies ihr neuer Weg. Nein, ihr neues Leben.

»Das ist gut«, sagte Elsa zu Sofies Überraschung. »Das freut mich. Dann kann ich jetzt ja für längere Zeit meine Familie besuchen. Das hätte ich schon vor Ewigkeiten tun sollen.«

»Aber ich bin hinten in der Backstube und nicht vorne, das hier kann ich nicht ...«

»Du schaffst das. Du hast auch das mit dem Backen geschafft. Und ich hätte alles darauf gewettet, dass du nach dem ersten Tag nie wiederkommen würdest.«

Ihre Worte waren fast sanft.

»Danke«, sagte Sofie. »Das ist echt... lieb von Ihnen.«

Elsa nickte, zog die Kittelschürze aus, faltete sie zusammen und legte sie ordentlich neben die alte Registrierkasse. Nachdenklich strich sie darüber, blickte sich im Verkaufsraum um, nickte zufrieden und ging durch die Vordertür hinaus. Als wäre sie eine ganz normale Kundin und gehörte nicht mehr zur *Bäckerei Johannes Pape & Sohn*.

Kapitel 6

Laib

Manche Krankheiten lauerten im Körper, bis der Urlaub begann, und sprangen dann wie Kai aus der Kiste.

Irina Nijinskys Grippe war leider eine Krankheit der ungeduldigen Art, die nicht bis zu ihren freien Tagen warten wollte, ja noch nicht einmal bis nach der morgigen Premiere von *Giselle*.

Es war kurz vor drei Uhr morgens, als die Grippe sich entschloss, mit voller Wucht auf sich aufmerksam zu machen.

Um halb vier klingelte das Telefon bei Sofie und Florian. Da die Uhrzeit für Sofie kurz vor dem Aufstehen lag, für Florian dagegen mitten in der Nacht, war sie es, die zum Telefon rannte. Anrufe in der Nacht verhießen nie etwas Gutes. War Anouk etwas passiert, Franziska oder ihrem Mann Philipp?

Deshalb sprach Sofie das »Hallo« nach dem Abheben so aus, wie man in einen dunklen Wald hineinrief, in der Hoffnung, dass der Jäger mit beruhigender Stimme antwortete, er habe das Monster erlegt.

»*Giselle*, kannst du das noch tanzen?«, kam es vom anderen Ende der Leitung, dann ein Husten, das schon beim Zuhören in den Bronchien schmerzte.

»Irina?«

»Kannst du es noch? Ohne zu überlegen?«

Sofie horchte in sich hinein, in ihren Kopf wegen der Schrittfolgen, Sprünge, Bewegungen, und gleichzeitig in ihren restlichen Körper wegen der Muskeln und Sehnen, der Gelenke und Knochen. In den Körper einer frischgebackenen Bäckerin. Ihr Kopf antwortete »Ja« und ihr Körper, ein wenig zögerlicher, mit leicht zitternder Stimme ebenfalls.

»Kann ich«, sagte sie deshalb.

»Gut«, antwortete Irina. Ein weiterer Hustenanfall.

»Wieso?«

»Du musst morgen Abend für mich tanzen!«

Sofie hatte ganz bewusst nicht mehr verfolgt, was wann im Konzerthaus gegeben wurde. Selbst das Feuilleton in der Tageszeitung hatte sie konsequent überblättert, so wie früher nur den Sportteil.

»Schon morgen?«

»Du hast gesagt, du kannst es noch!«

»Aber *morgen?*«

»Sofie, du musst sofort ins Konzerthaus! Unser Gastchoreograf weiß Bescheid und macht sich auf den Weg, sobald du losfährst. Ich flehe dich an, wirklich. Die Aufführung muss morgen laufen, sonst kann sie nicht ins Rennen um den Pawlowa-Preis gehen. Du bist mir noch etwas schuldig! Für deine Flucht aus meiner Premiere!«

Das stimmte. Aber es war nicht der Grund für das, was Sofie jetzt sagte.

»Okay. Ich mach mich sofort auf den Weg.«

Der Grund war, dass sie auf die Bühne wollte. Es gab nämlich ein Organ in ihrem Körper, das sie nicht gefragt, das aber sofort und laut geantwortet hatte.

Ihr Herz.

Das Herz einer Tänzerin.

Rasch machte sie sich im Badezimmer fertig, holte leise die Ballettkleidung aus dem Kleiderschrank im dunklen Schlafzimmer und schrieb am Küchentisch einen Zettel, den sie an die Tür der Backstube kleben wollte. Dann verließ sie die Wohnung und ging schnellen Schrittes durch das Dorf Richtung Straßenbahnstation. Die Bäckerei lag auf dem Weg, fix klebte sie ihre Nachricht an die Tür der Backstube. Als sie sich umdrehte, um weiterzugehen, stand Giacomo mit einem Mal vor ihr, in einem zu weiten Schlafanzug, bedruckt mit Schiffen und Ankern. Seine Haare lagen nicht perfekt, sondern kreuz und quer, so, wie die Nacht sie zerzaust hatte. Sofie spürte den Wunsch, sie ihm gerade zu streichen.

»Ich hab ein Geräusch gehört und wollte nachschauen.« Giacomo wies auf die Tonnen. »Dazwischen hat sich mal eine Katze verkeilt. Der musste ich raushelfen. Als Dank hat sie mich gekratzt.« Er sah den handgeschriebenen Zettel hinter Sofie an der Tür. »Was steht da?«

»Ich muss tanzen«, sagte sie. »Morgen.«

»Dann kannst du nicht backen.«

»Nein.«

»Aber danach kommst du zurück?«

Sofie hörte die Sorge in Giacomos Stimme, die dadurch falsch klang. So, als hätte man in einen Brotteig bitteren Beifuß gegeben, wodurch nichts mehr des eigentlich wunderbaren Ganzen zusammenpasste. Sofie hörte auch den Moment, in dem sie zögerte. Sie hoffte, dass Giacomo ihn nicht bemerkte.

»Morgen ist Premiere. Ich weiß nicht, wann Irina, das ist die ...« Sie wollte »Erstbesetzung« sagen, aber das fühlte sich falsch an. Sie selbst war immer die Erstbesetzung gewesen. Das war sie auch diesmal. »... Kollegin, die krank ist. Für die ich einspringen muss.«

»Das verstehe ich.« Giacomo nickte. Zu oft. »Wir kommen hier schon klar.«

Sofie umarmte ihn. »Du bist ein Guter. Vergiss das nicht.«

Er sah sie fragend an. Aber er fragte nicht. Er hatte zu viel Angst vor der Antwort.

***

Als Sofie im großen Probenraum des Konzerthauses eintraf, herzte der junge Gastchoreograf (der in seinen blonden Rauschebart bunte Holzperlen geflochten hatte) sie so innig, als wäre sie seine verschollene Schwester. Florian hatte ihn für eine Inszenierung in dieser Spielzeit empfohlen, weil er Klassikern durch seine unkonventionelle Art neues Leben einhauchte. Er legte sofort mit den Proben los, denn für ihn stand viel auf dem Spiel. *Giselle* war eines der größten Meisterwerke des klassischen Balletts.

Für jede Ballerina, die die Titelrolle tanzte, war es eine besondere Herausforderung, denn es galt, die Wandlung des einfachen Bauernmädchens von der Naiven zur Leidenden und schließlich zum Geist glaubhaft darzustellen. Sofie wärmte sich länger auf als früher, so als müsste sie jede Muskelgruppe in ihrem Körper erst mühsam aus dem Schlaf rütteln.

Aber je mehr Sofie sich dehnte, umso mehr merkte sie, dass ihr Körper durch die harte Arbeit in der Backstube viel besser in Form war, als sie erwartet hatte. Nicht nur die Arme aufgrund des vielen Knetens, Wirkens und Hebens, auch die Beine, durch all das lange Stehen und die vielen kleinen Gänge, durch das Knien und Bücken, das Drehen und Strecken. Sie hatte zudem kaum Gewicht zugelegt, weil sie in den letzten Wochen zwar viel Brot, aber sonst kaum etwas gegessen hatte. Vielleicht mochte sie nicht mehr ganz so elegant tanzen, aber dafür umso kraftvoller.

»Bist du jetzt so weit?«, fragte der Choreograf immer wieder. »Können wir loslegen?« Er bewegte seinen Kopf ruckend wie ein nervöses Huhn, und Sofie hatte Sorge, dass ihm dabei Perlen aus dem Bart fliegen würden.

Sie stellte sich in Position.

Wärme stieg von den Fußsohlen auf und hörte erst in ihren Haarspitzen wieder auf. Sofie atmete tief ein. Dachte an Giselle. Dachte an ein Mädchen, das blauäugig in den Tag hineinlebte und erwartete, dass es immer so weiterginge.

Nach vier Schritten fiel sie das erste Mal.

Menschen erinnerten sich eigentlich an ihre Fehler, um sie nicht zu wiederholen. Was aber, wenn diese Erinnerungen erst dazu führten, dass man nervös wurde und neue Fehler machte? Sofie erinnerte sich am nächsten Abend, während sie mit hart pochendem Herz neben der Bühne auf ihren Auftritt wartete, an jeden einzelnen Sturz des Vortags. Es kam ihr vor, als hätte das Leben für diese Aufführung ganz viele Stolperfallen aufgestellt. Die Frage war nicht, *ob* sie in eine davon treten würde, sondern *wann*. Und in *wie viele*.

Das kurze musikalische Vorspiel endete, die Streicher wurden leiser. Nach einer winzigen Pause setzten die Bläser ein, und der Vorhang wurde aufgezogen. Der Dorfplatz, modern gestaltet, im Hintergrund Schornsteine, Werkshallen und Rohrleitungen der Großindustrie. Prinz Albrecht erschien sowie sein Diener, danach Hilarion, der Wildhüter.

Giselle befand sich im Haus, wo sie mit ihrer Mutter, einer Winzerin, lebte.

Es klopfte an der Tür.

Ihr Auftritt.

Ohrenbetäubender Applaus brandete auf. Die regionale Zeitung hatte darüber berichtet, dass sie heute wieder tanzte, der Lokalfunk auch, heute war sogar ein Fernsehteam anwesend. Die Rückkehr der Primaballerina.

Doch das war nur die Goldschicht. Viele waren hier, um sie fallen zu sehen, wünschten es Sofie sogar. Schließlich hatte sie ihre Nachfolgerin Irina durch das respektlose Verlassen einer Aufführung aus dem Konzept gebracht. Von wegen Migräne.

Die ersten Minuten verliefen ohne Patzer. Dann kam Giselle bei ihrem Solo an. Zwölf Takte, über die ganze Bühnendiagonale, auf dem gleichen Bein hüpfend. *Temps levés sur pointe.*

Bei der Probe war sie zweimal gestürzt.

Jeder Schritt erschien ihr wie der einer Seiltänzerin hoch oben auf dem Trapez.

Sie wackelte, glich es aus, geriet dadurch leicht aus der Vertikalen, straffte den Körper, spürte die Härte des Bodens in den Fußsohlen, sammelte Kraft für den nächsten Sprung, kontrollierte ihren Atem.

Das Solo glückte.

Ein Lächeln erschien auf Sofies Gesicht. Ein echtes. Und es zerriss die Erinnerungsfäden an die Stürze. Dies war ihre Bühne, dies war *ihr* Auftritt. Beim *Bauern-Pas-de-deux* mit zahlreichen battierten Sprüngen war Sofie dann schon ganz in ihrem Element. Immer wieder gab es Szenenapplaus, wie warme Wellen rollte er zu ihr hin.

Und kaum Schmerzen in ihrem Fuß.

Bis zum Ende fiel sie kein einziges Mal. Als sie nach dem letzten Sprung so sanft landete, als hätte sie eine unsichtbare Hand auf den Bühnenbrettern abgesetzt, bebte der Boden des Konzerthauses vor Applaus.

Tanzen mochte schweißtreibender und erschöpfender sein als Backen, aber auch so viel schwereloser.

Nach dem tobenden, nicht enden wollenden Schlussapplaus hielt sie eine Rede.

Auf der Premierenfeier fand sie eine Nachricht von Giacomo auf dem Telefon. Er fragte, ob sie wisse, wo Elsa sei.

Sofie schrieb schnell zurück. »Sie hat mir gestern gesagt, sie würde für längere Zeit zu ihrer Familie gehen. Das hätte sie schon vor Ewigkeiten tun sollen. So gelassen habe ich sie noch nie erlebt.«

Von Giacomo kam keine Antwort.

Auch nicht, als Sofie ihm fünf Minuten später drei Fragezeichen schickte.

***

Als Elsa den Entschluss fasste zu sterben, begann sie zu putzen. Vom weiß gefliesten Boden des Kellers bis zur Decke des Obergeschosses. Sie saugte, wischte, polierte sämtliche Fensterscheiben, scheuerte das Bad, brachte das alte Tafelsilber auf Hochglanz, taute Kühlschrank und Tiefkühltruhe ab, trug den Inhalt zur Mülltonne. Niemand sollte ihr nachsagen können, sie habe ihr Haus in einem unordentlichen Zustand zurückgelassen.

Dafür benötigte sie fast anderthalb Tage. Unterbrochen wurde die Arbeit nur von einem Besuch beim Friseur und von Linsensuppe mit Bockwurst, die sie über die Zeit verteilt aß – insgesamt fünf Teller. Elsa hatte die Suppe schon vor langer Zeit eingekocht. Es war ihre Leibspeise. Brot gab es keines dazu. Nur Maggi hinein. Ganz viel, bis sich die Farbe der Suppe beim Umrühren änderte.

Nachdem auch das letzte Staubkorn beseitigt war, nähte sie Steine in ihren guten Wintermantel ein. Schon vor Jahren hatte Elsa die schweren Kiesel gesammelt und seitdem neben ihrer Nähmaschine in einem großen Korb aufbewahrt. Einmal zugeknöpft, würde sie den Mantel im Wasser nicht mehr ausziehen können. Er würde sie bis an den Grund des Teichs bringen.

Elsa hatte die Uhrzeit nicht vergessen, die der Gerichtsmediziner genannt hatte.

Zwischen zehn und elf Uhr am Abend.

Schon damals hatte sie gewusst, dass es auch die Uhrzeit ihres Todes sein würde.

Aber dann hatte Giacomo sie gebraucht, und es gehörte sich nicht, jemanden im Stich zu lassen, der das Geschäft der eigenen Familie weiterführte.

Elsa kontrollierte nochmals die Frisur im Spiegel, prüfte den Glanz ihrer Lederschuhe.

Sie war so weit.

Zum Abschied strich sie Motte über den Kopf, die hier im Haus immer an einer Kaminattrappe schlief. Die alte Dackeldame blickte auf und stieß ein klägliches Bellen aus, das sich in Elsas Ohren in ein Lebewohl verwandelte. Auf dem Anrufbeantworter des städtischen Tierheims hatte Elsa eine Nachricht hinterlassen und zudem eine angemessene Summe Geld gespendet. Für Motte würde gesorgt sein. Elsa wollte nicht, dass Giacomo sich ihrer annehmen musste. Sie wollte niemandem etwas schuldig bleiben.

Als sie die Tür von außen verschloss, lag kein Abschiedsbrief im Haus. Sie hatte im Leben nicht viel Worte gemacht und würde das jetzt nicht ändern. Es waren ohnehin keine Worte nötig. Sie wäre tot, niemanden würde interessieren, warum. Außer Giacomo. Und Giacomo kannte den Grund.

Elsa entschied sich für einen kleinen Umweg, damit sie weder am Sportplatz noch am *Ochsen* vorbeikam. Sie wollte niemandem begegnen, sondern sich in aller Ruhe auf das Wiedersehen freuen. Und das Lachen von Giacomo und Sofie in der Backstube vergessen. Diese Freude, von der sie nie Teil gewesen war. Freude gehörte schon lange nicht mehr zu ihrem Leben. Das war auch richtig so.

Es war eine schöne Aprilnacht. Die Sichel des Mondes war schmal und ließ zu, dass viele Sterne neben ihr am Himmel strahlten. Ein leichter warmer Wind wehte, und es kam Elsa vor, als geleitete er sie sanft zum Teich. Sie hörte einen Fuchs in der Entfernung schreien und ab und an ein Rascheln in der Nähe.

Dann stand sie am Wasser.

Viel eher als gedacht.

Dabei hatte sie ihre Schritte doch langsam gesetzt. Wie bei einer kirchlichen Prozession. Und jeder Schritt war wegen der Steine so schwer gewesen.

Obwohl Elsa sich geschworen hatte, es nicht zu tun, blickte sie jetzt zurück zum Dorf, das mit seinen vielen Lichtern an die Kerzen vor dem Allerheiligsten in der Kirche erinnerte.

Dann schaute sie wieder zum Teich. Er war schwarz und unbewegt. Nichts kräuselte sich an seiner Oberfläche, die Dunkelheit war wie ein schwarzes Laken.

Nahe dem Ufer würde es zuerst langsam hinuntergehen, dann kam die Stelle, wo der Grund mit einem Mal absank, vier Meter steil in die Tiefe.

Elsa trat an die Böschung und atmete schwer.

Dann tat sie den ersten Schritt ins Wasser.

Es war viel kälter als erwartet, ihr Schuh versank im Schlick des Grunds. Sie durfte nicht fallen, sich nichts brechen. In Würde diese Welt verlassen, das war Elsas Wunsch. Dabei blendete sie aus, wie grausam es war zu ertrinken. In diesem Punkt hatte sie schließlich keine Wahl, ihr einziges Kind war hier ertrunken. Sie würde es ihm gleichtun.

Noch ein Schritt.

Die Kälte griff nach beiden Knöcheln.

Schnell machte sie weitere Schritte. Sie wollte nicht frieren. Sie würde ertrinken, bevor sie die Kälte tief in ihren Knochen spürte.

Hinter ihr wurde ein Fahrrad auf den Boden geworfen. Jemand rang nach Luft.

»Du kommst sofort da raus!«

Dann stapfte jemand hinter ihr durchs Wasser, eine Hand umfasste ihren Oberarm, fest wie ein Schraubstock.

»Lass mich! Ich kann selbst entscheiden, wann ich gehe!«

»Ich will dich nicht verlieren!«

Sie drehte sich um, ein Schuh löste sich von ihren Füßen.

Auf Giacomos Stirn klebten verschwitzte Haare. Selbst im Dunkel der Nacht war zu erkennen, wie gerötet sein Gesicht war. Er war hierhergerast, hatte alles gegeben, was in seinen Beinen steckte. Und mehr.

Seine Hand näherte sich Elsas Gesicht. Er wollte ihre Wange streicheln, sie trösten.

Elsa schlug sie fort.

»Welchen Grund habe ich zu bleiben? Mein Mann ist schon lange tot, mein einziges Kind auch, du hasst mich ...«

»Ich hasse dich nicht.«

»Aber ich hasse dich!« Elsa schrie ihn an. Seit Jahrzehnten hatte sie nicht mehr geschrien. Es tat so gut.

»Ich wollte dir nie Böses.«

»Ich habe mir so sehr Enkelkinder gewünscht!«

»Es hat nicht sollen sein.«

»*Deine Schuld war das!* Lass mich gehen.« Sie versuchte, sich loszureißen, aber Giacomo hielt sie umso fester.

»Einen Teufel werde ich tun und dich hier ertrinken lassen!«

»Ich will nicht mehr. Du brauchst mich nicht mehr. Vielleicht hast du mich nie gebraucht.«

»Aber ich habe dich immer bei mir haben wollen! Du bist alles, was mir geblieben ist.«

Elsa versuchte mit aller Kraft, Giacomo von sich wegzudrücken. »Du kannst mich nicht für immer festhalten. Wenn ich heute nicht ins Wasser gehe, dann eben morgen. Oder willst du jeden Augenblick deines Lebens auf mich aufpassen?«

Giacomo sah Tränen in Elsas Augen. Nie zuvor hatte er welche darin gesehen. Selbst damals nicht.

Er ließ sie los.

Elsa machte einen Schritt rückwärts. Bald wäre sie am Abgrund.

Giacomo kam hinterher, seine Stimme zitterte vor Zorn. »Du hättest Sofie nicht gesagt, dass du zu deiner Familie gehst, wenn du dir nicht insgeheim gewünscht hättest, dass ich komme, um dich aufzuhalten.«

»So ist das nicht gewesen!«

»Doch, genau so ist das gewesen. Du hättest schon längst gehen können, aber du wolltest mich nicht im Stich lassen. Ich war dir nicht egal.«

»Das Geschäft war mir nicht egal!«

»Wenn einem alles egal ist, dann ist einem auch das Geschäft egal. Du kannst noch so oft behaupten, du hättest kein Herz mehr, weil es dir damals herausgerissen worden sei, es wird trotzdem nicht wahrer. Und ob du es willst oder nicht, ich liebe dich, als wärst du meine Mutter. Und ich frage nicht danach, ob du mich auch liebst.«

»Das tue ich auch nicht. Ich verachte dich für alles, was du damals getan hast!«

Elsa fuhr mit der Ferse auf dem schlickigen Grund des Teichs nach hinten und fühlte plötzlich, wie sie rutschte. Noch ein Schritt, und Giacomo würde sie nicht mehr aufhalten können. Die eingenähten Steine zogen immer stärker. Sie stammten von hier, sie wollten zurückkehren.

Sie tat den letzten Schritt.

Das Wasser griff nach ihrem Mantel und riss ihn mitsamt Elsa in die Tiefe. Sie kam nicht mehr dazu, noch ein letztes Mal die Lungen mit Luft zu füllen, kam nicht mehr zu dem Abschied in Ruhe und Frieden, den sie sich vorgestellt hatte. Jetzt würde es ein Tod in Hetze sein.

Als ihr Kopf unter Wasser gezogen wurde und die Kälte in ihren Ohren rauschte, war sich Elsa mit einem Mal nicht mehr sicher, ob sie sterben wollte. Die Angst in ihrem Körper war noch kälter als das Wasser um sie herum.

Giacomo sprang und erwischte ihre rechte Hand, die sie reflexartig nach oben gestreckt hatte.

Er versuchte, sie emporzuziehen, verlor aber seinen Stand, stolperte auf den Abgrund zu, doch dann bohrte er seine Hacken in den Schlick, warf seinen Rücken nach hinten und griff mit der zweiten Hand zu. Seine Schuhe glitten nach vorne, aber Schritt für Schritt schaffte er es zurück und wuchtete Elsa an die Oberfläche, wo sie Wasser ausspuckte und nach Luft schnappte.

Giacomo stützte sie ab und zog Elsa mit sich ans Ufer. Völlig erschöpft ließ sie sich ins Gras fallen, keuchend sank er mit ihr zu Boden. Ihre Brustkörbe hoben und senkten sich, als wären sie Fische an Land.

»Gib mir einen Grund zu leben«, sagte Elsa schließlich. »Nur einen. Der mich den Kummer vergessen lässt. Du hast einen Tag.«

Sie meinte keinen Alkohol, das wusste Giacomo. Obwohl dieser das Mittel der Wahl für viele war. Elsa musste von Glück betäubt werden. Wenn ihm das nicht gelang, würde er das wichtigste Versprechen seines Lebens brechen.

»Gib mir eine Woche«, sagte Giacomo.

Elsa war zu erschöpft, um zu widersprechen. Auf diese Woche kam es nun auch nicht mehr an. Es hatte sich jahrelang kein Grund gefunden, es würde sich auch jetzt keiner finden. Und wenn sie dann ohne Hetze ins Wasser ging, würde sie auch loslassen können.

Ihren Atem.

Ihr Leben.

Sich selbst.

***

Als Giacomo am nächsten Morgen den kleinen Kiesweg zur Backstube ging, den kalabrischen Duft nach Bergamotteseife noch in der Nase, fühlte er sich seit langer Zeit wieder fremd in diesem Land. Denn Heimat, das waren keine Gebäude und Straßen, keine Kirchtürme und Flüsse. Sie alle waren nur Symbole für das, was uns wirklich verwurzelte. Die Menschen. Er fragte sich, ob Elsa tatsächlich erscheinen würde oder in der Nacht zum Teich zurückgekehrt war und ob Sofie wiederkam oder bei ihrer alten Liebe blieb.

Nachdem er den Lichtschalter umgelegt hatte und

die Neonröhren flackernd angegangen waren, kam ihm seine geliebte Backstube klein vor, provinziell und unordentlich.

So hatte er sie noch nie betrachtet.

In seinen Augen hatte sie immer idyllisch gewirkt, auf sympathische Weise unperfekt und altmodisch.

Einsam zu sein veränderte die Dinge um einen herum. Sie wurden zu einsamen Dingen. Selbst der alte Drachen wirkte, als hätte Giacomo ihn nie zuvor berührt.

Giacomo lauschte auf Schritte, die andere Menschen ankündigten, oder das Tapsen von Mottes trägen Pfoten. Aber da war nur die Stille des Dorfes, ab und an durchbrochen von einem Auto, das Richtung Stadt aufbrach.

Die Fotos von Modugno, Gattuso und seiner Nonna staubte er heute nicht ab, feuerte den Ofen nicht an, und der Arbeitsplatte schenkte er keine weiße Decke aus Mehl. Alles kam ihm mit einem Mal sinnlos vor. Sein ganzes Leben kam ihm sinnlos vor. Es war, als hätte Elsa ihn gestern mit ihrem Trübsinn infiziert.

Dann hörte er die Tür des Nebeneingangs zum Laden knarzen. So laut, als fiele eine alte Eiche um. Elsa hängte klackernd ihren Mantel auf und schaltete die Registrierkasse an.

»Guten Morgen!«, rief Giacomo ihr zu, was er sonst nie tat.

Es kam keine Antwort.

Selbst ein Moment wie der gestrige veränderte eine Elsa nicht. Daran hatten sich schon ganze Jahrzehnte die Zähne ausgebissen. Sie war so unglaublich stur, deshalb würde sie ihm auch genau eine Woche geben.

Und er hatte keine Ahnung, wie er einen Grund für sie finden sollte.

Motte kam hereingetrottet und legte sich an den Ofen, fand aber keine Stelle, die ihr genehm war. Immer wieder stand sie auf, drehte sich um die eigene Achse und senkte ihren Körper auf eine andere Art zu Boden. Sie blickte hilfesuchend zu dem Platz an der Arbeitsplatte, der zu Sofies geworden war.

Widerwillig begann Giacomo mit der Arbeit. Und es fiel ihm auf, dass die Backstube anders klang ohne Sofie, es gab mehr Hall, wie in einer kleinen Kapelle. Als Giacomo sein Lied für Marie Denka anstimmte, war es besonders unangenehm. Deshalb hörte er auf zu singen und backte keine Geschichte in den Teig mit ein.

Eine Dreiviertelstunde später kam Sofie dann durch die Tür, ihre Haare notdürftig in einen Dutt gesteckt, die Wangen ganz rot von ihrem Lauf durch die kühle Morgenluft.

»Ich hab gestern zu lange gefeiert«, sagte sie zu ihrer Entschuldigung.

»Schön, wenn man etwas zu feiern hat. Dann sollte man es auch tun.«

»Wegen meines Auftritts.«

»Das dachte ich mir.«

»Willst du gar nicht wissen, wie es gelaufen ist?«

»Wenn du gefeiert hast, sicher sehr gut.« Giacomo versuchte, es ganz beiläufig klingen zu lassen. Ohne Emotionen zu zeigen. Es misslang.

»Ja, das stimmt.«

»Das freut mich.«

Sie trat näher zu ihm, den Kopf gesenkt. »Ich muss dir etwas sagen. Eher beichten.«

»Ich bin kein Priester. Ich kann dir keine Absolution erteilen.« Er sagte das nicht, um Sofie den Abschied zu erschweren, auch wenn er für ihn schwer sein würde. Es war schlicht die Wahrheit: Viele Dinge musste man sich vor allem selbst vergeben. »Immer raus damit, wird schon nicht so schlimm sein.« Er blickte auf den Teig, der heute etwas mehr Feuchtigkeit verlangt hatte. Am Oberarm spürte er, wie Sofie sich sanft an ihn lehnte, und auf seinem Rücken den zärtlichen Druck ihrer Hand. In beidem lag Trost.

»Es war schön, wieder auf der Bühne zu stehen, weißt du. Wie nach Hause zu kommen.«

»Der Applaus hat sicher auch gutgetan.« Den gab es in Backstuben schließlich nicht. Mehr als einen stolzen Blick und ein warmes Wort hatte er nicht zu bieten.

»Ja, hat er. Und all die bekannten Gesichter wiederzusehen. Es hat alles gutgetan, die ganze Welt des Tanzes. Das war die alte Sofie, du weißt schon, das erste Brot.«

»Ein sehr gutes Brot«, antwortete Giacomo. »Ich verstehe dich«, sagte er dann leise, um es ihr noch leichter zu machen. Aus diesem Grund zeigte er auch nicht sein Gesicht. »Du willst wieder zurück. Und dann musst du das auch tun. Ich komme hier schon klar, mach dir keine Sorgen. So ist das Leben.« Er tastete nach ihrer Hand, um sie zu drücken.

»Danke«, sagte Sofie und drückte seine Hand zurück. »Das ist sehr lieb von dir.«

Giacomo sagte nichts, sein Mund war zu trocken.

»Weißt du, was ich gestern auf der Bühne gesagt habe, nachdem der Schlussapplaus verhallt war?«, flüsterte sie ihm zu, immer noch ganz durcheinander vor Glück: »›Danke für diesen wundervollen Abend.‹«

»Es ist nett von dir, dich zu bedanken. Sehr höflich.«

»Ich habe noch mehr gesagt.«

»Ach so?« Giacomo hörte gar nicht richtig zu. Am liebsten hätte er weggehört, so wie er wegschaute. Aber das war leider unmöglich.

»Dann habe ich Luft geholt und gesagt: ›Ich brauchte diesen Tanz. Ich brauchte diesen Abschluss. Ich brauchte diesen Abschied. Denn eigentlich haben Sie heute Abend keine Ballerina die *Giselle* tanzen sehen, sondern eine Bäckerin. Denn das bin ich jetzt. Kommen Sie in Giacomos Bäckerei, wo ich arbeite. Die *Bäckerei Johannes Pape & Sohn*. Wir backen Brot, das auf der Zunge tanzt.‹«

Jetzt wollte Giacomo sein Gesicht nicht zeigen, weil ihm Tränen aus den Augen schossen. »Das hast du schön gesagt.«

»Ja, oder?« Sie drückte sich mit dem ganzen Körper an ihn.

»Vor allem das mit dem Brot, das auf der Zunge tanzt. Das gefällt mir sehr, sehr gut.«

Er drehte sich zu ihr und schloss sie in die Arme. »Ich befürchtete, dich verloren zu haben.«

»Du hast mich doch gerade erst gefunden! Und ich dich. Wollen wir backen? Wartet der Teig?«

»Ja, das tut er.«

Als Giacomo zu Motte blickte, sah er, dass sie endlich friedlich schlief.

Es wurde ein guter Tag in der Backstube. Sofie tanzte viel mehr als zuvor, ihre Bewegungen nahmen jetzt Raum ein, und manchmal trat sie ein paar Schritte von der Arbeitsplatte zurück, um sich zu drehen oder komplett auf die Spitzen zu gehen und zu trippeln. Die Backstube war zu ihrer Bühne geworden.

Sofie blieb allerdings nicht, um ihr zweites Brot zu verbessern, denn die Müdigkeit legte sich auf sie wie ein schweres, warmes Plumeau.

Kaum hatte sie die kleine Backstube verlassen, öffnete sich wieder die Tür. Giacomo blickte auf und sah überrascht, dass es nicht Sofie war, die etwas vergessen hatte, sondern ein Mann, den er bisher nur als Gelegenheitskunden kannte. Er strich sich Mehl und Teigreste von den Fingern, um Florian die Hand zu reichen.

Aber dieser wollte seine Hände anders benutzen. Gestern Abend, während Sofies Auftritt, den er sich gegen ihren Willen angeschaut hatte, war er so glücklich gewesen, und es hatte sich angefühlt, als wäre sie zu ihm zurückgetanzt. Doch dann diese Rede. Die ganze Nacht hatte er kein Auge zugemacht, sondern getrunken, alles, was in der Wohnung war. Selbst die schon für den Geburtstag des Intendanten eingepackte Flasche Wodka hatte er geleert. Seine Traurigkeit hatte sich mit all dem Alkohol vermischt und war zu Wut geworden. Diese fühlte sich so viel besser als Traurigkeit an. Zuerst war er auf Sofie wütend gewesen, aber in ihm war immer noch zu viel Liebe für sie, sodass die Wut nicht so hemmungslos werden konnte, wie es jede echte Wut sein wollte.

Aber es gab jemanden, bei dem das nicht galt.

Und Florian fasste einen Plan.

Wenn er Sofie nicht ändern konnte, dann den Mann, der sie ihm genommen hatte. Er würde ihn verprügeln, bis er Sofie wieder hergab. Florians benebeltes Gehirn ließ das nach einer soliden, sinnvollen Idee klingen, um alles wieder ins Lot zu bringen.

Aber er hatte keinerlei Erfahrung mit Gewalt und schaffte es nur, Giacomo am Kragen zu packen. »Ich will meine Frau zurück!«

»Ich habe sie nicht«, sagte Giacomo und versuchte, sich aus dem Griff zu winden, denn das Atmen fiel ihm schwer.

Motte sprang auf Florian zu und bellte. Da sie so wenig Übung im Bellen hatte wie Florian mit Gewalt, klang es wie ein amüsiertes Kläffen.

»Sie wissen genau, was ich meine.« Er lockerte seinen Griff, da er sich albern vorkam. Aber er ließ Giacomos Kragen nicht los. Motte verzog sich wieder zum Ofen und knurrte nur noch.

»Ja, aber wissen Sie es?«, brachte Giacomo hervor, während er versuchte, Luft in seine Lungen zu bekommen. »Wenn Sie Ihre Frau verloren haben, sollten Sie sich die Frage stellen: Habe ich sie genug gesucht?«

»Ich muss sie nicht suchen! Sofie ist immer hier beim Brotbacken, bei Ihnen, selbst wenn sie zu Hause ist!«

Giacomo reckte den Hals. »Können wir bitte bei einem Espresso weitersprechen?«

»Nein, ich will jetzt keinen Kaffee!«

»Sie sehen aber aus, als könnten Sie einen gebrauchen. Und er ist wirklich sehr gut.«

Giacomos Freundlichkeit entwaffnete Florian. Er ließ ihn schnaubend los. »Ach, verdammt!«

»Einen doppelten?«

»Ich glaub schon.«

»Nehmen Sie sich den Hocker, er steht neben der Arbeitsplatte.«

Als Giacomo mit zwei Espressi aus seinem kleinen Büro zurückkam, war Florian fast eingenickt, die Augenlider auf halbem Weg nach unten.

»Hier.« Giacomo reichte ihm eine Tasse. »Ich habe nachgedacht.«

Florian kratzte sich am Kopf. »Ich auch. Aber manchmal klappt es nicht so gut.«

»Ich habe eine wichtige Frage an Sie.«

»*Sie an mich?*« Sein Groll war immer noch nicht ganz verraucht. »Das hatte ich eigentlich andersherum geplant.«

Giacomo wartete, bis Florian einen Schluck genommen hatte, denn er sollte bei vollem Bewusstsein sein. Dann fragte er: »Haben Sie sich schon in die neue Sofie verliebt?«

»Ich hab Sofie immer geliebt! *Immer!*« Florian setzte die Tasse so hart auf die Arbeitsplatte auf, dass etwas von dem Kaffee daraufspritzte.

»Das reicht nicht. Sie haben sich damals in die gefeierte Ballerina verliebt. Sofie muss spüren, dass Sie sich jetzt in die Bäckerin verlieben.«

»Aber die liebe ich doch auch schon!«

»Wenn das gut funktionieren würde, wären Sie nicht hier, oder?«

Florian nahm einen weiteren Schluck, einen zu großen, und er musste husten. »Und wie soll das gehen?«

»Auch darüber habe ich nachgedacht.«

»Das machen Sie ja ganz schön oft ...«

»Wenn man einmal anfängt, ist es schwer, wieder damit aufzuhören.« Giacomo beugte sich vertraulich zu Florian. »Fangen Sie auch mit dem Brotbacken an! Das schafft die Grundlage, um sich wirklich wieder in Sofie zu verlieben, glauben Sie mir.« Giacomo wusste sehr genau, wovon er sprach.

»Das ist Ihr Rat?« Florian verzog das Gesicht. »Meinen Sie echt, man könnte mit Brotbacken alle Probleme der Welt lösen?«

»Ganz so würde ich es nicht sagen.« Aber meinen, dachte Giacomo, meinen würde ich es ganz genau so.

»Was soll ich denn noch alles machen?« Florian stand auf und lief in der Backstube umher wie ein eingesperrter Tiger. »Ich bin es echt so leid, immer wieder Neues zu probieren, ob Frühstück ans Bett, ob Rosenblätter, ob was weiß ich was, und damit jedes Mal zu scheitern!«

Giacomo hielt ihn an der Schulter fest. »Sie ist jetzt eine echte Bäckerin. Deshalb gewinnt man ihr Herz mit Mehl, Hefe und Wasser.«

»Das klingt zumindest preiswerter als ein gemeinsamer Trip in die Karibik.« Florian lachte trocken.

»Mit dem würden Sie auch nur eine Frau überzeugen, die gerne reist.«

»Ich weiß nicht.«

»Geben Sie sich einen Ruck.«

Florian sah Giacomo lange an. »Okay, was soll's. Bringen Sie es mir bei? Jetzt? Sofort? Hier?«

Giacomo schüttelte den Kopf. »Das wird Sofie übernehmen. Backen Sie mit ihr zusammen. Und falls Sie

Sofie wirklich wiederfinden wollen, backen Sie schlecht. Je schlechter Sie backen, desto mehr wird sie Ihnen helfen. Können Sie schlecht backen?«

Florian musste schmunzeln. »Ich bin ein echter Meister darin.«

***

Wer zu viel Zeit zur Vorbereitung hat, übertreibt gern. Florian hatte leider einen ganzen Vormittag Zeit, das gemeinsame Backen mit Sofie vorzubereiten. Als Überraschung.

Da er nicht wusste, welches Mehl das richtige war – er war verwundert, dass es so viele unterschiedliche gab –, hatte er alle gekauft, und zwar von jeder Sorte zwei Packungen. Dann ging es an die Butter: Süß- oder Sauerrahm? Mit Meersalz? Oder vielleicht besser Margarine (die auf der Packung versprach, dass sie zum Backen die ideale Wahl darstellte)? Er kaufte ebenfalls alle. Bei der Hefe dann die Frage: trocken oder frisch? Wobei er lange suchen musste, bis er die kleinen Hefewürfel im Kühlregal fand, sie waren ihm nie zuvor aufgefallen. Einmal in Schwung, entschied er sich für beides. Bei den Eiern kaufte er alle vorhandenen Größen. Salz hatte er zur Sicherheit auch neu gekauft. Ebenfalls alle Varianten. Ob Jod oder Fluorid für das Backen eines Brots wohl sinnvoll war?

All seine Einkäufe reihte er auf der Küchenzeile auf, wie eine kleine, bis in die Haarspitzen motivierte Armee, die darauf wartete, in die Schlacht gegen Invasoren geführt zu werden.

Aber auch danach blieb noch viel Zeit bis zu Sofies Rückkehr.

Florian suchte im Internet Fotos von Broten, druckte sie farbig im DIN-A4-Format aus und befestigte sie mit Klebeband in der Küche. Da er danach viele übrig hatte, machte er im Wohnungsflur weiter und endete außen auf der Wohnungstür. Seiner Meinung nach sah das Foto dort – es war schließlich das erste, das Sofie sehen würde – nicht beeindruckend genug aus, deshalb druckte er ein neues Bild auf vier untereinander angeordneten DIN-A4-Blättern aus. Ein Foto von einem Baguette. Erst als er es auf die Tür klebte, fiel ihm auf, wie phallisch es aussah, und er hängte es wieder ab.

Dann heizte er schon mal den Ofen vor und streute Mehl auf die bereits gewischte Tischplatte.

Florian hätte das auch erst mit Sofie machen können, aber es half ihm, seine Nervosität im Zaum zu halten, die schon ihre Zähne bleckte. Er hatte doch an alles gedacht, oder? Es würde sicher gut laufen.

Dem Drang, sich Internetvideos anzuschauen, um die Grundlagen des Backens zu lernen, widerstand er. Es galt, unfähig zu sein, und zwar glaubhaft.

Nach einer Zeit, die sich für Florian dehnte wie zäher Teig, hörte er endlich Sofies Schlüssel ins Schloss der Wohnungstür gleiten.

Er stellte sich im Flur bereit, die Hemdärmel hochgekrempelt, ein Nudelholz in den Händen.

Sofie kam herein – und zog gleichzeitig die Augenbrauen hoch. »Was soll das?« Sie hängte ihre Jacke an die Garderobe.

»Willkommen in Dr. Eichners Backstudio! Komm mit in die Küche, ich muss dir was zeigen.«

»Du, ich bin echt erschöpft von der Arbeit und möchte nur noch in die Badewanne springen und mich ausruhen.«

»Komm, du wirst dich wundern!« Florian nahm ihre Hand, die Sofie nur deshalb nicht zurückzog, weil sie so überrascht war. »Tadaa!« Er stellte sich vor die aufgereihten Zutaten und breitete die Arme aus. »Alles, was das Herz einer Bäckerin begehrt! Lass uns direkt loslegen, ich hab voll Bock drauf.«

Sofie zog ihre Hand weg. »Du siehst total lächerlich aus, die Schürze ist viel zu klein und falsch gebunden.«

»Ist doch egal, sieht mich ja keiner außer dir.«

Sofie schüttelte den Kopf. Zuerst leicht, dann immer stärker. »Denkst du ernsthaft, ich hätte nach den ganzen Stunden in der Backstube Lust, noch mehr zu backen?«

»Das hier ist doch keine Arbeit, das ist Hobby. Eins, das wir miteinander teilen.«

»Hörst du dich eigentlich reden? Backen ist kein *Hobby*, Backen ist *Arbeit!*«

»Sofie, hör mal, ich wollte doch nur...«

Sie winkte ab. »Ich will gar nichts hören, und ich habe gerade weder Lust noch Kraft für einen Streit. Ich geh jetzt zu meiner Schwester, da kann ich mich wenigstens ausruhen.«

»Bleib hier, bitte! Ich weiß echt nicht mehr, was ich noch ...«

»Nicht jetzt.« Sie ging in den Flur und nahm ihre Jacke vom Haken. »Total falscher Zeitpunkt.«

Florian rannte hinter ihr her. »Welcher ist denn bitte der richtige?«

Sie öffnete die Wohnungstür und ging schnell die Treppe hinunter. »Keine Ahnung.«

»Und was soll ich jetzt mit dem ganzen Mehl und so anfangen?«

»Ist mir scheißegal!« Gerne hätte Sofie die Haustür hinter sich zugeschlagen, aber es war eine von der Sorte, die immer ganz langsam zuging und sanft ins Schloss fiel. Diese Technik musste von jemandem erfunden worden sein, der nicht verheiratet war.

Wenige Minuten später klingelte es an der Tür. Aber Florian blieb zusammengesunken am Küchentisch sitzen, denn Sofie war es ganz bestimmt nicht. Ihre Wut glomm immer lang und verrauchte erst nach Stunden. Erst als an der Wohnungstür geklopft wurde und Marie seinen Namen rief, öffnete er.

»Ich hab zufällig mitbekommen, wie Sofie im Treppenhaus gebrüllt hat«, sagte sie statt einer Begrüßung. Ihrer Kleidung zufolge, einem eng anliegenden Oberteil mit Spaghettiträgern und einer sehr kurzen Shorts, wollte sie eigentlich gerade trainieren. »Es haben wahrscheinlich alle im Haus mitbekommen … Alles okay bei dir?«

»Ne, komm rein, willst du ein Bier? Ich brauch jetzt dringend eins.« Ohne eine Antwort abzuwarten, ging er vor in die Küche.

Marie schloss die Tür hinter sich. »Wo ist sie hin?«

»Zu ihrer Schwester, kommt sicher nicht vor heute Abend wieder. Weil ich ja so schrecklich bin.« Als er in die Küche trat, sagte er wieder »tadaa«, aber diesmal war es keine Siegesfanfare, sondern ein Trauermarsch. »Alles vorbereitet, damit Sofie und ich zusammen Brote backen können.«

»Ich wollte das ja immer schon mal lernen...«

Florian holte zwei Flaschen Bier aus dem Kühlschrank, öffnete sie und reichte Marie eine. »Tja, da bist du bei mir leider an der völlig falschen Adresse. Genau das wollte ich mir von Sofie beibringen lassen.«

Marie hielt ihr Handy hoch. »Dann lernen wir das jetzt zusammen. Wäre doch schade um die ganze Mühe, die du dir gemacht hast.«

Florian zuckte mit den Schultern. »Ja, stimmt, wäre es echt. Und Sofie soll nicht meinen, dass ich ohne sie aufgeschmissen bin.« Er nahm einen langen Schluck aus der Flasche.

»Aber mit Musik, ja?«, fragte Marie. »Ich hör gerade unheimlich gerne Soul. Das ist so gefühlvoll.«

»Klar, bedien dich einfach am Plattenregal. Leg auf, was du magst.«

So kam es, dass Marie mit Florian backte. Und es war Marie, die sich schrecklich dumm anstellte, ständig und bei allem Hilfestellung brauchte.

Und es war Florian, der sie, während das Brot im Ofen war, mit beschwingtem Stift zeichnete – Marie lachend, als tanzende Bäckerin mit einem voll beladenen Blech in einer glitzernden Wolke aus Mehl.

Beim Abschied an der Wohnungstür war es dann Marie, die Florians Gesicht zärtlich in die Hände nahm, ihn anlächelte und küsste. Sehr lange und sehr innig.

Ein Kuss, wie ihn Florian seit Jahren nicht mehr

erlebt hatte. Einer von der Art, die nach mehr Küssen verlangte.

***

Beim Wechsel der Jahreszeiten dachte man an das Blätterwerk von Bäumen oder an das Spiel der Blüten in den Beeten. Aber nicht nur Pflanzen, auch Gebäude, Straßen, ganze Ortschaften trugen verschiedene Farben auf. Das Dorf hatte den schweren braunen Wintermantel endgültig abgeworfen und seine Aprilgarderobe angelegt. Das Mauerwerk der Häuser schien die Sonne zu genießen, sie aufzunehmen wie ein ausgetrockneter Schwamm das Wasser. Alles wirkte belebter als in den dunklen Monaten.

Für Sofie hatte sich noch mehr verändert.

Dies war nun wirklich *ihr* Dorf.

Sie backte für die Menschen hier. In dem Fachwerkhaus lebte Arno Winkelbaur (Roggenmisch), in dem verklinkerten Neubau dahinter Nicola Margraf (Dinkelvollkorn). Beide aßen vielleicht gerade etwas, zu dem sie getanzt und das sie in den Ofen geschoben hatte. In vielen Häusern war sie auf diese Art zu Gast. Sofie erwischte sich dabei, wie sie durch die Fenster in die Küchen spähte, um zu sehen, ob dort eine Papiertüte der *Bäckerei Johannes Pape & Sohn* stand, mit den beiden gekreuzten Ähren und dem dampfenden Krustenbrot darauf.

Es lenkte sie von dem Streit mit Florian ab.

Sie war die Diskussionen so unglaublich leid. Vielleicht war es Zeit, nicht nur bei ihrer Arbeit einen ganz neuen Weg zu gehen. Sofie drehte den Ehering aus Roségold an ihrem Finger, dessen Gravur zwei Ballettschuhe zeigte, die an den Spitzen übereinanderlagen. Er hatte mit den Jahren fast all seinen Glanz verloren.

Das Haus von Franziska, Philipp (der immer noch auf seiner Baustelle in Kanada weilte) und Anouk tauchte hinter den Bäumen auf, deren frisches Blätterwerk in hellem Grün erstrahlte. Ein sicherer Hafen selbst in diesen stürmischen Zeiten.

Sofie hörte die Stimme ihrer Schwester von der Terrasse her. Als sie um die Ecke trat, sah sie Franziska mit Anouk dort sitzen. Sie tranken mit abgespreiztem kleinem Finger Kaffee und Kakao aus dem Sonntagsporzellan.

Genau die Art von Idylle, die Sofie jetzt brauchte.

Als Anouk ihre Tante sah, kam sie jauchzend mit ihrem glitzernden Zauberstab angelaufen. »Soll ich dich segnen?«

»Heute hast du schon genug gesegnet!«, rief Franziska. »Man kann auch über…segnen.«

Anouk segnete Sofie trotzdem ganz schnell und versteckte sich dann lachend hinter dem Gasgrill.

Franziska zog einen Gartenstuhl für Sofie vor und wies darauf. »Komm, setz dich. Falls es dir nicht aufgefallen sein sollte: Alle Bäume in diesem Garten, ob groß oder klein, wurden heute bereits fachmännisch oder besser fachfraulich gesegnet.«

»Gut, dass das endlich erledigt ist!«

Anouk erschien neben ihr. »Das hab ich gemacht!« Sie drückte den Zauberstab glücklich an ihre Brust.

»Wäre ich ein Baum, wärst du meine erste Wahl für Segnungen.« Sofie fuhr ihr zärtlich über den Kopf.

»Was möchtest du trinken?«, fragte Franziska und hob zwei Kannen empor. »Wir haben alles, was das Herz begehrt, also Kaffee oder Kakao.«

»Ich nehm eine große Tasse Ruhe und Freundlichkeit.«

»Die gibt es bei uns zu jeder Bestellung gratis dazu.«

Und dann redeten sie über dies und das. Über nichts Wichtiges, aber gerade das tat Sofie gut. Den Wert eines netten, belanglosen Gesprächs erkannte man erst, wenn man mit dem Ehemann ganz andere Unterhaltungen führte.

Als Sofie wieder aufbrechen wollte, beugte Franziska sich nochmals zu ihr. »Kann ich Anouk morgen Vormittag bei euch in der Bäckerei vorbeibringen? Der Kindergarten ist wegen Läusen geschlossen, und ich habe einen offiziellen Vorstellungstermin für den Job im Konzerthaus.« Sie sah zu Anouk, die neben ihr saß. »Jetzt musst du voll süß gucken, wie ich es dir beigebracht habe.«

Anouk riss die Augen weit auf und blähte die Wangen. Es sah aus, als wäre ihr Kopf aufgepumpt worden.

»Fast.« Franziska blickte wieder zu Sofie. »Und? Sagst du Ja oder Ja?«

»Giacomo wird sicher nichts dagegen haben, wenn uns seine Kirchenbekanntschaft mal wieder besucht. Also ja. Aber natürlich nur, wenn Anouk brav ist.«

»Ganz, ganz brav«, antwortete Anouk. »Die heilige Maria ist immer brav!«

»Und keine Kunden segnen.«

Anouk zog eine Schnute. »Vielleicht ein bisschen.«

Sie schlug ein kleines Kreuz mit dem Zeigefinger, aber hielt die andere Hand davor, um die Bewegung zu verstecken. »So vielleicht? Dann merkt das gar keiner!«

»Okay. So darfst du segnen.«

Sie strahlte. »Und darf ich meine zwölf Jünger mitbringen?«

»Aber die gehören doch zu Jesus.«

»Sag einfach Ja«, kommentierte Franziska.

»Ja«, sagte Sofie. »Du darfst kommen. Inklusive Apostel. Auch mit Ochs und Esel.«

»Und natürlich Krokodil!«, rief Anouk begeistert.

***

Sofie hatte den Duft von Mehl und Brot lieben gelernt, diesen Geruch voller Röstnoten und Wärme. Aber als sie die Haustür aufschloss, um in die Wohnung zu gelangen, merkte Sofie, dass sie nur den Duft von Giacomos Backstube so sehr ins Herz geschlossen hatte. Im Treppenhaus roch es nach zu lange und zu heiß gebackenem Brot, nach fadem Mehl, nach Schlampigkeit.

Sie hielt die Luft an und nahm die Stufen schnell, um in ihren eigenen vier Wänden wieder durchatmen zu können.

Aber dort war der Geruch noch intensiver. Als sie in die Küche ging, um dort das Fenster weit zu öffnen, entdeckte sie ein gutes Dutzend Brote. Oder eher Brotunfälle, denn keines davon sah so aus, wie es sich gehörte. Und so, wie Sofie zusammenzuckte, wenn sie eine Tänzerin sah, die nach einem Sprung unsauber landete, weil sie sich dabei alle Knochen brechen konnte, zog sich auch nun alles in ihr zusammen.

»Wie findest du sie?«, hörte sie plötzlich Florians Stimme. »Ich weiß, sie sind nicht perfekt geworden. Aber ich habe mein Bestes gegeben. Und Marie hat mir ... netterweise geholfen.«

Sofie sah sich um, die Küche war blitzblank. Wenn Florian kochte, sah es danach immer aus, als hätten die Tomaten mit der Milch einen Stellungskrieg geführt – selbst wenn er weder mit Tomaten noch mit Milch kochte. Marie war sehr hilfreich gewesen. Ihr nach Lavendel und Süßholz duftendes Parfüm konnte sich sogar gegen die Backaromen behaupten.

Florian nahm einen Laib in die Hand. »Hier, das ist der letzte und der beste. Probier mal!«

Er schien wirklich wissen zu wollen, was sie von seinem Brot hielt. Ob er deswegen so nervös wirkte? Er schaffte es nicht einmal, ihr in die Augen zu blicken.

»Ich habe gerade gar keinen Hunger.«

Er reichte ihr den Laib und brach ein kleines Stück ab. »Nur probieren, ein winziges Stück. Bitte.«

Sofie hatte nicht die Kraft für einen Streit, deshalb steckte sie es in den Mund. Um Ruhe zu haben, wollte sie irgendetwas Positives sagen, sie kaute, um etwas zu finden. Aber die Kruste war nicht knusprig, die Krume zu ungleichmäßig, und vor allem war es leer. Keine Liebe. Keine Geschichte.

»Ja ...«, sagte sie zögernd.

»Was *ja*? Gut ja?«

Sie konnte nicht lügen, nicht über Brot. »Nein,

nicht gut. Man kann das essen. Mit viel Butter und viel Käse, aber ein gutes Brot wird es dadurch nicht.«

»Danke. Warum habe ich dich überhaupt gefragt?«

»Wir haben uns doch mal geschworen, uns nicht anzulügen. Niemals.« Damals waren sie frisch verliebt gewesen. Es fühlte sich jetzt an wie ein fremdes Leben. So unglaublich weit weg. Und unerreichbar.

»Wir haben uns auch geschworen, immer gut miteinander umzugehen, egal, was passiert. Ich hab den Eindruck, dass dir dieses Versprechen einen Scheiß wert ist. Aber immerhin weißt du jetzt, wie gutes Brot schmeckt. Was will man mehr vom Leben?«

Er trat auf den Fußschalter des Mülleimers und warf sein bestes Brot hinein.

Als er wortlos aus der Küche gegangen war, zog ein Gefühl Sofies Brust zusammen. Sie kannte es, obwohl es lange her war, dass sie es das letzte Mal gefühlt hatte.

Erst Florians belangloses Brot hatte ihr klargemacht, was die ganze Zeit schon in ihr aufgegangen war wie ein guter Teig: die Sehnsucht nach einem anderen Menschen.

Sie war verliebt.

Aber nicht in Florian.

***

Kaum jemand übertrumpfte Kinder in ihrer Fähigkeit, verloren in der Gegend herumzustehen. Anouk bewies es am nächsten Tag in der Backstube, aber dann entdeckte sie Motte, die mit leicht geducktem Kopf vor ihrem Ofen saß und so gar nicht wusste, was dieses Kind hier suchte. Mehrfach wurde die Dackeldame von dem kleinen Mädchen gestreichelt, allerdings auf merkwürdige Weise, über Kreuz. Dann versuchte es, Wasser auf sie zu spritzen, was Motte überhaupt nicht mochte.

»Du bist jetzt ein getaufter Hund! Darfst mit dem Jesuskind kuscheln.«

Das Mädchen legte ein Stück Plastik in Form eines Menschen vor sie. Motte schnüffelte daran, dann leckte sie es ab, denn es roch nach Butterkeksen und Chips.

»Brave Motte«, sagte Anouk. »Mach den Jesus schön sauber.«

»Sie langweilt sich«, sagte Giacomo zu Sofie, die heute sehr nervös wirkte, und formte parallel zwei Brötchen.

»Wir könnten sie an einer Ecke der Arbeitsplatte etwas backen lassen.«

»Ist zu hoch für sie, und der Hocker ist zu wackelig.«

Motte knurrte, als Anouk die Barbiepuppe wieder zurücknehmen wollte, denn sie war noch nicht fertig mit dem Ablecken.

»Aber was sollen wir dann mit ihr tun?«

Giacomo formte Brötchen über Brötchen und blickte mit einem Mal auf, ein breites Grinsen in seinem Gesicht. »In den Verkauf!«

»Zu Elsa?!«

»Zu Elsa.«

»Aber sie wird Anouk ...«

Giacomo unterbrach sie. »Elsa wird doch der Jungfrau Maria nichts tun!«

»Ich glaube, Elsa würde selbst Jesus etwas antun, wenn er es wagen würde, ein extra dick geschnittenes Brot zu bestellen.«

»Lass es uns probieren. Wenn es nicht klappt, trösten wir sie mit einer Hostie.«

»Das war ja ein Witz!«

»Einmal im Jahr darf ich.«

Er ging zu Anouk und nahm ihre Hand. »Magst du vorne im Verkauf helfen?«

»Au ja!«

»Aber die alte Frau da ist …« Ihm fiel kein Wort ein, das Anouk warnte und gleichzeitig keine Beleidigung für Elsa war.

»Muss sie gesegnet werden?«

»Unbedingt.« Er beugte sich zu ihr und flüsterte: »Ich glaube, sie wartet schon sehr lange darauf.«

Anouk strahlte, zog ihren glitzernden Zauberstab hervor und ging mit Giacomo nach vorne.

Sofie sah ihnen nach, und in der plötzlichen Leere der Backstube drängte sich ihr die Frage auf, wo Florian sein mochte. Als sie heute aufgewacht war, lag er nicht neben ihr im Bett. Auch auf dem Sofa im Wohnzimmer schlief er nicht. Im Bad war ihr dann aber aufgefallen, dass seine Zahnbürste fehlte und seine Kulturtasche samt Inhalt. Sie ging zurück ins Schlafzimmer und sah, dass ein Koffer und Kleidung aus seinem Schrank ebenfalls fehlten, Unterhosen, Socken, T-Shirts, zwei Jeans und zwei Rollkragenpullover. Er musste es nachts nicht mehr ausgehalten und sich einfach weggeschlichen haben.

Der Anblick des leeren Zahnputzbechers hatte sie am meisten getroffen. Marvin Gaye sang einst, dass überall dort zu Hause war, wo er seinen Hut ablegte. Ihr kam es vor, als wäre es die Zahnbürste. Wo man die Zahnbürste ließ, da gehörte man hin.

Eigentlich war klar gewesen, dass so etwas passieren würde. Sie hatte schließlich alles dafür getan. Ihr Herz gehörte nun schließlich einem anderen. Auch wenn der noch nichts davon wusste. Sie musste es ihm bald sagen. Dann wäre sie erst wirklich in ihrem neuen Leben angekommen. Und ihr würde endlich auch das zweite Brot gelingen.

Vom Verkaufstresen hörte sie Elsas zornige Stimme.

»Ich hasse Kinder!«

»Das weiß Anouk aber noch nicht.«

»Und Kinder hassen mich.«

»Anouk ist anders als andere Kinder.«

»Sie wird heulend wegrennen.«

»Sie wird dich segnen.«

»Sie wird was?«

»Lass dich überraschen.« Jetzt sprach Giacomo sanfter. »Du kannst sie jetzt segnen.«

Anouk griff nach Elsas Hand und streichelte sie. »Es tut gar nicht weh, Tante Elsa!«

Sofie musste lächeln, als sie ihre kleine Nichte so reden hörte, weil sie begriff, dass in Anouks Alter alle Menschen noch Tanten und Onkel waren, alle waren Verwandte, alle gehörten zur Familie.

»Du bist jetzt gesegnet«, war wieder Anouks Stimme zu hören. »Du hast jetzt keine Sünden mehr. Das ist so, als hättest du nie etwas Böses getan. Das ist gut, oder?«

In Elsas harter Stimme war ein leichtes Zittern zu bemerken. »Ja, das ist gut.« Sie schluckte. »Willst du einen Kirschlolli?«

»Darf ich? Du bist aber eine sehr nette Tante. Dich mag ich.«

Wenn ein Ritter einen anderen entwaffnete, hörte man das Scheppern des Schwerts beim Aufprall auf den Boden. Sofie hörte nur das laute Knacken, als Anouk den Kirschlolli zerbiss. »Darf ich noch einen haben?«

»Den musst du dir verdienen, junges Fräulein.«

»Wie denn?«

»Indem du mir beim Verkaufen hilfst. Schaffst du das?«

»Klar. Und ich segne alle nur hinter vorgehaltener Hand. Guck mal, so.«

Der nächste Kunde trat ein. Es war Frau Michaeliburg, die junge Mutter mit ihrem Sohn. Anouk pulte einen Kirschlolli von einem der Kindermuffins, rannte um den Tresen und reichte ihn dem Jungen. »Der ist von Tante Elsa. Das ist die da.«

Man konnte offene Münder nicht hören. Aber Sofie kam es so vor.

Erst als Giacomo das nächste Blech aus dem alten Drachen zog, sah er, dass in alle Brötchen Kreuze geritzt waren. Er hatte sie eigentlich keinen Augenblick aus den Augen gelassen und trotzdem nichts mitbekommen. Mit einem Schmunzeln dachte er, dass Sofies kleine Nichte wohl ihr erstes Wunder gewirkt hatte.

Als er Elsa plötzlich lachen hörte, wusste er, dass Anouk schon bei ihrem zweiten war.

Ohne es zu merken, begann er, Domenico Modugnos 1959er-Hit *Nel bene e nel male* zu summen. Übersetzt bedeutete der Text: *In guten wie in schlechten Zeiten.*

Den ersten Teil summte Giacomo bedeutend lauter.

Elsa hatte vielleicht noch keinen Grund, weiterzuleben, aber war doch auf dem Weg dorthin, oder? Und an Sofie hatte er die Liebe zum Bäckerhandwerk weitergegeben.

Was sollte jetzt schon noch passieren?

Kapitel 7

Brot & Salz

Sofie wusste, dass man keine Angst vor Sprüngen haben durfte, denn dann fiel man unweigerlich. Je schwieriger ein Sprung war, desto selbstsicherer galt es zu sein.

Als sie am nächsten Morgen zur *Bäckerei Johannes Pape & Sohn* ging, lächelte sie den ganzen Weg über. Sofie lächelte sich selbst zu. Doch als sie die Backstube betrat, war das Lächeln nur noch für Giacomo.

»Großauftrag«, sagte er zur Begrüßung, gar nicht aufschauend. »Für die Fußballer. Ein wichtiges Pokalspiel. Gegen die aus der Stadt. Sie brauchen ganz viele Brötchen.«

Sofies Lächeln wurde kleiner, aber es blieb. Bei Sprüngen galt auch, dass man im richtigen Moment abheben musste. Zu wenig Schwung, und es würde nicht reichen.

Also backte sie Brötchen. Zum Formen brauchte sie nur die Ballen ihrer Hände, so, wie sie beim Spitzentanz nur die Zehenspitzen benutzte. Sie lächelte sich weiter zu. Das Lächeln sagte: Du bist eine liebenswerte, schöne Frau.

Das Ladengeschäft war schon geöffnet, als die

Arbeit endlich weniger wurde und Sofie es nicht länger aushielt. Liebe will sich immer mitteilen, sie ist ein plapperhaftes Wesen.

»Giacomo, ich muss dir etwas sagen!« Sie stellte sich neben ihn.

»Ja?« Er sah nicht auf.

»Es wäre schön, wenn du mich dabei anschauen würdest.«

Giacomo hob den Kopf. »Ist es etwas so Wichtiges?«

»Ja.« Sie nahm schnell Anlauf und hob mit einem Lächeln ab. »Weißt du, zwischen mir und Florian ... also ... wir haben uns getrennt. Und dafür gibt es einen Grund, und der ...«

»Du solltest deinem Mann das Brotbacken beibringen«, unterbrach er sie.

»Was?«

»Bring ihm das Backen bei.«

»Warum, glaubst du, würde das etwas ändern? Du kennst ihn doch gar nicht.«

»Nun ja ...«

»Du kennst ihn doch?«

»Er war hier und hat mich gebeten, ihm das Backen beizubringen. Aber das ist deine Aufgabe.«

»Er ist ein hoffnungsloser Fall.«

»Er hat genug Hoffnung für euch beide.«

»Hast du mir eben gar nicht zugehört? Ich liebe ihn nicht mehr!«

Giacomo schlug den Teig vor sich in ein bemehltes Bäckerleinen ein, damit er Zeit für das Gespräch hatte. »Vielleicht kannst du dich wieder in ihn verlieben? Das ist die einzige Möglichkeit, wie eine lange

Beziehung gelingen kann. Man muss sich immer wieder neu in den anderen verlieben. In den Menschen, zu dem er wird. Wir verändern uns jeden Tag ein kleines bisschen. Deshalb sollte man sich an jedem Tag neu verlieben. Morgens beim Aufstehen ist eine sehr gute Zeit dafür.«

»Das wird nicht funktionieren! Und dafür gibt es einen ganz bestimmten Grund.« Sofies Gefühle waren in Aufruhr. Warum riet Giacomo ihr, die Beziehung mit Florian zu kitten? Hatte sie seine Gefühle für sie etwa missdeutet? Die zärtlichen Berührungen seiner Hände? Das warme, wissende Lächeln?

»Weißt du noch, wie deine ersten Brote waren?«, fragte er nun. »Und wie lange es gedauert hat, bis sie dir gelungen sind?«

»Verlieben ist schwieriger!«

»Nein, verlieben ist ganz leicht. Wenn zwei Menschen zueinander passen, braucht es nur zwei Zutaten: Zeit und Nähe. Wie bei einem Teig.«

Sie musste es ihm jetzt gestehen. »Ich kann mich aber nicht wieder in Florian verlieben, denn ich habe mich in jemand anderen verliebt.«

»Davon wusste ich ja gar nichts. Wer ist denn der Glückliche?«

»Du, Giacomo. Ich habe mich in dich verliebt.«

Die Zeit setzte ein paar lange Sekunden aus.

Sofie nahm seine grobe Hand in ihre langgliedrige. »Du musst das doch gespürt haben, du bist doch sonst so feinfühlig.«

Sie suchte in seinem Gesicht nach einer Antwort.

Aber dort regte sich nichts, Giacomo sah sie nur starr an. Nach einer gefühlten Ewigkeit erschienen plötzlich Falten, und sein Gesicht zog sich zusammen wie eine Faust.

»Du hast dich in *mich* verliebt?« Er riss seine Hand los und rief die Frage fast.

»Ja, das habe ich. Ist das denn so schlimm?«

»*Nicht in das alles hier?*« Er trat zum alten Drachen. »In diesen Ofen?« Hektisch deutete er auf die in der Ecke stehenden Säcke. »In gutes Mehl?« Dann ging er schnell zu dem Metallgestell mit den gefüllten Blechen. »In köstliche Brote?«

»Was redest du? Natürlich habe ich mich in *dich* verliebt.«

Giacomo stieß einen Laut aus wie ein verwundetes Tier. Dann schlug er auf den alten Drachen ein.

»Und ich Idiot dachte, du hast dich ins Backen verliebt! Ich dachte, wir würden zusammen die Bäckerei retten.«

»Das können wir doch auch!«

»Nein.« Er schüttelte den Kopf so stark, dass sein Nacken knackte. »Nein, das können wir nicht. Wenn du mich liebst und nicht das Backen, dann ist alles verloren. Dann ist es aus mit dieser Bäckerei. Die Zeit reicht nicht mehr, jemand anderen zu finden.«

Er rief zum Verkaufsraum: »Es ist aus, Elsa! Ein für alle Mal aus!«

»Was redest du für einen Unsinn?«, kam es zurück. »Du verschreckst uns die Kunden!«

Giacomo ging zur Knetmaschine und riss ihren Stecker aus der Wand. Dann ging er zum Restbrotzerkleinerer und trennte auch ihn hektisch vom Strom.

»Ich verstehe nichts mehr!« Sofie war den Tränen

nahe. »Wieso bist du denn jetzt so? Das bist du doch gar nicht!« Sie packte seinen Arm, um ihn zu sich zu ziehen, aber er zog sie einfach mit sich zur Wand, wo er die Bilder von Modugno, Rino und seiner Nonna von den Haken riss. »Schluss! Aus! Vorbei!« Er sah Sofie an, Schmerz in seinen Augen. »Lass mich gehen!«

»Wo willst du denn hin? Was soll das alles hier? Das kann doch nicht wahr sein.« Sofie liefen jetzt so viele Tränen aus den Augen, dass die Welt sich grotesk verzerrte.

Giacomo verließ die Backstube, knallte die Tür hinter sich zu.

Und ließ eine auf dem Boden zusammensackende Sofie zurück, die sich so elend fühlte wie noch nie in ihrem ganzen Leben.

***

Sie wusste später nicht mehr, welche Wege sie gegangen war und wie viele Stunden es gedauert hatte. Aber als Sofie in ihre Wohnung zurückkehrte, war sie wund geweint und hatte sämtliche ihrer Tränen vergossen. Die Leere im Flur traf sie wie ein Schlag. War es die unverbrauchte Luft? Die Stille, die Stunden Zeit gehabt hatte, sich in jedem Winkel der Wohnung auszubreiten? Oder der Hall des Schlüsselbunds, als sie ihn auf die Kommode legte?

Jetzt waren auch Florians Tanzmagazine verschwunden, das Notebook mit Ladekabel, die Zeichnungen zur neuen Choreografie aus dem Arbeitszimmer, die Bananen und das Toastbrot aus dem

Kühlschrank. Und es war nicht nur, dass all diese Dinge weg waren.

Sie fehlten.

Er fehlte.

Und sie war schuld.

Sofie kam sich vor wie ein Kind, das mit dem Feuer gespielt hat und dann verwundert ist, dass es sich verbrennt. Es fühlte sich überhaupt nicht richtig an, dass Florian fort war. Liebe war nicht logisch. Das war ihr Problem und ihre Magie.

Im Wohnzimmer stand noch der Stapel von gerahmten Zeichnungen, die er von ihr angefertigt hatte.

Sofie zog das Bettlaken von ihnen weg und stellte sie eine nach der anderen an den Wänden rund um sich auf und setzte sich im Schneidersitz in die Mitte des Raums.

Sie erkannte sich in seinen Strichen und Radierungen wieder. Und sie erkannte auch seine Liebe darin.

Sofie erkannte noch mehr in seinen Zeichnungen, als wären ihre Augen durch all die Tränen rein gewaschen und sie könnte jetzt endlich wieder die Realität erkennen. Florians Liebe war über die Jahre immer weitergewachsen. Obwohl sie ihren Höhepunkt als Tänzerin schon vor fünf Jahren gehabt hatte und seitdem nicht mehr alles so leicht gewesen war, nicht mehr alles in Perfektion gelang.

Wie hatte sie nicht sehen können, dass er ihren Weg in ein neues Leben schon längst mit ihr begonnen hatte?

Die Antwort blickte sie aus den Augen unzähliger Sofies um sie herum an.

Sie hatte die ganze Zeit nur auf sich geschaut.

Und dann war da diese fremdartig-schillernde Seifenblase namens Giacomo aufgetaucht, in deren Farbenspiel sie sich gespiegelt hatte. Aber dann war sie geplatzt, ohrenbetäubend laut, hatte sie dabei tief verletzt. Und zurück blieb gar nichts. Kein Schillern. Nur Taubheit.

Sofie stand auf, ging zum Telefon und wählte Florians Nummer, wobei sie sich dreimal vertippte und wieder neu ansetzen musste. Sie bekam ein Freizeichen, aber er hob nicht ab. Also rief sie im Konzerthaus an und erfuhr, dass Florian gerade in einer Einzelprobe mit Irina steckte und auf keinen Fall gestört werden durfte.

Aber Sofie hielt es nicht aus, allein in der Wohnung zu sein, fuhr mit der nächsten Bahn in die Stadt und schlich sich in die hinterste Reihe des Konzerthauses, wo es einen Sitz unter der Empore gab, der von der Bühne aus nahezu uneinsehbar war. Florian liebte es, im großen Saal seine Choreografien zu erarbeiten, weil sich die Bretter anders anfühlten als das Parkett der Probenräume.

Sofie war nicht die einzige Person im Zuschauerraum. Marie saß genau neben dem Platz in der ersten Reihe, über dessen Lehne Florians Lederjacke lag.

Auf der Bühne stand noch das modern gestaltete Dorf, das als Bühnenbild bei *Giselle* diente – die Häuserfassade, das Gasthaus, im Hintergrund auch eine Bäckerei. Irinas sanftes Solo wirkte in dieser Umgebung gleichermaßen faszinierend wie fehl am Platz. Als hätte sich ein exotischer Vogel verirrt.

Florian stand mit ihr auf der Bühne und damit

eigentlich nur wenige Meter von Sofie entfernt. Aber es fühlte sich an, als wäre er in einem anderen, fremden Universum. Und als wäre eine Wand zwischen ihnen, die sie nicht durchbrechen konnte.

Sofie verließ den Saal.

Aber nach einer schlaflosen Nacht kam sie am nächsten Nachmittag wieder und beobachtete Florian, seine Hände, seine Stimme, wie er seine Liebe zum Ballett in eine Form verwandelte.

Wieder saß auch Marie im Saal, und als Florian sich kurz auf seinem Platz niederließ, um etwas in sein Notizbuch zu schreiben, streichelte sie ihm zärtlich den Nacken.

Sofie kehrte zurück in die Wohnung, wo sich die Leere immer mehr ausbreitete, als wäre sie eine träge fließende Masse, die das Gehen erschwerte.

Als Sofie am dritten Tag auf dem gepolsterten Sitz im toten Winkel des abgedunkelten Zuschauerraums Platz nahm, fiel ihr auf, dass Marie das Geschehen auf der Bühne diesmal kaum beobachtete, stattdessen blickte sie unentwegt auf ihr Handy und tippte darauf herum.

Sofie war dagegen wieder gebannt von Florians Arbeit mit Irina, sogar noch mehr als am Tag zuvor. Und sie spürte, dass sie an einer Sollbruchstelle ihres Lebens angekommen war. Entweder sie sprach Florian jetzt an und versuchte, das endgültige Zerbrechen doch noch zu verhindern (falls es dafür nicht längst zu spät war), oder sie tat nichts, dann härtete das Schweigen, härtete die Distanz zwischen ihnen aus, und der Schaden war nicht mehr zu beheben.

Florian ließ Irina auf der Bühne innehalten. Seine

Hände zogen den Körper der Primaballerina straff nach oben, über die Arme bis zu den Fingerspitzen.

Als er mit der Position zufrieden war, rieb er seine Hände aneinander.

So, wie Sofie es tat, um überschüssiges Mehl loszuwerden.

Sie hatte seine Hände immer gemocht, sie besaßen das richtige Maß, waren stark, aber nicht plump. Er konnte ihre Berührungen ganz zärtlich sein lassen, wie den Flügelschlag eines Schmetterlings, wenn er sich auf der Haut niederließ, oder kraftvoll, als packte einen die Pranke eines Grizzlys.

Sofies Blick folgte Florians Händen, und ihr Atem wurde immer tiefer, als sie beobachtete, wie Irinas Körper sich von ihnen bereitwillig formen ließ.

Die feinen Härchen an Sofies Unterarmen richteten sich auf.

Sie erhob sich, um zur Bühne zu gehen.

In diesem Moment schenkte Marie dem Geschehen auf der Bühne frenetischen Szenenapplaus samt begeisterten Pfiffen.

Sofie verließ der Mut und sie selbst leise den Saal.

***

Wie lange kann man weitertanzen, wenn die Musik zu Ende ist?

Das hatte sich genau ein Mensch im Konzerthaus der Stadt vor einigen Wochen gefragt.

Sofie saß auch heute wieder im Publikum, bei der Premiere von Florians neuem Stück. Aber nicht auf dem besten Platz, sondern ganz hinten, oben, auf den billigen Rängen, wo sie niemand erwarten und hoffentlich auch nicht auf Anhieb erkennen würde. Ein paar Menschen hatten sie allerdings identifiziert und achteten nun auf jede ihrer Bewegungen. Natürlich nur aus den Augenwinkeln. Ganz unauffällig. Manch einer von ihnen befürchtete wohl, dass sie wieder aufstehen und den Saal verlassen würde, und manch anderer wartete genau darauf, das Handy im Anschlag, um den neuerlichen Skandal zu dokumentieren.

Sofie wusste so gut wie nichts über Florians neue Choreografie. Ihre Besuche bei den Proben hatten nur bruchstückhafte Momentaufnahmen ergeben, und als Florian vor ihrem Zerwürfnis mit ihr über seine Pläne hatte reden wollen, hatte sie die Ohren verschlossen.

Die Choreografie trug den Titel *Wirken!* – auf dem Plakat war Irina in der Form des vitruvianischen Menschen von Leonardo da Vinci abgebildet. Weil ein Buch über das berühmte Werk auf dem Wohnzimmertisch gelegen hatte, kannte Sofie die Ausgangsüberlegung, dass der aufrecht stehende Mensch sich sowohl in die Geometrie eines Quadrats als auch in die eines Kreises einfügen konnte, also in zwei völlig unterschiedliche Formen, dabei aber derselbe Mensch blieb. Irina sah den Betrachter mit intensivem Blick vom Foto aus an, so, als schaute sie jedem einzelnen direkt in die Seele.

Als das Licht langsam ausging, der schwere rote Vorhang sich öffnete und zu den Seiten gezogen wurde, spürte Sofie, dass ihre Füße aufstehen und aus dem Saal gehen wollten. Sie presste die Sohlen auf den dicken schallschluckenden Teppich und atmete tief durch. Ein Spot erleuchtete die Mitte der Bühne, wo ein riesiges goldenes Ei geradezu irisierend angestrahlt wurde.

Zum elektronisch-atmosphärischen *Born Slippy* von *Underworld* pulsierte es und zerbrach mit einem Mal in tausend Scherben, was dank Stroboskopblitzen wie in Zeitlupe zu passieren schien. Die wie verknotet in den Überresten des Eis hockende Irina breitete sich aus, krümmte sich dann zum ersten Schrei. Die Musik ging nahtlos über in Robert Schumanns *Kinderszenen Op. 15*. Später folgte das rockige *Teenage Kicks* von den *Undertones*, und Irina wütete gegen ihre Umgebung. Nun traten weitere Tänzer des Ensembles auf, Irina war hin- und hergerissen zwischen Männern und Frauen, immer intensiver und erotisch aufgeladener wurden die Begegnungen.

Im weiteren Verlauf der Geschichte wurde Irina professionelle Tänzerin, wobei Florians Choreografie meisterhaft Teile berühmter Ballette verschmolz, eine Art Medley oder besser: ein Remix in Ton und Bild.

Dann verletzte Irina sich (nicht sie selbst, sondern in der Rolle), aber dadurch, dass eine Ballerina eine Ballerina spielte, hatte der Zusammenbruch einen schockierenden Effekt auf das Publikum. Es dauerte lange, bis Irina sich wieder aufraffte.

Plötzlich sah Sofie Bewegungen, die es wohl nie zuvor im Ballett gegeben hatte, die zudem kaum jemand im Publikum zuordnen könnte. Sofie rutschte ganz nach vorne auf die Kante ihres Sitzes.

Irina knetete und formte Teig, sie befüllte einen unsichtbaren Ofen.

Das war Sofies Leben.

Es war Florians Art, ihr zu sagen, wie sehr er sie liebte.

Mit einem Mal verstand Sofie den Titel der Choreografie. *Wirken!* nannte man schließlich das Formen des Teigs. Und die Frau auf der Bühne, sie formte sich gerade selbst.

Dieses Stück war das schönste Geschenk, das ihr je gemacht worden war.

Umso schmerzlicher war es, dass nicht sie zum Premierenapplaus auf die Bühne kam, um Florian zu gratulieren, sondern Marie mitsamt einem Strauß roten Rosen, dessen Übergabe sie mit einem langen Kuss begleitete.

***

Als Sofie am nächsten Tag zum Konzerthaus zurückkehrte, trug sie eine gefüllte Einkaufstüte. Sie wusste, dass Florian nach Premieren immer eine Nachprobe ansetzte, um seinen Choreografien den allerletzten Schliff zu verpassen. Sie hatte damit gerechnet, Marie zu sehen und abwarten zu müssen, wann Florian einen Moment allein war, um mit ihm zu reden, aber sie saß nicht im Publikum.

Es dauerte zwei Stunden, bis die Probe zu Ende war und Irina mit den anderen Tänzerinnen und Tänzern Richtung Duschraum verschwand.

Sofie stand auf. »Hey.«

Er drehte sich um, blickte suchend in den nur spärlich beleuchteten Zuschauerraum. Aber wusste natürlich schon, wen er sehen würde. Er brauchte nicht mal ein Wort, um Sofies Stimme zu erkennen, ein Atmen reichte ihm.

»Hi, Sofie.«

»Hi.«

Er schwieg.

»Ich dachte, Marie wäre bei dir.«

Florian runzelte die Stirn. »Was...? Wie kommst du darauf?«

»Ich habe mich letzte Woche zu ein paar Proben hereingeschlichen und sie neben dir sitzen sehen.« Sie räusperte sich. »Ihr zwei habt sehr nah miteinander gewirkt.«

»Sofie...«

»Ist schon gut. Ich kann dich verstehen. Es tut weh, aber ich kann dich verstehen.«

Florian trat an den Bühnenrand, wo er nicht so geblendet wurde. »Sofie, wir sollten so ein Gespräch echt nicht zwischen Tür und Angel führen.«

»Das hier ist doch unser Zuhause, oder? Zumindest gewesen. Sag, was es zu sagen gibt. Es nützt nichts, irgendetwas zurückzuhalten, nur um mich zu schonen. Ich hab ja schon gesehen, was los ist.«

Florian stemmte die Hände in die Hüften. »Nichts hast du gesehen. Oder das Falsche. Also... ich weiß nicht, warum ich dir das erzähle. Es ändert sowieso nichts.«

»Wie meinst du das?«

»Es ist schon wieder aus zwischen Marie und mir, es war alles Theater.«

»Wie meinst du das?«

»Ihre Liebe zu dem hier, zum Ballett.« Er breitete die Arme aus. »Zu meinem Leben. Alles nur gespielt, um mich zu beeindrucken. Sie hat es mir gestanden, nachdem wir gestern ...«

Sofie senkte den Blick und versuchte, den plötzlichen Stich in ihrem Herz wegzuatmen.

»Marie ist ein wirklich wundervoller Mensch«, fuhr Florian fort. »Aber sie hat ihren Weg verloren.«

»Das kenne ich.«

»Sie ist für mich zu einer Frau geworden, die sie gar nicht sein wollte.«

»Manchmal ist es unglaublich schwer zu wissen, wer man überhaupt sein will. Da macht man viele Fehler.« Sofie trat aus der Reihe und ging näher zu Florian.

»Das stimmt. Ich habe es in letzter Zeit ja auch nicht gewusst. Es war überhaupt nicht gut, dass ich versucht habe, dich zurückzugewinnen, indem ich zu jemand anderem geworden bin. Da war ich genauso verblendet wie Marie.«

Sofie nahm die seitlichen Stufen hoch zur Bühne. »Wollen wir uns auf den Rand setzen und die Beine baumeln lassen?«

»Sofie, ich weiß nicht, was das hier werden soll. Hast du nicht verstanden, was ich gerade gesagt habe? Ich kann für dich niemand sein, der das Tanzen nicht liebt und nicht ständig darüber reden will. Aber genau so einen Menschen brauchst du. Wir haben in letzter Zeit die falschen Leben geführt, aber das ist jetzt vorbei.«

»Ich hab mein richtiges gefunden.«

»Das ist schön für dich. Ich freu mich, wirklich. Es war nicht leicht, dich viele Wochen so unglücklich zu sehen.«

»Es war auch nicht leicht, dich so unglücklich zu sehen. Ich hab mich unter Druck gesetzt gefühlt, dass unsere Beziehung endlich wieder funktioniert.«

»Das tut mir leid. Aber jetzt ist es so passiert.« Er rieb sich die Augen. »Ich verstehe, dass du reden willst, aber mir fehlt heute die Kraft. Gestern haben wir noch lange gefeiert.«

»Wir müssen nicht reden.«

Florian zog die Augenbrauen zusammen. »Ich verstehe nicht.«

Sie reichte ihm die vollgepackte Tüte.

Florian nahm sie widerwillig an und blickte hinein. Darin fanden sich Mehl, Butter, Hefe, Salz und eine Flasche Rotwein. Er gab sie ihr zurück.

»Zu spät, Sofie.«

»Ich war gestern Abend im Konzerthaus. Ich habe das Stück gesehen, das du für mich gemacht hast!«

Florian schnaubte. »Das ist Vergangenheit, Sofie. Ich konnte ja nicht einfach alles umwerfen, nur weil wir kein Paar mehr sind.«

»Ein einziges Brot«, bat sie. »Für unsere ganzen Jahre.«

»Warum? Wir wissen beide, dass es vorbei ist. Du schon länger als ich.«

»Lass uns zusammen ein Brot backen! Danach können wir einen Schnitt machen. Gemeinsam.«

»Es wird nichts ändern. Es wird nur unangenehm sein, eine Quälerei für uns beide.«

»Danach wird es leichter, loszulassen. Bitte.«

Giacomo hatte ihr geraten, zusammen zu backen, weil er noch Hoffnung für sie beide gehabt hatte. Vielleicht klappte es ja tatsächlich. Und wenn nicht, wäre es ein passendes Ende für diese Beziehung, die so heiß begonnen hatte und dann so ausgekühlt war. Besser, als wenn Florian einfach aus ihrem Leben verschwand. Sie würden sich an dieses Brot erinnern, so oder so.

Er nickte schließlich zögerlich.

Das Konzerthaus besaß eine kleine Küche, einen fensterlosen, steril-weißen Raum – Neonlicht, gebürsteter Edelstahl, fast wie ein Labor –, in dem Caterer bei Festivitäten einen Herd, einen Ofen, einen Kühlschrank und die üblichen Küchengerätschaften vorfanden. Manchmal wärmte sich auch jemand aus dem Theaterensemble oder der Tanzkompanie etwas in der Mikrowelle auf. Weder Sofie noch Florian wusste, dass hier nie zuvor Brot gebacken worden war.

Das Schicksal ermöglichte ihnen noch eine kleine gemeinsame Premiere.

Florian packte schnell alles aus, jede Bewegung sagte, dass er es hinter sich bringen wollte. Er öffnete die Mehlpackung, bestreute dann aber nicht direkt den Tisch damit, sondern suchte nach einem Spültuch, um die Platte vorher kurz abzuwischen. Sofie hatte sich in der Zwischenzeit schon eines gegriffen, reinigte alles fix und bestäubte routiniert die Arbeitsfläche.

»Ich weiß auch, wie das geht«, sagte Florian und warf sein Spültuch wieder in die Spüle. »Ist ja nicht mein erstes Mal. Wenn du mir alle Arbeit abnehmen willst, stelle ich mich einfach in die Ecke und schaue zu.«

Sofie widerstand dem Drang, den Tisch wieder abzuwischen und Florian die Mehlpackung in die Hand zu drücken.

»Die Macht der Gewohnheit«, sagte sie stattdessen. »Tut mir leid. Magst du abwiegen?«

»Von mir aus.«

Sie nannte ihm die Mengen aus dem Kopf. Ein einfacher Teig, der nur kurz ruhen und gehen musste, was – wie Sofie erst in diesem Moment bewusst wurde – eigentlich ein Gegensatz war.

»Und wer vermengt den Teig?«, fragte Florian.

»Wir beide«, antwortete Sofie. »Soll ja *unser* letztes Brot werden.«

»Ich fang mal an, wir haben keine Zeit zu verlieren.« Nachdem er alles grob miteinander vermischt hatte, schob er die Plastikschüssel zu Sofie, die begann, daraus einen geschmeidigen Teig zu kneten.

Ihr fiel auf, dass er sie dabei beobachtete. In den Bewegungen ihrer Hände und ihres Körpers erkannte er sicher einige Positionen aus Choreografien wieder, die er einst für sie erdacht hatte.

»Jetzt müssen wir etwas warten«, sagte Sofie und spannte Folie über die Schüssel.

»Du hast getanzt«, sagte Florian. »Beim Kneten.«

»Mache ich immer. Giacomo singt, ich tanze. Wir sind eine musikalische Bäckerei.«

»Das hast du mir nie erzählt.«

»Wir haben ja nicht miteinander gesprochen.«

»Das lag nicht an ...«

»Ist egal, an wem es lag. Wir haben einfach nicht miteinander gesprochen. Und wenn wir uns zufällig in der Wohnung über den Weg gelaufen sind, haben wir uns nicht wirklich gesehen. Schaust du einen

Teig nicht an, bemerkst du nicht, wie er sich verändert.«

Auf Florians Gesicht erschien ein schwaches Lächeln. Das hatte sie schon lange nicht mehr bei ihm gesehen. Vielleicht hatte er bei den Proben gelächelt, und ganz sicher bei Marie. Aber ihr hatte er kein Lächeln geschenkt. Sie hätte es auch gar nicht angenommen.

»Du klingst schon wie eine richtige Bäckerin.«

»Das bin ich ja auch.«

»Ja, das bist du. Erzähl mir etwas darüber, wie du beim Backen tanzt.«

Sofie erzählte es ihm, und als der Teig fertig war, hatte sie noch lange nicht alles berichtet. Aber der Teig wartete, und einen guten Teig ließ man nicht warten.

»Jeder zwei Brote«, sagte Sofie.

Und dann stellte sie sich dumm an.

Es fiel ihr schwer, denn der Teig sagte ihr laut und deutlich, wie er gewirkt und geformt werden wollte. Sie tat ihm Gewalt an, weil sie sehen wollte, ob es Florian auffiel. Und ob er etwas sagen würde. Sie spürte seine Blicke, und sie sah, wie er das Gesicht verzog.

»Ist was?«, fragte Sofie.

»Also ... ich hab ja keine Ahnung. Aber in den Videos, die ich gesehen habe, sah das anders aus.«

»Ja, wie denn?«

Er sah sie verdutzt an, dann erschien plötzlich ein Lächeln auf Florians Gesicht, das Sofie nicht deuten konnte.

»Warte, ich zeige es dir!«

Doch dann zögerte er.

Sofies Stimme zitterte leicht, als sie zu ihm trat. »Es wäre sehr schön, wenn du es mir zeigen könntest.«

Florian atmete tief durch. »Ja, das wäre es wirklich.«

Er stellte sich hinter sie und legte seine Hände auf ihre. »Ist das okay, wenn ich so nah ...«

»Klar, sonst geht es ja nicht.«

Er rückte noch etwas näher. »Es geht um den richtigen Rhythmus.«

»Ja«, sagte Sofie. Das heißt, sie hauchte es mehr, als ihr lieb war. Ihr Körper war weiter als ihr Herz.

Sie spürte sofort, dass sein Rhythmus richtig war und ihrem eigenen glich. Bei Giacomo war es anders gewesen, denn er knetete kraftvoller, aber mit weniger Schwung. Es fühlte sich so unglaublich richtig an, mit Florian diesen Teig zu bearbeiten. Je geschmeidiger er wurde, desto geschmeidiger wurden ihre Herzen.

»Jetzt mein Teig«, sagte Florian. »Kannst du prüfen, ob ich alles richtig mache?«

Schon beim ersten Wirken verdrehte Florian die Hände, sein Daumengelenk knackste. Er stellte sich maximal dumm an.

Sofie lachte. »Warte, bevor du dich noch verletzt!« Sie stellte sich ganz nah hinter ihn. »Du musst ein wenig tanzen. Bekommst du das hin?« Sie legte ihre mehligen Hände auf seine Hüften und schwang ihn ganz leicht von links nach rechts.

Ab diesem Moment stellten sie sich abwechselnd furchtbar dumm an. Sie ließen die Mehlpackung auf den Boden fallen, stellten den Ofen zuerst viel zu niedrig und dann viel zu heiß ein, sie verschütteten Wasser und formten Brote, die eher wie archäologische Funde aussahen. Dabei lachten sie viel und halfen einander.

Wer zusammen backen kann, dachte Sofie, der kann auch zusammen leben.

Als die Brote, falls man die Teigskulpturen so nennen konnte, im Ofen waren und sie wieder warten mussten, nahm Sofie die Hand ihres Mannes und führte ihn zurück auf die Bühne.

»Zeig mir deine neue Choreografie.« Sie stellte sich in die Mitte. »Na los. Anfangsposition.«

Florian sah sie lange an, dann kniete er sich vor sie und stellte ihre Füße parallel zueinander. »Du kniest.«

»Forme mich. Ich weiß, dass du das kannst.«

Dann waren seine Hände dort, wo Sofie sie sich beim Backen immer sehnlicher gewünscht hatte. Überall auf ihrem Körper. Und irgendwann waren es dann nicht mehr Florians Hände, die sie berührten, sondern seine Lippen.

Jetzt war er es, der ihre Hand zog, zum Haus von Giselle. Sofie aber zog in eine andere Richtung, zu dem Haus im Hintergrund, über dessen Tür ein Schild mit einer Brezel hing. »Heute liebst du eine Bäckerin«, sagte sie. »Das erste Mal in deinem Leben. Hoffe ich zumindest.« Sie musste lachen.

Zu Florians Überraschung war es tatsächlich, als liebte er eine andere Frau, die sich anders anfühlte und bewegte. Und trotzdem war es seine Sofie. Die Stützen der Pappfassade waren ständig im Weg, die Bühne war komplett unbeheizt und viel zu kalt, die magere, dreibeinige Konzerthaus-Katze, deren Ohren durch allerlei Kämpfe ausgefranst waren, sah ihnen von einer Lichttraverse aus interessiert zu, aber nichts davon störte wirklich.

Als sie zurück in die Küche kamen, drang ihnen schwarzer Rauch entgegen.

Schnell öffnete Sofie die Backofentür und holte mithilfe der Topflappen die vier Brote heraus, die sich in Briketts verwandelt hatten.

Über ihnen ging der Rauchmelder an.

Dann die Sprinkleranlage.

»Wie praktisch«, sagte Sofie breit grinsend, während Wasser von ihren Augenbrauen tropfte. »Jetzt müssen wir zum Probieren nicht mehr warten, bis die Brote abgekühlt sind.« Sie nahm das größte und brach es in zwei Stücke. Innen war es hell und fluffig. Sie pulte ein Stück heraus und schob es Florian schnell in den Mund, damit es nicht nass wurde. Und sich ebenfalls.

Wie verkohlt es von außen auch ausgesehen hatte, innen war es unbeschadet und wundervoll. Sofie konnte all die Liebe darin schmecken.

Als die Feuerwehr eintraf, liebten sie sich schon wieder.

***

Am Nachmittag ging Sofie mit pochendem Herzen und einem verkohlten Brot zu Giacomo. Ein großes Schild im Fenster verkündete in roten Lettern, dass die Bäckerei ihren Betrieb eingestellt hatte. Sofie nahm den Kiesweg, dessen Pflanzen in den letzten trockenen Tagen anscheinend niemand gegossen hatte, denn die kalabrischen Auswanderer wirkten ausgemergelt und schwächlich, ließen die Köpfe hängen. Dann nahm sie die Treppe hoch zu Giacomos Wohnungstür und klopfte dreimal, denn einen Klingelknopf gab es nicht.

Aber Giacomo öffnete nicht.

Sie klopfte wieder, aber diesmal im Takt von Modugnos *Nel blu dipinto di blu.*

Plötzlich hörte sie Schritte, und dann öffnete ein Giacomo, dessen Gesicht einen so zerknautschten Ausdruck angenommen hatte, dass er jede durchgesessene Couch eifersüchtig machen würde.

»Ich bin dir eine Erklärung schuldig«, sagte er zur Begrüßung und schaffte es nicht, ihr in die Augen zu blicken. »Eine sehr gute noch dazu.«

»Ja«, antwortete Sofie mit dünner Stimme.

»Und eine Entschuldigung.«

Sofie nickte, da sie angefangen hätte zu weinen, wenn sie jetzt versucht hätte zu sprechen.

»Aber erst muss ich ganz dringend etwas machen.« Er schloss Sofie in die Arme und drückte sie ganz fest. »Es tut mir so schrecklich leid!«

Sofie ließ die Tränen jetzt einfach kommen.

Bei Giacomo war es nicht anders. Seine Stimme brach immer wieder entzwei, weil ein Schluchzen sich seinen Hals emporkämpfte. »Ich hätte mich schon längst bei dir entschuldigen sollen, aber ich hatte zu viel Angst, dass du mir die Tür vor der Nase zuschlägst.«

Sofie löste sich aus der Umarmung. »Es ist alles gut, hörst du!« Sie räusperte sich und reichte ihm das Brot. »Probieren!«

»Aber mir ist gerade gar nicht nach essen.«

»Probieren!«

Obwohl er immer noch weinte, musste Giacomo lächeln, weil er sich plötzlich daran erinnerte, dass er genau an Sofies erstem Tag in der Backstube so mit ihr geredet hatte. Er brach ein Stück ab, was wahrlich nicht leicht war.

»Das haben Florian und ich gebacken.«

Er kaute lange darauf herum. »Es schmeckt scheußlich.«

»Ja, oder?« Sofie lachte. »Absolut miserabel. Aber schmeckst du noch etwas?«

Giacomo nickte. »Ihr habt euch wieder verliebt.«

»Genau, wie du gesagt hast. Und du hattest auch recht mit dem, was du bei unserem Streit vermutet hast.«

»Es tut mir so, so leid!«

Sie legte ihm sanft einen Finger auf die Lippen. »Ich hatte mich nicht in dich verliebt, sondern in all das, was du mir gezeigt hast, was ich durch dich gelernt habe. Wir teilen dieselbe Liebe, das ist aber nicht dasselbe, wie einander zu lieben.«

Giacomo seufzte glücklich. »Ich dachte, alles wäre aus. Wer will schon mit einer unerfüllten Liebe zusammen backen?«

»Aber meine Liebe zum Backen ist ja erfüllt, sehr sogar!«

Giacomo strich ihr sanft über die Wange. »Meine zum Backen auch. Und meine Liebe zu einem anderen Menschen habe ich schon für alle Zeit verschenkt.«

Er wies mit dem Kopf Richtung Bäckerei.

»Elsa?« Sie war mindestens zwanzig Jahre älter als Giacomo, vermutlich noch mehr.

»Nein, Elsa Pape ist nicht meine große Liebe. Komm rein, ich zeig dir etwas.«

Sofie kam es vor, als beträte sie ein Museum, dem in den letzten Jahren nur wenige neue Exponate zugeführt worden waren.

»Hier hat früher die Familie Pape gelebt«, sagte Giacomo und ging ins Wohnzimmer voraus, wo er neben der Anrichte stehen blieb. Das Foto mit dem Trauerflor stand darauf.

»Ihn habe ich in mein Herz gelassen.« Er strich einen Fussel vom Glas.

»Und das ist…?«

»Benedikt Pape, Elsas Sohn.«

Giacomo hatte das Foto aufgenommen, als sie den Jahrmarkt in der Stadt besuchten und Benedikt eine Riesen-Zuckerwatte aß. Da stand er dann mit verklebten Fingern und verklebtem Mund. An den Geschmack der Zuckerwatte in seiner Jugend hatte Benedikt sich erinnern können, an diese Nebenwirkungen aber nicht. Deshalb musste er auch so lachen. Von seiner immerwährenden Traurigkeit war auf dem Bild nichts zu erkennen.

»Oh«, sagte Sofie. Und dann noch einmal: »Oh.«

»Wegen ihm habe ich überhaupt erst angefangen zu backen.« Giacomo rückte den Rahmen ein wenig nach vorn. »Benedikt war so ein großartiger Bäcker. Du hättest seine Brote geliebt!«

Sofie beugte sich zu dem Foto hinunter. Ihre Stimme wurde leise. »Und wann…?«

»Vor zwölf Jahren. Benedikt hat sich…« Giacomo

schluckte schwer. Und gleich noch mal. »Er hat sich das Leben genommen. Im Dorfteich. Er war immer schon schwermütig gewesen und hat es nicht ausgehalten, dass er ... also, dass wir ... Das gehörte sich einfach nicht.« Er strich sich über die unordentlich liegenden Haare.

»Was ist damals denn passiert?«

»Alle haben sich von ihm abgewendet! Er war eine Enttäuschung für seinen Vater, der sich wegen ihm totgesoffen hat. Und für Elsa sowieso. Ab dem Moment, als er ihr das mit mir offenbarte, war sie eine andere Frau. Er hat gehofft, dass es mit der Zeit besser wird, leichter, normaler. Dass Elsa sich wieder wie eine Mutter benimmt.«

Es kam alles wieder hoch für Giacomo. Benedikt hatte seine Mutter sehr geliebt und auf ihre bedingungslose Liebe vertraut. Es war Elsas Liebe, die ihn sicher an der Hand gehalten hatte, wenn er sich den gefährlichen Klippen der Kindheit und den Abgründen der Jugend genähert hatte. Es war Elsa, die andere Kinder an den Ohren zog, wenn sie ihrem Jungen an der alten Litfaßsäule (mit den von der Sonne ausgebleichten Plakaten) auflauerten, es war Elsa, die ihn in die Arme schloss, wenn Benedikt nicht verstand, warum er im Versandhauskatalog nicht wie die anderen Jungs als Erstes zu den Fotos mit den Dessous-Moden blätterte. Er hatte immer gedacht, sie wüsste es, weil eine Mutter so etwas eben wusste. Aber Benedikt hatte erkennen müssen, dass sie es zwar wusste, aber niemals hatte wissen wollen.

Giacomo erzählte Sofie all dies nicht, denn jeder

Satz über Benedikt, den er laut aussprach, schien etwas von dem Schorf abzuknibbeln, der sich über der großen Wunde gebildet hatte. Und er brauchte diesen Schutz so sehr. »Aber nichts wurde besser«, fuhr er stattdessen fort. »Deshalb hat sich Benedikt immer mehr von der Welt abgekapselt. Das hat ein wenig geholfen, es aber andererseits nur schlimmer gemacht. Eines Tages wurde dann alles zu viel für ihn, und ich allein konnte ihn nicht halten.«

Giacomo erzählte auch nichts von den beleidigenden Schmierereien am Haus, von den Menschen, die sich im Supermarkt von ihnen abwandten, den Stammkunden, die einfach nicht mehr kamen, oder schlimmer noch: den Kunden, die zwar weiterhin kamen, aber jedes Mal Kübel voller Widerwärtigkeiten vor Elsa ausschütteten, nachdem die Gerüchte auftauchten, der Mann aus Kalabrien sei mehr als nur ein Mitarbeiter.

Benedikt und er hatten sich nie in der Öffentlichkeit geküsst oder die Hand des anderen gehalten, kein einziges Mal waren sie miteinander bei Tageslicht spazieren gegangen, nur in der Nacht, weit genug entfernt von den Laternen. Deshalb hatte Giacomo keine Freundschaften im Dorf geschlossen. Es gab für ihn nur dieses Haus und diese Backstube mit Elsa und Motte.

Er sah zu dem Foto und ließ seine Fingerspitzen zärtlich über den Rahmen gleiten.

»Benedikt, darf ich dir Sofie vorstellen? Du wirst sie sehr ins Herz schließen. Wegen ihr hat unsere kleine Bäckerei eine Zukunft. Sie liebt das Backen so sehr wie du.«

»Hallo, Benedikt«, sagte Sofie und kam sich gar nicht merkwürdig dabei vor.

»Meine besten Brote backe ich für ihn«, sagte Giacomo. »Beim Backen spüre ich meine Liebe für ihn besonders stark, und seine für mich. Es ist nämlich seine Backstube.«

Deshalb hatte Giacomo auch nie etwas an ihr verändert. Benedikt hatte nach dem Tod seines Vaters alles hinausgeworfen, die Wände gestrichen, den Boden neu gefliest, endlich Fenster eingebaut, den alten Drachen installiert. Jahre später, als Giacomo viel mehr für Benedikt wurde als ein herzliches Arbeitsverhältnis und er zu ihm in die darüberliegende Wohnung zog, hatte Benedikt den Kiesweg angelegt, mit Steinen, die er extra aus Kalabrien kommen ließ. Auch die ersten Pflanzen aus Giacomos Heimat hatte er eingesetzt. »Meine Heimat ist jetzt auch deine«, hatte er zu Giacomo gesagt, als er ihm sein Werk eines Morgens präsentierte, »und deine ist auch meine.« Deshalb hatten sie jeden ihrer Urlaube in Italien verbracht. Benedikt hatte sogar Italienisch gelernt. Ein paar Krümel zumindest. Und Giacomo hatte geliebt, wie falsch er manches aussprach und wie gut es trotzdem klang.

Er holte ein ungerahmtes Bild aus der Schublade, das Benedikt nach bestandener Gesellenprüfung mit Diplom in den Händen zwischen seinen Eltern zeigte, und reichte es Sofie. »Ich hab ihm am Grab versprochen, mich um die Bäckerei und seine Mutter zu kümmern.« Er lächelte schwach. »Du verstehst sicher, wie sehr ich ihn lieben muss, um Elsa zu ertragen.«

Sofie blickte zu Benedikts Foto. »Dein Giacomo hat all seine Versprechen gehalten!« Sie sah zu ihm auf. »Wir öffnen morgen doch wieder, oder?«

Er beugte sich zu ihr, gab ihr einen zärtlichen Kuss auf die Wange und wischte die feuchte Stelle danach mit dem Daumen trocken. »Es heißt immer, seine Familie könnte man sich nicht aussuchen, aber das ist Blödsinn. Du bist wie eine Schwester für mich. Du bist Familie!«

»Und was heißt das für die Backstube?«

»Dass wir sie morgen gemeinsam neu eröffnen!«

***

Temps lié, verbundene Zeit, heißt eine verbindende Bewegung beim Tanz mit einer Gewichtsverlagerung von einem Bein auf das andere. Es kann *à terre*, auf dem Boden, aber auch *en l'air*, in der Luft, ausgeführt werden. Sofie kam es vor, als hätte sie diese Bewegung endlich in ihrem Leben gemeistert und die Zeiten verbunden.

Noch am Abend hatte sie mit Florian dessen Fotos und Zeichnungen wieder aufgehängt. Er hatte allerdings darauf bestanden, dass ein paar neue dazukamen, und sie als Bäckerin gezeichnet. Bei einem flüchtigen Blick über die so entstandene Wohnungsgalerie konnte man nicht unterscheiden, was Sofie auf der Bühne und was sie in der Backstube zeigte. In den nächsten Tagen hatten die beiden dann so viele Brote gebacken, dass sie die ganze Nachbarschaft damit beschenken konnten. Auch Marie hatte Brote bekommen und sie widerwillig angenommen, sogar mehr als alle anderen, weil sie Kontakte zu anderen Kindergärten hatte und sie damit versorgen konnte. In ihrem eigenen Kindergarten war die Läuseplage zwar unter Kontrolle gebracht, aber umgehend von Scharlach und der Hand-Mund-Fuß-Krankheit abgelöst worden. Marie hatte den Eltern augenzwinkernd erklärt, dass sie jetzt alles in einem Abwasch erledigten, damit sie den Rest des Jahres Ruhe hätten.

Sie sollte sich sehr täuschen.

***

Anouk machte die Schließung des Kindergartens nichts aus, sie war nach der Wiedereröffnung schnell ein fester Bestandteil der Bäckerei geworden. Ihre Brötchen mit dem Kreuz waren hervorragend angekommen, vor allem bei Ümit Wader, dem Organisten, und allen Mitgliedern des Dreifaltigkeits-Kirchenchors. Giacomo hatte sie fest ins Sortiment genommen.

Anouks Anwesenheit führte zudem dazu, dass die Kundschaft deutlich weniger Angst hatte, in den Laden zu treten. Was nicht bedeutete, dass Elsa nun zu allen zuckersüß war. Gerade raunzte sie den letzten Kunden des Tages an, der zu fragen gewagt hatte, ob sie das Brot etwas dicker schneiden könnte (»Schneiden Sie Ihr Brot halt selbst! Wir sind hier eine Bäckerei und keine Maßschneiderei!«).

Giacomo genoss vor allem, dass der enge Gang zwischen Backstube und Verkaufsraum jetzt keine militarisierte Zone zweier verfeindeter Stämme mehr war, sondern dank eines kleinen Mädchens, das ständig hin- und herlief, eine Rennstrecke, die jauchzend zurückgelegt wurde. Und er hoffte, in der kleinen Anouk einen Grund für Elsa zum Weiterleben gefunden zu haben. Heute war der siebte Tag seit den Geschehnissen am Teich. Wenn Elsa morgen wieder auftauchte, würde sie ihr Versprechen halten und nie wieder Steine in ihre Kleidung einnähen. Auch da wäre sie dann stur.

Und da Franziska die Anstellung beim Konzerthaus bekommen hatte, würde Anouk ihnen allen noch lange erhalten bleiben.

Als Elsa die Ladentür nach Geschäftsschluss zweifach abschloss und Anouk sich von ihr wünschte, gemeinsam zum Teich zu gehen, zuckte Giacomo kurz zusammen. Nach dem ersten Schreck hielt er es aber für eine gute Idee. Wenn man sich um einen Teig nicht kümmerte, weil er so kompliziert war, wurde er niemals besser. Bei diesem Gedanken musste er schmunzeln, weil Sofie sagen würde, dass er schon wieder so tat, als bestünde die ganze Welt aus Teig. Was durchaus stimmte.

»Jesus muss doch über das Wasser laufen!«, argumentierte Anouk.

»Nein«, antwortete Elsa. »Das machen wir nicht.«

Anouk hüpfte auf der Stelle. »Doch!«

»Dafür müsste ich andere Schuhe tragen. Tut mir leid, Kleines.«

»Ich hab mir heute Morgen extra Sonne gewünscht, damit wir da hinspazieren können!« Anouk rannte in die Backstube, wo sie immer ihren kleinen Rucksack deponierte. Aus diesem zog sie ein paar feuerwehrrote Gummistiefel mit Gänseblümchen hervor.

»Und die hab ich extra eingepackt.« Sie rannte zu Elsa zurück und drückte ihr das Paar in die Hand, als sollte sie deren Qualität bestätigen. »Die sind auch sehr schön!«

»Aber wir gehen trotzdem nicht.«

Anouk zog eine Schnute. »Ich will aber!«

Giacomo trat zu ihnen und beugte sich zu Anouk. »Wenn Elsa Nein sagt, dann musst du das auch akzeptieren. Sie weiß genau, was sie sich noch zumuten kann und was nicht. Elsa ist nämlich ganz schön alt, und es ist eine ordentliche Strecke bis zum Teich.« Er zwinkerte Anouk verschwörerisch zu.

»So ein saudummes Geschwätz habe ich ja schon lange nicht mehr gehört!« Elsa griff nach ihrem Mantel. »Als könnte ich die paar Schritte zum Teich nicht mehr gehen. Was soll das Kind bitte schön denken?« Elsa reichte Anouk die Hand. »Wir gehen jetzt dahin, Kleines. Und meine Schuhe kann ich danach ja wieder sauber machen.« Sie schüttelte den Kopf. »Also wirklich, als wäre ich hundert Jahre alt, ich fasse es nicht!« Sie blickte zornig zu Giacomo. »Aber Motte bleibt hier. Die schafft so eine Strecke nämlich tatsächlich nicht mehr!«

Erst als die beiden den Laden verlassen hatten, erlaubte sich Giacomo ein zufriedenes Lächeln.

Vor der Tür schmiegte sich Anouk seitlich an Elsa. »Bist du jetzt meine Bäckerei-Oma? Oder meine Brot-Oma?« Sie lachte. »Meine Boma!«

»Ich bin deine Elsa.«

»Hast du eigentlich viele Kinder wie mich? Auf die du aufpasst?«

»Nein, es gibt nur dich.«

»Das find ich gut! Mama und Papa haben auch nur mich, und ich hab ja auch nur das Jesuskind. Wenn ein Kind gut geworden ist, dann reicht das auch.«

Elsa schwieg.

»Ist Giacomo dein Kind?«

»Nein, das ist er ganz sicher nicht.«

»Hast du denn eins?«

Elsa räusperte sich, denn ihr Hals war mit einem Mal sehr trocken. »Ja, aber es ist weit weg.«

»Wann kommt es denn wieder?«

»Es kommt nicht wieder.«

»Das ist schade, find ich.«

»Das finde ich auch.«

Anouk blieb stehen, und als Elsa auch stehen blieb, umarmte sie die alte Frau. Oder besser: Sie umarmte ihre Hüfte, denn höher reichte sie nicht.

»Geht's dir jetzt besser?«, fragte sie danach.

»Ja«, sagte Elsa, ihre Stimme dünn und zerbrechlich. »Wollen wir jetzt ein bisschen leise sein, damit wir das Vogelgezwitscher hören können?«

»Oder Autogeräusche?«

»Die auch. Schaffst du das bis zum Teich?«

»Klar, ich kann super schweigen. Mama glaubt mir das nie, aber ich kann das!«

Anouk konnte es zwar nicht ganz so gut, wie sie dachte, aber ein wenig Zeit zum Durchatmen hatte Elsa doch. Irgendwann kam aber der Punkt, an dem sie gerne abgelenkt werden wollte. Also bat sie Anouk, ein Lied zu singen. Aber diese antwortete, die heilige Jungfrau sei auf der ganzen Welt bekannt dafür, wie gut sie pfeifen könne. Deshalb pfiff sie für Elsa selbst ausgedachte Lieder, denen sie Titel gab wie: *Jesus fährt mit der Bahn in die Stadt*, *Als Jesus Läuse hatte* oder *Maria eröffnet einen Zoo*.

Dann erreichten sie den Teich.

»Bist du schon mal hier gewesen?«, fragte Anouk.

»Ja«, antwortete Elsa. »Vor Kurzem erst. Aber davor lange Zeit nicht.«

»Ist doch schön hier!«

»Das ist es wohl.«

»Hier möchte ich gern bleiben.«

Elsa drehte den Kopf weg, damit Anouk die Tränen nicht sah, die ihre Wangen herunterliefen. Es war wirklich schön hier, gerade jetzt im Frühling, wenn die Sonne schien. Ihr Sohn hatte sich den schönsten Ort im Dorf ausgesucht, um es für immer zu verlassen.

Anouk breitete eine kleine Picknickdecke aus, die sie in ihrem Rucksack mitgebracht hatte, und legte eine Packung Kekse und zwei Orangenlimonaden-Päckchen (mit Strohhalm) darauf. »Picknick! Aber Jesus bekommt den ersten Keks, okay?«

Mit einem leisen Ächzer ließ Elsa sich auf der Decke nieder. Es war nicht Jahre, sondern Jahrzehnte her, dass sie so gesessen hatte.

»Es ist gut, dass Jesus gelebt hat, oder?«, fragte Anouk. »Auch wenn er jetzt tot ist.«

»Ja, das ist gut«, sagte Elsa.

»Und irgendwie ist er ja auch gar nicht tot.«

»Nein«, sagte Elsa. »Ist er nicht.« Wieder musste sie ihren Kopf wegdrehen, denn es kamen immer mehr Tränen. Elsa versuchte, sie zurückzuhalten, aber es war vergebliche Mühe, und schließlich ließ sie all die Tränen einfach laufen, drehte sich zu Anouk und schloss sie ganz fest in die Arme.

»Geht es dir nicht gut, Brot-Oma?«

»Doch«, sagte Elsa. »Es geht mir gut. Weil du bei mir bist, kleine Anouk.«

»Maria!«

Elsa musste im Weinen kurz lachen. »Maria, natürlich.«

»Willst du sehen, wie Jesus über das Wasser geht?« Anouk sprang mit ihrer Barbie auf, um deren Hüfte heute eine rosa Socke gewickelt war.

»Aber nur am Rand! In der Mitte wird der Teich ganz tief.«

»Nur am Rand«, antwortete Anouk. »Jesus ist immer nur am Rand über das Wasser gegangen. Der war immer vorsichtig!«

»Dann nur zu, kleine Maria, zeig mir, wie Jesus über das Wasser geht.«

Anouk hob ihre Barbie hoch in die Luft und machte Flugzeuggeräusche. »Jesus im Anflug!«

Elsa nahm sich einen Keks.

Es war ein schöner Tag.

***

Der Teig wartete.

Es war noch lange nicht hell, als die Haustür mit einem leisen Klacken hinter Sofie ins Schloss fiel. Aber eine Ahnung von Morgensonne lag schon in der Dunkelheit. Als wüsste die Nacht, dass sie bald wieder in ihre Höhle zurückweichen müsste. Sofie bemerkte, dass ihr Blick auf das Dorf sich weiter verändert hatte. Sie ging nicht zwischen Häusern, sondern zwischen riesigen Kastenweißbroten, Roggenmischbroten und Brioches hindurch.

An der Eingangstür der Bäckerei hing ein Schild *Heute Fortbildung*. Und über dem Schriftzug *Bäckerei Johannes Pape & Sohn* befand sich graue Baufolie. Aber alle Fenster der Backstube strahlten hell. In der Dunkelheit des Morgens wirkte sie auf Sofie wie eines der beleuchteten Keramikhäuser, die im Winter auf die Fensterbank gestellt wurden.

Sachte öffnete sie die Tür, als könnte sie Giacomo bei etwas stören. Doch der stand am Ofen und jagte gerade etwas Schwall hinein. Der alte Drachen fauchte.

»Guten Morgen, Chef.« Sie hatte sich das »Chef« in den letzten Tagen angewöhnt, es klang so wunderbar nach ganz normaler Arbeit, nach Handwerk, nach Frühstückspause und Stechuhr.

»Guten Morgen, junge Bäckerin«, antwortete Giacomo.

»Was machst du da?«

»Dein neues Brot.«

Sie stellte sich vor den Ofen und blickte hinein.

»Du hast eine neue Geschichte für mich gesungen?«

»Ja.«

»Die möchte ich sehr gerne hören.«

»Erst das Brot probieren. Und selbst eines backen. Du weißt, welches. Ich glaube, heute ist der Tag.« Er sah sie an. »Es ist ganz allein dein Tag. Den schenke ich dir.«

Deshalb hatte er die Bäckerei geschlossen. Die kleine Backstube gehörte heute ihr ganz alleine. Sie umarmte ihn lange. »Danke.«

»Weißt du, welchen Teig?«
»Kein Roggen, kein Dinkel, nur Weizen. Italienischen Weizen. Den besten.«
»Gute Wahl«, sagte Giacomo.
»Was hast du für mein Brot gewählt?«
Er schmunzelte. »Auch italienischen Weizen. Den besten.«
Das Brot ging großartig auf, es streckte und reckte sich voller Elan, seine Rundung ganz harmonisch, seine Bräunung gleichmäßig.
»Es sieht sehr gut aus.«
»Nicht wahr?«
Es war wie damals als Kind, wenn sie darauf warten musste, die unter dem Weihnachtsbaum liegenden, in glänzendem Papier eingepackten Geschenke auszupacken, weil erst gesungen wurde.

Nachdem Giacomo das Brot mit dem Schieber herausgeholt hatte, dauerte es lange, bis es abgekühlt war. Immer wieder streckte Sofie die Hand danach aus, aber Giacomo schob sie jedes Mal sachte fort.

Endlich schnitt er eine Scheibe aus der Mitte und reichte sie ihr. Die Kruste war goldbraun, dünn und knusprig, die Krume feinporig und gleichmäßig, und der Geschmack war...

Sofie lächelte. Sie hätte nicht sagen können, wonach das Brot schmeckte. Aber es gab ihr das Gefühl, zu Hause zu sein. Mehr noch, am richtigen Platz.

»Deine Geschichte muss sehr gut gewesen sein«, sagte Sofie.

»Jetzt du.« Giacomo trat von der Arbeitsplatte zurück. »Deine Bäckerei!«

Sie würde wieder zwei Brote backen. Eines für die

Frau, die sie gewesen war, und eines für die, zu der sie sich entwickelt hatte.

Das erste Brot ging sie genau wie zuvor an. Sofie begann *en dehors*, streckte sich dann in die *Arabesque*, um danach in die *Attitude* zu wechseln, dadurch legte sie mal mehr und mal weniger Gewicht auf den Teig, ihren Tanzpartner.

Das zweite Brot würde diesmal kein herzhaftes Weißbrot sein, sondern eine Brioche.

Diesmal tanzten nur ihre Finger. Sie tanzten mehr als je zuvor, tauchten in den Teig ein, drehten ihn um sich, vollführten sogar Pirouetten, sprangen mit ihm empor und landeten sanft. Vielleicht, dachte Sofie, hatte der Teig ja nicht auf irgendetwas gewartet, sondern genau darauf.

Als sie den Teiglingen ihre endgültige Form geben wollte, trat Giacomo zu ihr.

»Eine letzte Sache kann ich dir vielleicht noch beibringen. Du beherrschst sie schon, aber du könntest sie noch besser beherrschen.«

Sofie salutierte spielerisch. »Ich höre, Chef.«

Er nahm sein Brot für Sofie und drehte es um. »Ich meine die Nahtstelle, an welcher der Teig unordentlich zusammengedrückt wird, den Teigschluss.« Er zeigte ihr den kleinen, aber unvermeidlichen Schönheitsfehler. »Ich finde, er sieht immer aus wie eine schlecht verheilte Wunde. Deshalb verstecken wir ihn so gut wie möglich! Er kommt nach unten, und keinem fällt es auf.« Er drehte das Brot wieder um und räusperte sich stolz. »Von oben sieht es perfekt aus, oder? Von dem Teigschluss muss niemand wissen. Von dem weiß nur das Brot.«

»Du meinst, ich könnte ihn noch mehr verschwinden lassen.«

»Ja, genau. Lass es makellos wirken!«

Sofie nickte und begann, den Teigschluss nachzuarbeiten.

Aber dann hielt sie inne.

»Weißt du, was? Meinen Teigschluss soll jeder sehen! Dafür braucht sich das Brot kein bisschen zu schämen. Meine Brote tragen ihn offen.« Sie drehte es herum.

»Aber das macht man bei Brioche doch nicht. Dann reißt die Kruste im Ofen doch unkontrolliert auf!«

»Das darf sie ruhig.«

»Dadurch sieht jede Brioche anders aus.«

»Ganz genau!«

»Aber...«

»Das ist wie bei Menschen«, unterbrach ihn Sofie und musste laut lachen. »Jetzt klinge ich schon genau wie du!«

Auch Giacomo musste lachen. Dann strich er ihr zärtlich eine Strähne aus dem Gesicht. »Du machst mich gerade sehr, sehr stolz!«

Sofies Wangen wurden rot. »Das hab ich mir immer gewünscht.« Ein Kloß bildete sich in ihrem Hals. »Jetzt muss der Teig aber endlich in den Ofen!«, sagte sie mit brüchiger Stimme und holte den großen Schieber.

Während die Brote im Ofen vor sich hin backten, sah Sofie ihnen die ganze Zeit zu.

Sie war jetzt eine Bäckerin, sagte sich Sofie, und eine glückliche noch dazu. Die glückliche Zeit als Tänzerin lag hinter ihr, ein anderes Leben, eine andere Sofie, die weiter ein Teil von ihr war. Aber sie hatte sich verpuppt, war doch kein Baobab-Baum, den der Wind einfach verschwinden ließ, sondern ein Baumstumpf, den alle für tot gehalten hatten, der aber neu austrieb.

Giacomo verschwand kurz nach draußen, aber war rechtzeitig wieder da, als sie das erste Brot aus dem Ofen zog und einige Zeit danach das zweite.

Sofie wartete nicht, bis sie abgekühlt waren, sie hatte jetzt schließlich die Hände einer Bäckerin. Sie brach von jedem eine Ecke ab und probierte diese noch heiß.

Sie weinte nicht mehr beim ersten.

Und sie lächelte beim zweiten.

Dann sah sie Giacomo an, und ihre Unterlippe bebte leicht. »Ich habe es geschafft.«

»Das wusste ich«, sagte er und nahm ihre Hand. »Komm mit!«

Giacomo ging mit ihr zum Nebenausgang, aber dann nicht den Kiesweg entlang zu seiner Wohnung, sondern nach vorne zur Straße.

»Was wollen wir hier?«, fragte sie. »Warum bist du plötzlich so schweigsam?«

Giacomo legte seine Hände auf Sofies Schultern und drehte sie sanft herum, sodass sie auf die Bäckerei blickte.

Und auf den neuen Schriftzug.

Die Buchstaben waren genauso verschnörkelt wie zuvor, aber die Farbe war ausgebessert worden, und neue Worte waren dazugekommen.

Bäckerei Eichner & Botura

Sofie schlug die Hände vor dem Mund zusammen. »Aber ... *du* müsstest da doch zuerst stehen!«

»Schönheit vor Alter«, sagte Giacomo schmunzelnd.

Sofie fiel ihm um den Hals und unterdrückte die Tränen nicht mehr. »Singst du bitte etwas für mich! Ich brauche ganz dringend ein Lied.«

»Etwas vom großen Domenico Modugno?«

Sie schüttelte heftig den Kopf. »Nein, etwas vom großen Giacomo Botura.«

Dann nahm sie seine Hände, legte eine auf ihre Schulter und umschloss die andere mit ihrer eigenen. »Darf ich bitten?«

Sie tanzte mit ihm, während Giacomo Sofies Geschichte sang, ihre Zeilen. Er sang sie wieder und wieder. Bis ihm von den vielen Drehungen ein wenig schwindlig wurde und er nur noch summen konnte.

Wie lange kann man weitertanzen, wenn die Musik zu Ende ist?

Sofie wusste es jetzt. Man legte ein neues Album auf den Plattenteller, setzte die Nadel in die Rille und drehte sich einfach weiter. Es würde niemals wieder zur alten Musik sein, aber man konnte zu jeder guten Musik tanzen.

Und wenn man ganz viel Glück hatte, fand sich ein wundervoller Tanzpartner.

Danksagungen

Mein Dank geht – nahezu streng alphabetisch – an Milena Drefke (Bäckerei Brotbäckchen), Gerd Henn, meinen Agenten Lars Schultze-Kossack und seine bessere Hälfte Nadja Kossack, meinen Kollegen und guten Freund Ralf Kramp, Andi Rogenhagen, meinen geheimen Bruder Dennis Witton, Kerstin Wolff und vor allem an Vanessa Rehme, die meine Bücher nicht nur als Erste liest, sondern sie auch mit mir lebt. Danke, dass du das & mich erträgst!

Dank geht auch an Andrea Müller und Bettina Traub für ihr feinfühliges Lektorat, an meine großartige Verlegerin Felicitas von Lovenberg und das ganze Team des Piper Verlags.

Dank auch an Blue Rose Code, Luka Bloom, José González und Cassandra Jenkins, die den Soundtrack zu diesem Buch lieferten. Und an Harry & Sally, die dafür sorgten, dass ich beim Schreiben niemals einsam war. Nur meistens voller Katzenhaare.

Ich danke meinen Kindern Frederick und Charlotte, die ich sehr liebe. Sie sind gerade im Teenageralter und werden diesen Roman nicht lesen, weil es *cringe* ist, wenn der eigene Vater ein Buch geschrieben hat.

Im Gedenken an die beiden wundervollen Dackeldamen meiner Kindheit: Trixi und Heike. Jetzt habt ihr beiden für alle Zeit einen Platz an einem bollernden Bäckereiofen. Und die blöde Sache mit dem Kaffeepulver vergessen wir ein für alle Mal, in Ordnung?

In Büchern findet sich eine ganze Welt

Carsten Henn
Der Buchspazierer
Roman

Pendo, 224 Seiten
€ 14,00 [D], € 14,40 [A]*
ISBN 978-3-86612-477-6

Es sind besondere Kunden, denen der Buchhändler Carl Christian Kollhoff ihre bestellten Bücher nach Hause bringt, abends nach Geschäftsschluss, auf seinem Spaziergang durch die pittoresken Gassen der Stadt. Denn diese Menschen sind für ihn fast wie Freunde, und er ist ihre wichtigste Verbindung zur Welt. Als Kollhoff ein großer Schicksalsschlag widerfährt, stellt sich die Frage, ob er durch die Macht der Bücher und mit der Hilfe eines ebenso klugen wie vorlauten neunjährigen Mädchens sein Glück zurückerlangen kann.

Leseproben, E-Books und mehr unter **www.piper.de**